Brian Lumley · Totenwache

In dieser Reihe erschienen:
2801 *Das Erwachen*
2802 *Vampirblut*
2803 *Kreaturen der Nacht*
2804 *Untot*
2805 *Totenwache*
2806 *Das Dämonentor*
2807 *Blutlust*
2808 *Höllenbrut*
2809 *Wechselbalg*
2810 *Duell der Vampire*
2811 *Totenhorcher*
2812 *Blutkuss*
2813 *Konzil der Vampire*
2814 *Grabgesang*
2815 *Blutsbrüder*
2816 *Vampirwelt*
2817 *Nestors Rache*
2818 *Metamorphose*

In Vorbereitung:
2819 *Vormulac*
2820 *Schlacht der Vampire*
2821 *Blutkrieg*

Besuchen Sie das Haus der Fantastik im Internet:
http://www.Festa-Verlag.de

Brian Lumley

Totenwache

Necroscope 5

Aus dem Englischen von Hans Gerwien

5. Auflage Februar 2006
Originaltitel: *Necroscope 2: Wamphyri!*
© 1988 by Brian Lumley
© dieser Ausgabe 2001 by Festa Verlag, Leipzig
Umschlaggestaltung: www.babbarammdass.de
Literarische Agentur: Thomas Schlück GmbH, 30827 Garbsen
Druck und Bindung: PBtisk s. r. o., Pribram
Alle Rechte vorbehalten

ISBN 3-935822-00-6

Vielfältig und vielförmig sind die düsteren Schrecken der Erde, die bereits vor Äonen dem Urschlamm dieser Welt entstiegen. Sie schlummern unter dem ungewendeten Stein; sie erheben sich mit dem Baum aus dessen Wurzeln; sie rühren sich unter den Meeren und an unterirdischen Orten; sie dräuen im Inneren der geheimsten Heiligtümer; zu Zeiten steigen sie aus versiegelten Grabgewölben, genau wie aus dem seichten Grab mit seinem Deckmantel aus Lehm. Einige davon sind den Menschen seit langem bekannt, und andere, die noch keines Menschen Phantasie erträumt, harren jener schrecklichen letzten Tage, an welchen sie enthüllt werden. Die furchtbarsten und abscheulichsten unter ihnen haben sich uns zu unserem großen Glück noch nicht offenbart. Doch unter jenen, die sich vor unserer Zeit bereits offenbart und ihre wahrhaftige Gegenwart manifestiert haben, ist einer, der seiner übermäßigen Verderbtheit wegen nicht genannt werden darf. Es ist jenes Gezücht, das der verborgene Bewohner der tiefen Gewölbe über die Sterblichen gebracht hat ...

CLARK ASHTON SMITH
(Worte des Abdul Alhazred)

ERSTES KAPITEL

Genua ist eine Stadt voller Kontraste von der Armut der gepflasterten Gassen und schmierigen Bars im Hafenviertel zu den luxuriösen Apartment-Hochhäusern mit ihren breiten Fensterfronten und sonnigen Balkonen; von den gepflegten Swimmingpools der Reichen zu den dreckigen, ölverschmutzten Stränden; von den im ewigen Schatten liegenden, engen Gassen, den Gedärmen der Stadt, die sich wie ein Labyrinth durch die Altstadt ziehen, zu den luftigen, breitgeschwungenen Stradas und Piazzas; überall werden solche Kontraste offenbar. Bezaubernde Gärten liegen gleich neben Betonschluchten, die relative Stille in den vornehmeren Vororten wandelt sich, nähert man sich der Innenstadt, zu grellem Verkehrslärm, der auch in den Nachtstunden kaum nachläßt. Wo reine Luft um die Penthäuser weht, wird sie weiter unten, vor allem in den gedrängten Slums jenseits allen Sonnenscheins, staubig, stickig, von Auspuffgasen durchsetzt. Da Genua an einem Abhang erbaut wurde, weist die Stadt eine schwindelerregende Vielfalt von Stufen auf.

Die örtliche Zentrale des britischen Geheimdienstes nahm ein enorm großes Obergeschoß in einem mächtigen Gebäude ein, von dem aus man den Corso Aurelio Saffi überblickte. Auf der dem Meer zugewandten Seite erhob sich das Gebäude in fünf hochgebauten Stockwerken über die Straße. Auf der Rückseite war das anders, denn die Grundmauern waren eingebettet in eine Felsnase, auf deren Rücken das Gebäude balancierte. Deshalb gab es hier drei zusätzliche Stockwerke. Die Aussicht von den schmalen Rückseitenbalkonen mit ihren niedrigen Brüstungen war schwindelerregend, besonders für Jason Cornwell, alias »Mr. Brown«.

Genua, sonntags um 21:00 Uhr – in Rumänien unterhielt sich zu dieser Zeit Harry Keogh noch mit den Vampirjägern in ihrer Zimmerflucht im Hotel in Ionesti, von wo aus er bald in den Möbius-Raum aufbrechen würde, um seiner Lebenslinie in die nahe Zukunft zu folgen. Und in Devon machte sich Yulian Bodescu immer noch Sorgen der Männer wegen, die ihn observierten, und so legte er sich einen Plan zurecht, um herauszufinden, wer sie waren und was sie beabsichtigten. Aber hier in

Genua saß Jason Cornwell mit zusammengepreßten Lippen steif und hoch aufgerichtet auf seinem Stuhl und sah zu, wie Theo Dolgikh ein Küchenmesser benutzte, um den brüchigen Mörtel aus den Mauerritzen der ohnehin nicht gerade sicher wirkenden Balkonbrüstung zu kratzen. Und der Schweiß auf Cornwells Oberlippe und unter seinen Armen hatte wenig oder gar nichts mit der heißen, stickigen Altweibersommer-Atmosphäre Genuas zu tun.

Zu tun hatte er allerdings mit der Tatsache, daß ihn Dolgikh geschnappt hatte, die britische Spinne im eigenen Netz gefangen, und das hier im Hauptquartier. Normalerweise arbeiteten hier zwei oder drei weitere Geheimagenten, aber da Cornwell mit einer Sache befaßt war, die weit über alltägliche Spionage hinausging – mit einer Aufgabe für einen Top-Spezialisten – hatte man die anderen Mitarbeiter zu Außenaufträgen abberufen, damit ihm ein leeres Hauptquartier ohne irgendwelche Beobachter oder Lauscher zur Verfügung stand.

In seiner Inkarnation als »Brown« hatte Cornwell den Russen am Samstag übertölpelt und gefangen, doch nur wenig mehr als vierundzwanzig Stunden später hatte Dolgikh es geschafft, den Spieß umzudrehen. Der Russe hatte vorgetäuscht, zu schlafen, und abgewartet, bis Cornwell am Sonntag Mittag hinausgegangen war, um in der Küche ein Glas Bier zu trinken und ein Sandwich zu essen. Dann hatte er sich hektisch bemüht, das Seil zu lösen, mit dem er gefesselt worden war.

Als Cornwell eine Viertelstunde später wieder erschien, hatte ihn Dolgikh überrumpelt.

Später war Cornwell mit einem Schlag aus der Bewußtlosigkeit erwacht, als ihn Riechsalz in der Nase kitzelte und ihn gleichzeitig harte Tritte in seine empfindlichsten Teile trafen. Er fand rasch heraus, daß sich ihre Lage verkehrt hatte, denn nun war er an einen Stuhl gefesselt, während Dolgikh an der Reihe war, hämisch zu lächeln. Allerdings wirkte das Lächeln des Russen wie das einer Hyäne.

Eigentlich hatte Dolgikh nur eines wissen wollen, wirklich nur eines: Wo befanden sich Krakovic, Kyle und Co., die Vertreter des KGB und des britischen E-Dezernats, jetzt? Es war für den Russen offensichtlich, daß man ihn aus dem Verkehr gezogen hatte, und das mochte bedeuten:

Totenwache

Es wurde um sehr hohe Einsätze gespielt. Nun wollte er mit aller Macht ins Spiel zurück.

»Ich habe keine Ahnung, wo sie sind«, hatte ihm Cornwell versichert. »Ich bin nur ein Handlanger. Ich kümmere mich lediglich um meine eigenen Angelegenheiten.«

Dolgikh, der gutes Englisch sprach, wenn es bei ihm auch etwas gutturral klang, wollte davon nichts wissen. Sollte er nicht herausfinden können, wo sich die ESPer befanden, wäre dies das Ende seiner Aufgabe. Sein nächster Auftrag würde ihn vermutlich nach Sibirien bringen. »Wie sind Sie auf mich gekommen?«

»*Ich* habe Sie entdeckt. Habe Ihr häßliches Gesicht erkannt und diese Erkenntnis nach London durchgegeben. Was diese Gruppe betrifft, hätten die Sie nicht mal im Affenhaus im Zoo erkannt! Würde auch keinen großen Unterschied machen ...«

»Wenn Sie ihren Vorgesetzten von mir berichtet haben, müssen sie Ihnen auch gesagt haben, wieso ich aufgehalten werden soll. Und man hat Ihnen bestimmt gesagt, wo sie hin wollten. Und das werden Sie mir jetzt sagen!«

»Das kann ich nicht!«

Da war Dolgikh ganz nahe an ihn herangetreten, und das Lächeln war von seinem Gesicht verschwunden. »Mr. Geheimagent, Handlanger, oder was immer Sie auch sein mögen: Sie sind in Schwierigkeiten, und zwar deshalb, weil ich Sie ganz sicher umbringen werde, wenn Sie nicht kooperieren! Krakovic und sein Soldatenschätzchen sind Verräter, denn sie wissen mit Sicherheit von all dem hier. Sie haben ihnen gesagt, daß ich sie observiere, sie haben Ihnen Befehle erteilt oder zumindest die gleichen Befehle befolgt. Ich bin Agent im Auslandsdienst und arbeite gegen die Feinde meines Vaterlands. Ich werde nicht zögern, Sie zu töten, wenn Sie stur bleiben, aber vor Ihrem Tod wird es noch sehr unangenehm für Sie werden. Verstehen Sie?«

Cornwell hatte ihn sehr wohl verstanden. »Immer dieses Geschwätz übers Töten«, beschwichtigte er. »Ich hätte Sie ein Dutzend Mal umbringen können, aber das hätte meinen Instruktionen nicht entsprochen. Ich sollte Sie aufhalten, sonst nichts. Warum alles so unnötig aufbauschen?«

»Warum arbeiten die Briten mit Krakovic zusammen? Was haben sie vor? Das Problem bei dieser Bande von Psychos liegt darin, daß sie sich wichtiger vorkommen als alle anderen. Sie glauben, der Verstand müsse die Welt regieren, und nicht die Macht. Aber Sie und ich und andere unseres Berufs wissen, daß die Welt nicht so funktioniert! Der Stärkste gewinnt am Ende immer. Der große Krieger hat schon triumphiert, während der große Denker noch immer grübelt. So wie Sie und ich. Sie tun, was man Ihnen sagt, und ich benutze meinen Instinkt. Und ich bin obenauf.«

»Tatsächlich? Bedrohen Sie mich deshalb damit, mich umzubringen?«

»Ihre letzte Chance, Mr. Handlanger. Wo befinden sie sich?«

Cornwell rückte immer noch nicht mit der gewünschten Information heraus. Er lächelte lediglich und knirschte mit den Zähnen.

Dolgikh durfte keine Zeit mehr verlieren. Er war Verhör-Experte und ihm war klar, daß ihm hier nur Folter helfen würde. Grundlegend gibt es zwei Arten von Folter: mental und physisch. Als er Cornwell musterte, wurde ihm klar, daß Schmerz allein bei diesem Mann nicht ausreichen würde. Nicht in der kurzen zur Verfügung stehenden Zeit. Außerdem hatte Dolgikh die erforderlichen Geräte gar nicht dabei. Er mochte wohl improvisieren, aber das war nicht das Gleiche. Dazu wollte er dem Briten äußerlich keine Verwundungen zufügen, jedenfalls zunächst nicht. Also mußte er mit psychologischen Mitteln arbeiten, und das hieß: Angst!

Und der Russe hatte eine Schwäche Cornwells sofort bemerkt. »Sie werden feststellen«, sagte er im Tonfall einer leichten Konversation, »daß ich Sie wohl sehr gut gefesselt habe – viel besser und sicherer als Sie mich – aber ich habe Sie nicht direkt am Stuhl festgebunden.« Dann hatte er die hohe Glastüre zu dem schmalen Balkon an der Rückseite des Gebäudes geöffnet. »Ich nehme an, Sie waren bereits hier draußen, um die Aussicht zu bewundern?«

Der Brite war augenblicklich erblaßt.

»Oh?« Dolgikh stand blitzschnell neben ihm. »Haben Sie etwa Höhenangst, mein Freund?« Er zerrte Cornwells Stuhl auf den Balkon hinaus und schwang ihn dann abrupt herum, daß sein Gefangener gegen die Brüstung prallte. Nur eine etwa fünfzehn Zentimeter dicke Schicht aus

Totenwache

Backstein und Mörtel und brüchigem Verputz trennte ihn vom Abgrund. Und sein Gesicht sprach Bände.

Dolgikh hatte ihn so sitzen lassen und einen schnellen Rundgang durch die Zentrale unternommen, um nach weiteren Anhaltspunkten für seinen Verdacht zu suchen. Und tatsächlich: An jedem Fenster und jeder Balkontür waren die Jalousien geschlossen, nicht nur, um den Sonnenschein auszuperren, sondern mit Sicherheit, damit Cornwell der ständige Blick in die Tiefe erspart blieb. Der britische Agent litt tatsächlich unter Höhenangst! Danach war Dolgikhs weiteres Vorgehen klar.

Der Russe hatte Cornwell wieder hereingeschleift und den Stuhl mit seinem Gefangenen etwa zwei Meter von der Balkonbrüstung entfernt aufgestellt, so, daß der Brite nach draußen blickte. Dann hatte er ein Küchenmesser geholt und damit begonnen, den Mörtel aus den Ritzen der Balkonmauer zu kratzen natürlich genau vor dem hilflos zuschauenden Agenten. Während seiner Arbeit hatte er dem anderen seine Absicht erklärt.

»Nun beginnen wir wieder von vorn. Ich werde Ihnen bestimmte Fragen stellen. Sollten Sie wahrheitsgemäß und ohne Umschweife antworten, bleiben Sie, wo Sie sind. Und was noch besser ist, Sie bleiben am Leben. Doch jedesmal, wenn Sie nicht antworten oder lügen, werde ich Sie ein wenig näher an die Brüstung heranrücken und noch mehr Mörtel herauskratzen. Natürlich wird es mich ziemlich frustrieren, wenn Sie mein Spiel nicht mitspielen wollen. Ich werde vielleicht sogar die Nerven verlieren. In diesem Fall könnte es geschehen, daß ich Sie wieder gegen die Brüstung schleudere. Aber bis das passiert, wird die Mauer ein Stückchen brüchiger sein ...«

Und so hatte das Spiel begonnen.

Das war gegen 19:00 Uhr gewesen, und nun war es 21:00 Uhr. Der Putz an der Außenmauer des Balkons war mittlerweile vollständig entfernt, und viele Backsteine saßen sichtlich nur noch locker. Cornwells gesamte Aufmerksamkeit galt dieser Mauer – seine ganze Existenz hing von ihr ab. Noch schlimmer: Sein Stuhl stand nun bereits mit den vorderen Füßen auf dem Balkon selbst, kaum noch einen Meter vor der Brüstung. Dahinter glitzerten die unzähligen Lichter der nächtlichen Stadt.

Dolgikh stand von seiner Arbeit auf, schob den Schutt mit dem Fuß beiseite und schüttelte traurig den Kopf. »Na ja, Mr. Handlanger, Sie haben sich recht gut gehalten, aber eben nicht gut genug. Wie ich bereits vermutete, bin ich mittlerweile doch etwas frustriert und müde. Sie haben mir vieles erzählt, manches Wichtige und manches Unwichtige, aber nicht das, was ich vor allem wissen möchte. Meine Geduld ist zu Ende.«

Er stellte sich hinter Cornwell und schob den Stuhl knirschend vorwärts bis direkt vor die Mauer. Cornwells Kinn befand sich auf Höhe der Brüstung. »Wollen Sie überleben, Mr. Handlanger?« Dolgihks Stimme klang sanft und tödlich.

Der Russe plante tatsächlich, Cornwell zu töten, um sich wenigstens für das Überrumpelungsmanöver vom Vortag zu revanchieren. Von Cornwells Warte aus war es für Dolgikh völlig überflüssig, ihn umzubringen, denn es erfüllte keinen Zweck und würde den Russen höchstens auf die Schwarze Liste des britischen Geheimdienstes bringen. Aber vom Standpunkt des Russen aus war das egal, denn er stand ohnehin schon auf mehreren solcher Listen. Und überdies genoß er es, jemanden umzubringen. Cornwell allerdings kannte die Gefühle des anderen nicht, und solange man lebt, hofft man eben.

Der verschnürte Agent blickte über die Brüstung hinweg zu den Myriaden von Lichtern Genuas.

»London weiß, wer es war, wenn Sie ...« fing er an, und dann schrie er gedämpft auf, als Dolgikh wild an dem Stuhl riß. Cornwell riß die Augen weit auf, holte tief Luft und saß zitternd und der Ohnmacht nahe da. Es gab wirklich nur eines auf der Welt, vor dem er sich fürchtete, und hier lag es vor seiner Nase. Aus diesem Grund war er für den militärischen Geheimdienst unbrauchbar geworden. Er spürte die Leere vor seinen Füßen, als falle er bereits.

»Nun«, seufzte der Russe, »ich kann nicht behaupten, es sei ein Vergnügen gewesen, Sie kennengelernt zu haben, doch ich bin sicher, Sie nicht mehr kennen zu müssen, wird mir viel mehr Freude bereiten! Und deshalb ...«

»*Warten Sie!*« keuchte Cornwell. »Versprechen Sie mir, daß Sie mich wieder hineinbringen, wenn ich es Ihnen sage!«

Totenwache

Dolgikh zuckte die Achseln. »Ich werde Sie nur dann töten, wenn Sie mich dazu zwingen.«

Cornwell leckte sich die aufgesprungenen Lippen. Verdammt, es war *sein* Leben! Kyle und die anderen hatten ihren Vorsprung. Er hatte seine Aufgabe erfüllt. »In Rumänien – Bukarest!« platzte er heraus. »Sie haben gestern einen Nachtflug genommen, mit dem sie gegen Mitternacht in Bukarest eingetroffen sein sollten.«

Dolgikh trat neben ihn, hielt den Kopf schief und blickte auf Cornwells verschwitztes Gesicht herab. »Ihnen ist klar, daß ich nur beim Flughafen anrufen muß, um Ihre Angaben nachzuprüfen?«

»Selbstverständlich.« Cornwell schluchzte nun. Die Tränen liefen ihm ganz offen über die Wangen. Er hatte völlig die Beherrschung verloren. »Bringen Sie mich jetzt rein!«

Der Russe lächelte. »Es ist mir ein Vergnügen.« Er trat aus Cornwells Sichtbereich. Der Agent spürte, wie er mit seinem Messer an den Stricken sägte, die seine Handgelenke hinter dem Rücken fesselten. Die Stricke gaben nach und der Brite ächzte, als er seine Arme nach vorn zog. Von Krämpfen gepeinigt, konnte er sie kaum bewegen. Dolgikh befreite auch seine Beine und hob die durchschnittenen Stricke auf. Cornwell begann, sich mühevoll und unsicher zu erheben – und ohne Vorwarnung schubste ihn der Russe mit beiden Händen und aller Kraft nach vorn. Cornwell schrie auf, taumelte vor und brach durch die lockere Brüstung. Schreiend und um sich schlagend stürzte er in die Tiefe, begleitet von Gipsstaub und losen Backsteinen.

Dolgikh räusperte sich und spuckte ihm hinterher. Dann wischte er sich mit dem Handrücken den Mund ab. Von weit unten ertönte ein dumpfer Aufschlag und das Prasseln des auftreffenden Schutts.

Augenblicke später zog sich der Russe Cornwells leichten Sommermantel über, verließ die Zentrale und wischte hinter sich die Türklinke ab. Er nahm den Fahrstuhl zum Erdgeschoß und verließ gemächlichen Schrittes das Gebäude. Fünfzig Meter weiter hielt er ein Taxi an und ließ sich zum Flughafen fahren. Unterwegs öffnete er kurz das Fenster und ließ ein paar kurze Stricke auf die Straße fallen. Der Taxifahrer, der auf den lebhaften Verkehr achtete, bemerkte es nicht.

Gegen elf Uhr nachts hatte Dolgikh bereits seinen unmittelbaren Vorgesetzten in Moskau verständigt und befand sich auf dem Weg nach Bukarest. Wäre Dolgikh nicht die letzten vierundzwanzig Stunden außer Gefecht gewesen und hätte statt dessen die Möglichkeit gehabt, sich früher mit seiner Dienststelle in Verbindung zu setzen, hätte er erfahren können, wohin sich Kyle, Krakovic und die anderen begaben, ohne deshalb Cornwell umbringen zu müssen. Nicht, daß dies besonders ins Gewicht fiel, denn er hätte ihn ohnehin getötet.

Er hätte auf diesem Wege allerdings auch schon früher erfahren können, was die ESPer in Rumänien beabsichtigten, daß sie nach etwas ... etwas unter der Erde suchten. Dolgikhs Vorgesetzter hatte sich nicht deutlicher ausgedrückt. Ein Schatz vielleicht? Das konnte er sich kaum vorstellen, und es interessierte ihn auch nicht. Er verbannte diese Frage aus seinen Gedanken. Was sie auch anstellten, es war jedenfalls zum Schaden Rußlands, und das genügte ihm.

Nun saß er verkrampft in dem engen Passagiersitz einer Maschine, die gerade die nördliche Adria überquerte, lehnte sich zurück, soweit das möglich war und entspannte sich ein wenig. Seine Gedanken schweiften weiter, während ihn das gleichmäßige Brummen der Motoren einlullte ...

Rumänien. Die Region von Ionesti. Etwas unter der Erde. Das klang alles sehr eigenartig.

Und was das Merkwürdigste war: Dolgikhs unmittelbarer Vorgesetzter war einer von denen – einer dieser verdammten Psychos, die Andropov so verachtete. Der KGB-Mann schmunzelte und schloß die Augen. Wie würde Krakovic wohl reagieren, wenn er wüßte, daß der Verräter in seinem heiligen E-Dezernat niemand anders war, als ausgerechnet sein eigener Stellvertreter, ein Mann namens Iwan Gerenko?

Yulian Bodescu hatte keine angenehme Nacht verbracht. Selbst die Anwesenheit seiner schönen Cousine in seinem Bett – deren wundervoller Körper ihm ganz und gar zu Willen war – hatte die Alpträume und Grübeleien und frustrierten Beinahe-Erinnerungen aus einer Vergangenheit, die nicht nur die seine war, nicht vertreiben können.

Das lag alles an diesen Beobachtern, glaubte Yulian, diesen verfluchten, aufdringlichen Spionen. Was wollten sie? Was wußten sie? Was gedachten sie herauszufinden? Die letzten achtundvierzig Stunden über hatten sie ihn auf geradezu unerträgliche Weise irritiert. Sicher es gab keinen echten Grund mehr, sie zu fürchten, denn von George Lake war nur feine Asche übrig geblieben, und die drei Frauen würden sich niemals gegen ihn stellen – aber dennoch verblieben sie dort draußen! Wie eine juckende Stelle am Körper, die man nicht erreichen kann, um sich zu kratzen – jedenfalls im Moment noch nicht; aber das hing ganz von ihnen ab.

Sie hatten Yulians Alpträume hervorgerufen, die Träume von Holzpflöcken, von stählernen Schwertern und grellen, sengenden Flammen. Was jene anderen Träume betraf: diese niedrigen Berge in Form eines Kreuzes, die hohen, dunklen Bäume, das Ding unter der Erde, das ihn mit bluttriefenden Fingern zu sich heranwinkte ... Yulian war nicht sicher, was er davon zu halten hatte.

Denn er war dort gewesen, tatsächlich körperlich dort, auf jenen Kreuzhügeln, und zwar in der Nacht, als sein Vater starb. Er war ein Fötus im Körper seiner Mutter gewesen, als es passierte, das war ihm bewußt. Aber was war damals tatsächlich geschehen? Seine Wurzeln lagen in jedem Falle dort, da war er ganz sicher. Doch die Tatsache blieb, daß es nur eine einzige Möglichkeit für ihn gab, wollte er jemals sicher sein: Er mußte dem Lockruf folgen und sich dorthin begeben. Durch eine Reise nach Rumänien mochte er sogar zwei Fliegen mit einer Klappe schlagen. Es konnte bestimmt nicht schaden, sich für die heimlichen Beobachter auf den Feldern und in den Hecken um Harkley House herum eine Weile unsichtbar zu machen.

Dennoch ... zuerst hätte er gern in Erfahrung gebracht, welchen Zweck diese Beobachter verfolgten. Waren sie lediglich mißtrauisch, oder wußten sie tatsächlich etwas? Und falls ja, was wollten sie unternehmen? Yulian hatte sich einen Plan zurechtgelegt, von dem er sich Antworten auf seine Fragen erhoffte. Er mußte es nur richtig anstellen, das war alles.

An diesem Montag war der Himmel trüb und bedeckt, als Yulian aus dem Bett stieg. Er befahl Helen zu baden, sich hübsch zu machen und sich im Haus und auf dem Gelände ganz normal zu bewegen, als habe sich nichts an ihrem Leben geändert. Er zog sich an und ging in den

Keller hinunter, wo er Anne die gleichen Anweisungen gab. Genau wie seiner Mutter in ihrem Zimmer. »Benehmt euch natürlich und unverdächtig«, verlangte er von ihnen. Helen sollte sogar mit ihm für ein oder zwei Stunden nach Torquay fahren.

Sie wurden nach Torquay verfolgt, doch davon bemerkte Yulian nichts. Er wurde durch den Sonnenschein abgelenkt, der immer wieder durch die Wolken brach und von Rückspiegeln, Fenstern und dem Chrom der Autokarosserien blendend reflektiert wurde. Er trug nach wie vor seinen breitkrempigen Hut und die Sonnenbrille, aber seine Abneigung gegen den Sonnenschein und dessen Auswirkungen auf ihn war mittlerweile stark angewachsen. Die Rückspiegel des Wagens irritierten ihn; sein Spiegelbild auf den Fensterscheiben und anderen glänzenden Flächen beunruhigte ihn: Seine vampirischen Sinne spielten seinen Nerven Streiche. Er fühlte sich wie eingesperrt. Gefahr drohte, soviel war ihm bewußt, doch aus welcher Ecke? Welche Art von Gefahr?

Während Helen im Auto saß und im dritten Stockwerk eines öffentlichen Parkhauses auf ihn wartete, ging er in ein Reisebüro und zog Erkundigungen ein. Danach gab er seine Anweisungen. Das nahm ein wenig Zeit in Anspruch, denn die von ihm erwählte Urlaubsreise lag außerhalb des Üblichen. Er wollte für eine Woche nach Rumänien. Er hätte auch einfach einen der Londoner Flughäfen anrufen und einen Linienflug buchen können, aber er zog es vor, sich in einem erfahrenen Reisebüro über alle Einzelheiten informieren zu lassen, besonders was Reisebeschränkungen, Einreisevisum und ähnliches betraf. So würde er keine Fehler begehen und sich nicht in letzter Minute noch aufhalten lassen. Er konnte sich ja auch nicht auf Dauer im Harkley House verstecken. Die Fahrt zur Stadt war für ihn eine willkommene Unterbrechung im täglichen Einerlei gewesen, und er hatte endlich einmal etwas Abstand von seinen Beobachtern gewonnen und von dem Gefühl, ganz allein zu stehen. Außerdem hatte die Fahrt geholfen, den Eindruck von Normalität zu unterstreichen, den er erwecken wollte: Helen war seine hübsche Cousine aus London, und sie machten lediglich einen kleinen Ausflug und genossen den Rest des guten Wetters. So mußte es erscheinen.

Nachdem er seine Reisearrangements getroffen hatte – das Reisebüro würde ihn innerhalb von achtundvierzig Stunden anrufen und ihm alle Einzelheiten mitteilen –, ging er mit Helen zum Essen. Während sie teilnahmslos in ihrem Essen stocherte und sich verzweifelt bemühte, ihre Angst vor Yulian nicht zu deutlich werden zu lassen, trank er ein Glas Rotwein und rauchte eine Zigarette. Er hätte auch ein rohes Steak probieren können, aber Essen – jedenfalls normale Speisen – reizte ihn überhaupt nicht mehr. Statt dessen ertappte er sich dabei, wie er Helens Kehle anstarrte. Er war sich allerdings der Gefahr bewußt, die in solchen Impulsen lag, und so konzentrierte er sich auf die Einzelheiten seines Planes für diesen Abend. Ganz gewiß wollte er nicht noch längere Zeit über hungrig bleiben.

Um 13:30 Uhr waren sie nach Harkley zurückgefahren, und Yulian hatte wieder kurz die Gedanken eines Beobachters betastet. Er bemühte sich, in diese fremden Gedanken einzudringen, doch er wurde augenblicklich blockiert. Sie waren clever, diese Beobachter! Seine Wut verflog den ganzen Nachmittag nicht, und er konnte sich kaum bis zum Anbruch der Nacht zurückhalten.

Peter Keen war vor relativ kurzer Zeit zu INTESP und dem Team der Parapsychologen gestoßen. Er war, zumindest sporadisch, ein begabter Telepath, doch sein Talent, das er einfach noch nicht unter Kontrolle hatte, machte sich in heftigen Ausbrüchen bemerkbar, die genauso unangekündigt und geheimnisvoll wieder abbrachen, wie sie begonnen hatten. Man hatte ihn rekrutiert, nachdem er der Polizei einen Tip über einen bevorstehenden Mord gegeben hatte. Er hatte tatsächlich die Gedanken und düsteren Absichten eines latenten Vergewaltigers und Mörders gelesen. Als es dann genauso geschah, wie er vorausgesagt hatte, gab ein hochrangiger Polizeioffizier und Freund des E-Dezernats die Einzelheiten an INTESP weiter. Der Auftrag in Devon war sein erster, denn bisher hatte er seine Zeit nur mit seinen Ausbildern verbracht.

Yulian Bodescu wurde mittlerweile rund um die Uhr observiert, und Keen hatte die Vormittagsschicht von 8:00 bis 14:00 Uhr. Kurz nach 13:30 Uhr hatte das Mädchen Bodescu zurückgebracht und bis vor die Haustür gefahren. Keen hatte sich in seinem roten Capri nur etwa zweihundert Meter hinter ihnen befunden. Er war geradewegs an Harkley vorbeigefahren zur nächsten Telefonzelle, hatte im Hauptquartier angerufen und die Einzelheiten in Bezug auf Bodescus Ausflug durchgegeben.

Im Hotel in Paignton nahm Darcy Clarke Keens Anruf entgegen und übergab den Hörer dem Mann, der die gesamte Überwachung leitete, einem fröhlichen, fetten, kettenrauchenden Mann mittleren Alters namens Guy Roberts. Normalerweise hielt sich Roberts in London auf und nutzte seine Fähigkeiten, um russische U-Boote zu verfolgen, Terroristen und Bombenleger aufzuspüren und Ähnliches, doch nun war er Chef dieses Observationsteams und behielt Yulian Bodescu im mentalen Auge.

Roberts gefiel diese Aufgabe überhaupt nicht, und er fand sie auch ziemlich schwierig. Vampire sind Einzelgänger und neigen von Natur aus dazu, sich mit Geheimnissen zu umgeben. Es liegt etwas in der mentalen Struktur eines Vampirs, das ihn genauso effektiv schützt, wie die Nacht seine physische Präsenz verbirgt. Roberts nahm Harkley House lediglich als einen verschwommenen Klotz wahr, wie eine Szene, die man durch dichten, wallenden Nebel sieht. Wenn sich Bodescu zu Hause befand, erschien dieser Nebel noch dichter und machte es Roberts schwer, irgendeine bestimmte Person oder ein Objekt klar zu erkennen.

Übung macht jedoch den Meister, und je länger Roberts blieb, desto klarere Bilder vermochte er wahrzunehmen. Er konnte nun beispielsweise mit Sicherheit sagen, daß Harkley House von nur vier Personen bewohnt wurde: von Bodescu, seiner Mutter, seiner Tante und deren Tochter. Und dennoch befand sich noch etwas im Haus. Zwei Wesen sogar. Das eine war Bodescus Hund, der jedoch von der gleichen Aura überlagert wurde, was sehr eigenartig war. Und das andere war – nun, einfach »der Andere«. Wie auch Yulian selbst bezeichnete Roberts das Wesen so. Doch was es auch sein mochte, höchstwahrscheinlich das Ding im Keller, vor dem ihn Kyle gewarnt hatte: Es befand sich auf jeden Fall dort und lebte.

»Roberts«, meldete er sich, als er Clarke den Hörer abnahm. »Was ist los, Peter?«

Keen gab seine Beobachtungen durch.

»Ein Reisebüro?« Roberts runzelte die Stirn. »Ja, wir werden das sogleich untersuchen. Ihre Ablösung? Er ist bereits auf dem Weg. Trevor Jordan, jawohl. Bis später, Peter.« Roberts legte auf und nahm das Telefonbuch zur Hand. Augenblicke später rief er das Reisebüro in Torquay an, dessen Namen und Adresse ihm Keen mitgeteilt hatte.

Als abgehoben wurde, hielt sich Roberts ein Taschentuch vor den Mund und imitierte eine junge Stimme. »Hallo? Äh, hallo?«

»Hallo!« ertönte die Antwort. »Sunsea Reisebüro. Mit wem spreche ich, bitte?« Es war eine männliche Stimme, tief und angenehm.

»Die Verbindung scheint schlecht zu sein«, antwortete Roberts. »Verstehen Sie mich? Ich war vor, äh, vor einer Stunde bei Ihnen. Bodescu ist mein Name.«

»Oh, ja, Sir!« Der Angestellte sprach nun lauter. »Ihre Anfrage bezüglich Rumäniens. Bukarest, und das noch während der nächsten beiden Wochen. Richtig?«

Roberts fuhr zusammen, bemühte sich aber sehr, seine gedämpfte und verstellte Stimme ruhig zu halten. »Ja, stimmt, Rumänien.« Seine Gedanken rasten. Er mußte schnell etwas unternehmen. »Äh, sehen Sie, es tut mir ja leid, wenn ich Sie belästige, aber ...«

»Ja?«

»Also, ich habe gemerkt, daß ich es doch nicht schaffen kann. Vielleicht im nächsten Jahr, eh?«

»Ach!« Enttäuschung klang in der Stimme des anderen mit. »Nun ja, wenn es nicht anders geht. Danke für Ihren Anruf, Sir. Also, Sie stornieren definitiv, ja?«

»Ja.« Roberts schüttelte den Hörer ein wenig. »Ich fürchte, ich muß ... Verdammt, diese miese Verbindung! Es ist eben etwas dazwischen gekommen, und ...«

»Sie müssen sich nicht entschuldigen, Mr. Bodescu«, unterbrach ihn der Angestellte. »So etwas erlebe ich ständig. Und außerdem hatte ich noch gar keine Zeit, um die erforderlichen Erkundigungen einzuziehen. Also nichts passiert. Lassen Sie es mich wissen, falls Sie ihren Entschluß noch einmal ändern, ja?«

»Aber sicher! Werde ich auf jeden Fall. Sie sind sehr hilfreich. Tut mir leid, Sie belästigt zu haben.«

»Ist schon in Ordnung, Sir. Auf Wiederhören.«

»Äh, tschüß!« Damit legte Roberts auf.

Darcy Clarke, der die gesamte Unterhaltung mitbekommen hatte, sagte: »Ein Geniestreich! Toll hingekriegt, Chef!«

Roberts blickte auf, lächelte aber nicht. »Rumänien!« wiederholte er in unheilvollem Tonfall. »Die Dinge spitzen sich langsam zu, Darcy. Ich bin froh, wenn Kyle endlich anruft. Ich warte schon zwei Stunden darauf.«

Genau in diesem Augenblick klingelte das Telefon wieder.

Clarke nickte bestätigend. »Das nenne ich Talent. Wenn es nicht von allein geschieht, dann helfen Sie eben nach.«

Roberts stellte sich Rumänien in Gedanken vor – seine eigene Interpretation, da er noch nie dort gewesen war – und legte sodann ein Abbild Alec Kyles über die rauhe Landschaft des Landes hinter dem Eisernen Vorhang. Er schloß die Augen, und Kyles Bild erschien in fotografischer Genauigkeit – nein, von Leben erfüllt – vor ihm.

»Roberts!« meldete er sich.

»Guy?« erklang Kyles Stimme, von statischem Rauschen überlagert. »Hören Sie, ich wollte das eigentlich über London weiterleiten lassen, John Grieve, konnte ihn aber nicht erreichen.« Roberts wußte, was er damit meinte. Offensichtlich hätte Kyle am liebsten über eine hundertprozentig abhörsichere Leitung gesprochen.

»Da kann ich Ihnen nicht helfen«, antwortete er. »Es steht gerade kein solcher Spezialist zur Verfügung. Gibt es denn Probleme?«

»Ich glaube nicht.« Vor Roberts' innerem Auge runzelte Kyle die Stirn. »In Genua wurde unsere Privatsphäre etwas gestört, doch das hat sich aufgeklärt. Der Grund, warum ich erst so spät anrufe, ist diese Telefonverbindung! Es ist, als wolle man jemanden auf dem Mars anrufen! Sagen Sie mir nie mehr etwas von antiquierten Systemen! Wenn ich keine einheimische Hilfe gehabt hätte ... Wie auch immer, haben Sie Neuigkeiten für mich?«

»Können wir offen sprechen?«

»Müssen wir wohl.«

Roberts berichtete ihm schnell alles, was sich zuletzt ergeben hatte, und beendete den Bericht mir Bodescus verhindertem Trip nach Rumänien. Im Geist sah er, was er am Telefon hörte, nämlich Kyles erschrockenes

Nach-Luft-Schnappen. Dann beherrschte sich der INTESP-Chef wieder. Selbst dann, wenn Bodescu die geplante Reise zur Durchführung gebracht hätte, wäre er zu spät gekommen.

»Wenn wir hier drüben fertig sind«, erklärte er Roberts grimmig, »wird sowieso nichts mehr für ihn übrig sein. Und wenn Sie Ihre Aufgabe beendet haben, wird er nicht mehr in der Lage sein, irgendwohin zu reisen.« Dann gab er Roberts detaillierte Anweisungen. Er brauchte eine gute Viertelstunde, bis er sicher war, nichts ausgelassen zu haben.

»Wann?« fragte Roberts, als er fertig war.

Kyle zögerte ein wenig. »Arbeiten Sie im Observierungsteam mit? Ich meine damit: Gehen Sie selbst außer Haus und beobachten ihn?«

»Nein. Ich koordiniere alle Aktionen. Ich halte mich stets hier im Hauptquartier auf. Aber ich möchte gern dabei sein, wenn wir ihn erledigen.«

»Also gut, ich werde Ihnen sagen, wann die Aktion stattfinden soll«, sagte Kyle. »Doch Sie werden das *nicht* an die anderen weitergeben! Erst so kurz wie möglich vor der Stunde Null. Ich will nicht, daß Bodescu das in den Gedanken eines Ihrer Leute liest.«

»Das ist vernünftig. Warten Sie ...« Roberts schickte Clarke ins Nebenzimmer, damit er sich außer Hörweite befand. »Also, wann legen wir los?«

»Morgen bei Tageslicht. Sagen wir, gegen 17:00 Uhr Ihrer Zeit. Bis dahin sollten wir hier fertig sein; vielleicht ein oder zwei Stunden früher. Es gibt gewisse offensichtliche Gründe, warum die Aktion am besten bei Tageslicht durchgeführt werden sollte, und in Ihrem Fall sogar einen weiteren, nicht so offensichtlichen Grund. Wenn Harkley House hochgeht, wird es mächtige Flammen schlagen. Sie müssen sichergehen, daß die örtliche Feuerwehr nicht zu früh ankommt und den Brand löscht. Bei Nacht wäre das Feuer meilenweit sichtbar. Nun, Sie müssen eben alles in Betracht ziehen. Aber das Letzte, was Sie brauchen können, ist irgendeine Störung durch Dritte, okay?«

»Verstanden«, antwortete Roberts knapp.

»Gut, dann sind wir fertig«, schloß Kyle. »Wir werden wahrscheinlich nicht mehr in Kontakt sein, bis alles vorüber ist. Viel Glück also!«

»Viel Glück!« antwortete Roberts und ließ Kyles Gesicht vor seinem inneren Auge verblassen, während er den Hörer auflegte.

Den größten Teil des Montags über versuchte Harry Keogh, die magnetische Anziehung der Psyche seines kleinen Sohnes zu durchbrechen – erfolglos. Er hatte keine Chance. Das Kind kämpfte gegen ihn an, klammerte sich mit einer unglaublichen Zähigkeit sowohl an ihn, wie auch an die wachende Welt, und wollte einfach nicht einschlafen. Brenda Keogh stellte fest, daß ihr Baby Fieber hatte und überlegte, ob sie einen Arzt rufen sollte, ließ es aber doch bleiben. Sie entschloß sich, bis zum Morgen zu warten, und sollte der Kleine dann noch immer so quengelig sein und die Temperatur genauso hoch, würde sie ärztlichen Rat einholen.

Sie konnte natürlich nicht wissen, daß Harry Juniors Fieber von der mentalen Auseinandersetzung mit seinem Vater herrührte, einem Wettkampf, den das Baby mit Längen gewann. Die Willenskraft dieses Kindes war enorm. Sein Geist war ein Schwarzes Loch, dessen Schwerkraft Harry bald ganz hineinziehen würde. Und Harry hatte noch etwas erfahren: Auch ein körperloser Geist kann ermüden und genau wie das Fleisch Schwäche zeigen. Als er nicht mehr in der Lage war, weiter zu kämpfen, ergab er sich und zog sich in sich selbst zurück, froh, daß dieser erfolglose Kampf nun vorüber war.

Wie ein erschöpfter Fisch an der Angel ließ er sich bis ans Boot heranziehen. Doch ihm war klar, daß er wieder kämpfen mußte, sobald sich das Messer hob. Harry mußte seine letzte Chance wahren, eine eigenständige Persönlichkeit zu bleiben. Das war der Grund, aus dem heraus *er* gegen seinen Sohn ankämpfte, einfach die Wahrung seiner Existenz, aber er fragte sich, was all dies für seinen Sohn bedeuten mochte. *Warum* wollte ihn das Kind in sich hineinziehen? Lag es an der schrecklichen Lebensgier eines gesunden Babys, oder ...?

Was das Baby selbst betraf, so bemerkte es sehr wohl, daß sein Vater den Kampf für den Moment aufgegeben hatte. Und Harry jr. besaß leider nicht die Mittel, um diesem fantastischen Erwachsenen zu erklären, daß er ihre Auseinandersetzung keineswegs als einen Kampf betrachtete, daß er lediglich verzweifelt um Wissen, um Kenntnisse rang. Seine Lernbe-

Totenwache 23

gierde war ungeheuer stark. Vater und Sohn, zwei Geister in einem kleinen, zerbrechlichen Körper, nahmen nun die willkommene Gelegenheit wahr, endlich zu schlafen.

Und als Brenda Keogh gegen 17:00 Uhr nach ihrem Baby sah, stellte sie erfreut fest, daß es friedlich in seinem Bettchen schlief und auch kein Fieber mehr hatte.

Gegen 16:30 Uhr am gleichen Montagnachmittag hatte Irma Dobresti in Ionesti gerade einen Anruf aus Bukarest erhalten. Die Unterhaltung hatte hitzige Züge angenommen, so daß die anderen der kleinen Gruppe unwillkürlich lauschten. Krakovics Miene war recht düster geworden. Kyle und Quint ahnten, daß etwas nicht stimmte.

Als Irma fertig war und den Hörer auf die Gabel knallte, erklärte Krakovic: »Obwohl alles lang geklärt sein sollte, das Ministerium für Liegenschaften macht nun plötzlich Ärger. Irgendein Idiot stellen unsere Berechtigung in Frage. Sie erinnern sich: Dies sein Rumänien und nicht Rußland! Das Land wir wollen verbrennen ist Gemeineigentum und gehören dem Volk seit – wie sagen Sie? – undenkbaren Zeiten. Wenn es nur gehören irgendeinem Bauern, wir ihm kaufen ab, aber ...« Er zuckte hilflos die Schultern.

»Das stimmt«, warf Irma ein. »Beamte aus dem Ministerium werden später heute Abend von Ploiesti herüberkommen und mit uns sprechen. Ich weiß nicht, woher sie das erfahren haben, aber dies fällt ganz offiziell unter ihre ... Gerichtsbarkeit? Nein, Zuständigkeit. Es könnte große Probleme bringen. Fragen und Antworten. Nicht jeder glaubt an Vampire!«

»Aber gehören Sie nicht zum Ministerium?« fragte Kyle erschrocken.

»Wir müssen das einfach durchziehen!«

Früh an diesem Morgen waren sie zu jenem Fleck hinausgefahren, an dem man vor beinahe zwei Jahrzehnten Ilya Bodescus Körper aus einem Gewirr von Unterholz und dicht beieinander stehenden Tannen an dem steilen Südhang der Kreuzhügel geborgen hatte. Und als sie weiter hochgestiegen waren, hatten sie schließlich Thibors Mausoleum entdeckt. An diesem Ort, wo flechtenverkrustete Grabplatten wie prähistorische Hinkelsteine schief unter den reglosen Bäumen standen, hatten alle drei psychisch begabten Mitglieder der Gruppe – Kyle, Quint und Krakovic – die nach wie vor hier existierende Bedrohung gespürt. Sie waren schnell wieder gegangen.

Irma hatte keine Zeit verloren und ihre Arbeitsgruppe, einen Vorarbeiter und fünf Mann, aus Pitesti herbeigerufen. Über Krakovic hatte Kyle dem Vorarbeiter eine Frage gestellt: »Sind Sie und Ihre Männer an den Umgang mit diesem Zeug gewöhnt?«

»Thermit? Aber ja! Manchmal sprengen wir damit, manchmal brennen wir aber auch nur. Ich habe schon früher für Euch Russen gearbeitet, oben im Norden, in Bereschow. Wir haben es ständig benutzt, um den dauergefrorenen Boden zu lockern. Hier sehe ich allerdings keinen rechten Sinn darin.«

»Seuche«, sagte Krakovic augenblicklich. Diese Erklärung war seine Erfindung. »Wir haben alte Chroniken gefunden, die berichteten, daß an diesem Ort ein Massenbegräbnis von Seuchenopfern stattgefunden hat. Obwohl das dreihundert Jahre zurückliegt, sind die tieferen Erdschichten möglicherweise immer noch infiziert. Diese Berge wurden wieder zum Ackerbau freigegeben. Bevor wir aber nichtsahnende Bauern hier alles umpflügen oder Terrassenfelder anlegen lassen, wollen wir sichergehen, daß keine Gefahr mehr droht. Also brennen wir bis hinunter auf das Muttergestein.«

Irma Dobresti hatte natürlich alles mit angehört. Sie hatte die Augenbrauen hochgezogen, aber nichts gesagt.

»Und wie seid Ihr Sowjets da hineingeraten?« hatte der Vorarbeiter wissen wollen.

Diese Frage hatte Krakovic erwartet. »Wir hatten erst vor einem Jahr in Moskau einen ganz ähnlichen Fall«, hatte er erwidert. Was mehr oder weniger der Wahrheit entsprach.

Immer noch war der Vorarbeiter neugierig gewesen. »Und was ist mit diesen Briten?« hatte er gefragt.

Nun war Irma eingesprungen. »Weil sie möglicherweise in England ein ähnliches Problem haben«, fuhr sie ihn an. »Also sind sie hier, um zu sehen, wie wir damit umgehen, klar?«

Der Bursche hatte keine Scheu gehabt, Krakovic auszufragen, aber

Irma Dobresti war er nicht gewachsen. »Wo wollen Sie Ihre Löcher haben?« hatte er hastig gefragt. »Und wie tief sollen sie werden?«

Kurz nach Mittag waren die Vorbereitungen beendet gewesen. Die Sprengsätze mußten lediglich noch an den Zündkasten angeschlossen werden, was nur zehn Minuten dauern würde und aus Sicherheitsgründen bis morgen warten konnte.

Carl Quint hatte vorgeschlagen: »Wir könnten jetzt alles fertig machen ...«

Doch Kyle hatte sich dagegen entschieden. »Wir wissen nicht genau, womit wir hier eigentlich spielen. Außerdem, sobald wir fertig sind, will ich von hier weg und die nächste Phase beginnen: Faethors Burg in der Horvathei. Ich schätze, wenn dieser Hang ausgeglüht ist, werden alle möglichen Leute hierher kommen und nachsehen, was wir angestellt haben. Deshalb will ich noch am gleichen Tag weg sein. Heute Nachmittag wird Felix die Abreise vorbereiten, und ich muß unsere Freunde in Devon anrufen. Wenn wir fertig sind, wird es dunkel, und ich ziehe es vor, nach einem langen Schlaf bei Tageslicht zu arbeiten. Also ...«

»Irgendwann morgen?«

»Am Nachmittag, während die Sonne noch direkt auf den Hang scheint.«

Dann hatte er sich Krakovic zugewandt. »Felix, fahren diese Männer heute noch nach Pitesti zurück?«

»Ja, das sie werden«, antwortete Krakovic, »wenn sie hier nichts anderes haben zu tun bis morgen Nachmittag. Warum fragen Sie mich das?«

Kyle hatte die Achseln gezuckt. »Nur so ein Gefühl. Ich hätte gern gesehen, wenn sie in unserer Nähe geblieben wären. Aber ...«

»Ich auch solches Gefühl gehabt«, ergänzte der Russe mit gerunzelter Stirn. »Ich glauben, die Nerven vielleicht?«

»Dann betrifft es uns alle drei«, hatte Quint hinzugefügt. »Lassen Sie uns hoffen, daß es nur an unserer Nervosität liegt und sonst nichts daran ist, ja?«

All das war am Vormittag gewesen, als es noch schien, daß alles glatt ablaufen werde. Und nun stand plötzlich die Bedrohung eines Eingreifens von außerhalb im Raum. Es hatte sich während der Zeit ergeben, als Kyle zwei Stunden lang vergeblich versucht hatte, nach Devon durchzukommen, was ja schließlich doch von Erfolg gekrönt gewesen war. »Verdammt!« fauchte der Brite denn auch. »Es muß einfach morgen stattfinden! Ministerium hin oder her, wir müssen wie geplant weitermachen!«

»Wir hätten heute morgen schon zuschlagen sollen«, meinte Quint, »als wir vor Ort waren.«

Irma Dobresti griff in die Diskussion ein. Ihre Augen verengten sich und sie sagte zornig: »Hören Sie zu. Diese einheimischen Bürokraten regen mich maßlos auf. Warum fahren Sie Vier nicht zum Grab zurück? Ich meine, jetzt gleich! Ich könnte doch allein gewesen sein, als der Anruf vom Ministerium kam. Sie befanden sich eben zu dieser Zeit noch in den Bergen und waren bei der Arbeit! Ich rufe in Pitesti an und lasse Chevenu und seine Arbeiter herauffahren. Sie können sich vor Ort mit Ihnen treffen. So könnten Sie die gesamte Aktion schon heute Abend beenden!«

Kyle starrte sie überrascht an. »Das ist eine gute Idee, Irma – aber wie steht es mit Ihnen? Bringen Sie sich damit nicht selbst in Schwierigkeiten?«

»Was?« Sie sah ihn entgeistert an. »Ist es denn meine Schuld, wenn ich mich allein hier befand, als der Anruf kam? Bin ich dafür verantwortlich, wenn mein Taxi auf den falschen Weg einbog und ich Sie nicht finden konnte? Also konnte ich Sie auch nicht davon abhalten, den Hang abzubrennen, ja? Diese vielen Feldwege sehen doch alle gleich aus!«

Krakovic, Kyle und Quint grinsten sich an. Sergej Gulharov hatte wohl nichts verstanden, spürte aber die Erregung der anderen, stand auf und nickte zustimmend: »Da, da!«

»Richtig.« Auch Kyle nickte. »Packen wir's an!« Und impulsiv nahm er Irma Dobresti in die Arme und gab ihr einen herzhaften Kuß.

Montag Abend, 21:30 Uhr Mitteleuropäischer Zeit, 19:30 Uhr in England

Auf den Kreuzhügeln herrschten Feuer und Alpträume unter dem sanften Schein des Mondes und der unzähligen Sterne und vor dem Hintergrund der düster aufragenden Kette der Carpatii Meridionali. Der Alptraum dehnte sich westwärts aus, über Berge und Flüsse und das Meer hin bis zu Yulian Bodescu, der sich im Schlaf unruhig auf seinem Bett wälzte. Kalter, stinkender Angstschweiß rann in dem Mansardenzimmer des Harkley-Hauses über seinen gesamten Körper.

Von seinen ungewissen Ängsten während des Tages gepeinigt und erschöpft, erlitt er nun telepathische Foltern durch Thibor, den Wallachen, jenen Vampir, dessen letzte körperlichen Überreste in diesen Stunden endlich vom Feuer verzehrt wurden. Es gab für den Vampir keinen Weg mehr zurück, doch im Gegensatz zu Faethor war Thibors Geist immer noch voller Unruhe, rastlos und bösartig.

Und ihn dürstete nach Rache!

Yuliaaaan! Ach, mein Sohn, mein einzig wahrer Sohn! Sieh, was nun aus deinem Vater geworden ist!

»Was?« rief Yulian im Schlaf, wobei er im Traum sengende Hitze verspürte und fühlte, wie Flammen immer näher auf ihn zu krochen. Und aus dem Herzen des Feuers winkte ihm eine Gestalt zu. »Wer ... wer bist du?«

Ach, du kennst mich, mein Sohn. Wir sind nur kurz zusammengetroffen, und du warst zu dieser Zeit noch ungeboren, doch wenn du es versuchst, wirst du dich daran erinnern.

»Wo bin ich?«

Im Augenblick bist du bei mir. Frage also nicht, wo du bist, sondern wo ich bin. Dies sind die Kreuzhügel, wo alles für dich begann und wo alles für mich jetzt zu Ende geht. Für dich ist dies lediglich ein Traum, für mich jedoch ist es Wirklichkeit.

»Du bist das!« Jetzt erkannte Yulian ihn wieder. Der Rufer in der Nacht, in vielen Träumen, an den er sich zuvor nie erinnert hatte, dessen Stimme nur an seinem Gedächtnis nagte. Das Ding unter der Erde. Die Quelle. »Du? Mein ... Vater?«

Allerdings! Oh, nein, nicht, weil ich mit deiner Mutter eine Liebesbeziehung gehabt hätte! Nicht aus der Gier eines Mannes nach einer Frau heraus. Nein, aber trotzdem bin ich dein Vater. Durch das Blut, Yulian, durch das Blut!

Yulian unterdrückte seine Furcht vor dem Feuer. Er spürte, daß er nur träumte, so real und unmittelbar ihm dieser Traum auch vorkommen mochte, und so wußte er, daß er nicht wirklich bedroht war. Also drang er bis in das Feuer vor und näherte sich der Gestalt darin. Schwarz aufquellender Qualm und rote Flammen behinderten seine Sicht, und die

Hitze war wie ein Backofen, in den er gefallen war, doch es gab Fragen, die Yulian stellen mußte, und das brennende Ding war der Einzige, der sie beantworten konnte.

»Du hast mich gebeten, zu dir zu kommen, und das werde ich. Aber warum? Was willst du von mir?«

Zu spät, zu spät! rief die in Flammen gehüllte Erscheinung schmerzvoll aus. Und Yulian wußte auf einmal, daß dieser Schmerz nicht von den lodernden Flammen herrührte, sondern von tiefster Frustration. *Ich hätte dich so vieles lehren können, mein Sohn. Ja, du hättest alle die vielen Geheimnisse der Wamphyri erfahren. Als Gegenleistung ... ich kann nicht verleugnen, daß ich eine gewisse Belohnung erwartet hätte. Ich wäre wieder in der Welt der Menschen gewandelt, hätte noch einmal die unerträglichen Freuden der Jugend gelebt! Aber zu spät. Alle Träume und Pläne umsonst. Asche zu Asche, Staub zu Staub ...*

Die Gestalt schmolz langsam, die Umrisse veränderten sich allmählich und flossen in sich selbst zurück.

Yulian mußte mehr erfahren, mußte klarer sehen. Er drang bis ins Herz des Infernos vor und erreichte das brennende Ding. »Ich kenne die Geheimnisse der Wamphyri bereits!« rief er über das Prasseln der flammenden Bäume und das Zischen schmelzender Erde hinweg. »Ich habe sie selbst herausbekommen!«

Kannst du die Gestalten niedrigerer Lebewesen annehmen?

»Ich kann auf allen Vieren laufen wie ein großer Hund«, antwortete Yulian. »Und bei Nacht würden die Leute darauf schwören, daß ich ein Hund bin!«

Ha! Ein Hund! Ein Mann, der sich als Hund ausgeben will! Was für ein Ehrgeiz! Das ist doch nichts! Kannst du Flügel bilden und wie eine Fledermaus damit fliegen?

»Ich ... hab's noch nicht probiert.«

Du weißt gar nichts!

»Ich kann andere von meiner Art zeugen!«

Narr! Das gehört zu den einfachsten Übungen. Sie nicht zu zeugen, ist viel schwerer.

»Wenn sich gefährliche Menschen in der Nähe befinden, kann ich in ihren Hirnen lesen ...«

Das ist purer Instinkt, den du von mir geerbt hast. Genau wie du alles andere von mir hast. Also kannst du Gedanken lesen, ja? Aber kannst du diese Menschen auch zwingen, dir zu Willen zu sein?
»Ja, mit meinen Augen.«
Täuschung, Hypnose, der Trick eines Bühnenmagiers! Du bist so naiv!
»Verdammt sollst du sein!« Nun war Yulians Stolz verletzt und seine Geduld erschöpft. »Du bist doch nur ein totes Ding! Ich sage dir, was ich gelernt habe: Ich kann eine tote Kreatur hernehmen und ihre Geheimnisse herausfinden und alles erfahren, was sie im Leben wußte!«
Nekromantie? Tatsächlich? Und niemand, der es dir beigebracht hat? Das ist wahrlich eine Errungenschaft. Es gibt doch noch Hoffnung für dich.
»Ich kann meine Wunden heilen, als habe es sie nie gegeben, und ich besitze die Kraft von zwei Männern. Ich könnte bei einer Frau sein und sie notfalls zu Tode lieben, ohne mich selbst anzustrengen. Und erzürne mich, mein lieber Vater, und ich kann töten, töten, töten! Aber dich nicht, denn du bist bereits tot. Hoffnung für mich? Das will ich meinen! Doch welche Hoffnung gibt es für dich?«

Einen Augenblick lang war keinerlei Antwort von dem schmelzenden Ding zu vernehmen. Plötzlich ...
Ahhh! Du bist wirklich mein Sohn, Yuliaaaan. Näher, komm noch näher!
Yulian trat bis auf eine Armlänge an das Ding heran und blickte es direkt an. Der Gestank brennenden Fleisches war unerträglich. Die geschwärzte äußere Hülle begann zu zerbröckeln und zerfiel schließlich ganz. Sofort ergriff das Feuer die innere Erscheinung, die auf Yulian nun beinahe wie sein eigenes Ebenbild wirkte. Es wies die gleichen Züge auf, den gleichen Knochenbau, die gleiche morbide Attraktivität. Das Gesicht eines gefallenen Engels. Sie glichen sich wie ein Ei dem anderen.
»Du ... du bist tatsächlich mein Vater!« stieß er hervor.
Das war ich, stöhnte der andere. *Jetzt bin ich nichts. Ich verbrenne, wie du wohl siehst. Nicht das eigentliche Ich, aber etwas, das ich zurückließ. Es war meine letzte Hoffnung, und dadurch und mit deiner Hilfe hätte ich wieder eine Macht in dieser deiner Welt darstellen können. Doch jetzt ist es zu spät.*
»Warum gibst du dich dann mit mir ab?« Yulian bemühte sich, den anderen zu verstehen. »Wieso bist du zu mir gekommen oder hast mich an

dich gezogen? Wenn ich dir sowieso nicht helfen kann – was bringt das dann?«

Rache! Die Stimme des brennenden Dings klang mit einem Mal messerscharf durch Yulians träumenden Verstand. *Durch dich!*

»Ich soll dich rächen? An wem?«

An denjenigen, die mich hier aufgespürt haben. Die in diesem Augenblick meine letzte Chance auf eine Zukunft vernichten. An Harry Keogh und seinem Rudel von weißen Magiern!

»Ich verstehe dich nicht!« beklagte sich Yulian kopfschüttelnd, während er in morbider Faszination zusah, wie das Ding immer weiter schmolz. Er beobachtete, wie seine eigenen Züge sich verzerrten, flüssig wurden und in dicken Tropfen herunterrannen. »Welche weißen Magier? Harry Keogh? Den kenne ich nicht.«

Aber er kennt dich! Zuerst bin ich dran, Yulian, und dann du! Harry Keogh kennt uns beide, und er weiß, wie man uns töten kann: durch Pflock, durch Schwert und durch Feuer. Du behauptest, du könntest die Gegenwart von Feinden spüren! Hast du dann nicht gemerkt, daß Feinde gerade jetzt ganz nahe bei dir lauern? Es sind die gleichen wie hier. Zuerst ich, und dann bist du an der Reihe!

Selbst im Traum spürte Yulian, wie seine Kopfhaut prickelte. Die geheimen Beobachter natürlich! »Was muß ich tun?«

Räche mich und rette dich! Auch das bedeutet ein und dasselbe. Denn sie wissen, was wir sind, Yulian, und sie können uns nicht am Leben lassen. Du mußt sie töten, denn sonst werden sie dich mit Sicherheit töten!

Der letzte Fetzen menschlichen Fleisches fiel von der Alptraumgestalt ab und enthüllte die wahre innere Realität. Yulian zischte erschrocken, zog sich ein wenig zurück und musterte dieses bloßliegende Gesicht des Bösen. Er sah Thibors Fledermausschnauze, die an den Spitzen eingerollten Ohren, die langen Kiefer und rotglühenden Augen. Der Vampir lachte ihn an. Es klang wie das tiefe Bellen eines großen Hundes. Eine gespaltene Zunge zuckte rot in einer zahnbewehrten Höhle. Dann tobten die Flammen mit einem Mal auf, als habe sie ein gewaltiger Blasebalg aufgepeitscht. Sie umzüngelten die Gestalt des Schreckens, die sich unter ihrer liebevollen Umarmung schwarz verfärbte und zu Ascheflocken zerfiel.

Am ganzen Körper bebend und schweißnaß fuhr Yulian von seinem

Bett hoch. Und wie aus einer Million Meilen Entfernung vernahm er ein letztes Mal Thibors ferne, schwache Stimme: Räche mich, Yuliaaan!

Er stand in dem dunklen Zimmer auf, schritt unsicher zum Fenster und blickte in die Nacht hinaus. Dort draußen ein denkender Verstand. Ein Mann, der das Haus beobachtete. Der wartete.

Der Schweiß auf seiner Haut trocknete und ließ ihn vor Kälte erschauern, doch er blieb an seinem Platz stehen. Die Panik verflog und machte Zorn und Haß Platz. »Dich rächen, Vater?« hauchte er schließlich. »Oh ja, das werde ich, mit Bestimmtheit!«

In der schwach glänzenden, nachtdunklen Fensterscheibe wirkte sein Spiegelbild wie das Echo der Kreatur des Traums. Aber Yulian war weder schockiert, noch überrascht. Es bedeutete lediglich, daß seine Verwandlung nun vollständig war. Er blickte durch die Reflektion hindurch die dunkle, flüchtige Gestalt hinter der Hecke an ... und grinste. Und sein Grinsen war wie eine Einladung, durch die Pforte der Hölle zu treten.

Am Fuß der Kreuzhügel warteten Kyle und Quint, Krakovic und Gulharov. Es war nicht kalt, aber sie standen dicht zusammengedrängt, als suchten sie Wärme.

Das Feuer erstarb langsam. Der Wind, der kurz zuvor wie aus dem Nichts aufgekommen war, hatte sich wieder gelegt, wie der röchelnde letzte Atemzug eines sterbenden Riesen. Menschliche Gestalten, halb von den schwarzen Rauchschwaden und den Bäumen verdeckt, schufteten über ihnen und im Osten der verwüsteten Zone, um das Feuer an einer unkontrollierter Ausbreitung zu hindern und niederzuhalten. Ein rußgeschwärzter, in einen blauen Overall gekleideter kräftiger Kerl stolperte unter den Bäumen am Fuß des Abhangs hervor und kam auf die Vampirjäger zu. Es war der rumänische Vorarbeiter Janni Chevenu.

»Sie!« Er packte Krakovic am Arm. »Eine Seuche haben Sie gesagt! Aber haben Sie es gesehen? Haben Sie das ... das Ding gesehen, bevor es verbrannte? Es hatte Augen und Mäuler! Es hat um sich geschlagen, sich gewunden, und es ... es ... mein Gott! Mein *Gott*!«

Unter all dem Ruß und Schweiß war Chevenus Gesicht kreidebleich. Nur langsam klärte sich sein Blick. Er sah von Krakovic zu den anderen herüber. Die hageren Gesichter, die ihn anblickten, vermittelten das gleiche Gefühl: einen Schrecken, der nicht geringer war als der Chevenus.

»Eine Seuche also«, wiederholte er. »Aber das war keine Art von Seuche, wie ich sie jemals erlebt hätte.«

Krakovic schüttelte sich, wie um den Schrecken loszuwerden. »Oh ja, es war eine Seuche, Janni«, erwiderte er schließlich. »Und zwar von der schlimmsten Sorte. Sie können sich glücklich schätzen, daß Sie in der Lage waren, diese Seuche auszulöschen. Wir stehen in Ihrer Schuld. Wir alle. Überall auf dieser Welt ...«

Darcy Clarke hätte normalerweise die Nachtschicht von 20:00 bis 2:00 Uhr gehabt, aber er lag in Paignton in seinem Hotelbett. Offensichtlich hatte er etwas Falsches gegessen. Jedenfalls litt er unter heftigen Magenkrämpfen und Durchfall. Peter Keen hatte Clarkes Schicht übernommen, war hinausgefahren zum Harkley House und hatte Trevor Jordan von dessen Observierungsaufgabe erlöst.

»Dort oben hat sich nichts getan«, hatte Jordan geflüstert, wobei er sich aus dem geöffneten Autofenster beugte und Keen eine große Armbrust mit Hartholzbolzen reichte. »Unten brennt Licht, aber das ist alles. Sie sind alle drin, und falls nicht, müßte jemand auf anderem Weg hinausgelangt sein als durch das Tor. In Bodescus Mansardenzimmer ist das Licht für ein paar Minuten eingeschaltet gewesen. Vielleicht mußte er mal auf die Toilette. Ich habe außerdem gespürt, wie jemand nach meinen Gedanken tastete, aber nur einen Augenblick lang. Seitdem war es ruhig wie in einer Gruft.«

Keen grinste, wenn auch etwas nervös. »Wir wissen ja wohl, daß es nicht in jeder Gruft ruhig zugeht, oder?«

Das fand Jordan nun nicht mehr lustig. »Peter, Sie haben wirklich einen morbiden Humor!« Er nickte in Richtung der Armbrust in Keens Hand. »Wissen Sie, wie man damit umgeht? Kommen Sie, ich spanne und lade sie schon mal.«

Keen nickte freundlich. »Ist kein Problem. Ich komme damit klar. Aber wenn Sie mir ernsthaft einen Gefallen tun wollen, sorgen Sie bitte dafür, daß meine Ablösung wirklich um zwei Uhr morgens da ist!«

Jordan stieg in sein Auto und ließ den Motor an. Er bemühte sich, sanft zu starten, damit das Motorengeräusch nicht zu laut wurde. »Sie haben dann zwölf von vierundzwanzig Stunden Dienst gehabt, ja? Sowas gehört bestraft! Sie machen bestimmt Karriere, falls Sie sich nicht vorher umbringen. Gute Nacht!« Damit war er so leise wie möglich losgefahren und hatte erst nach ein paar hundert Metern die Scheinwerfer eingeschaltet.

Das war vor einer halben Stunde gewesen, aber Keen verfluchte sich selbst bereits jetzt seines großen Mundwerks wegen. Sein alter Herr war Soldat gewesen. »Peter«, hatte er ihm einst gesagt, »melde dich niemals freiwillig. Wenn sie Freiwillige brauchen, heißt das, niemand will diesen Job!« Und in einer Nacht wie dieser fiel es ihm leicht, seinen Vater zu verstehen.

Dünne Nebelschleier lagen über dem Boden, und die Luft war voller Feuchtigkeit. Die Atmosphäre war seltsam stickig und lastete wie Blei auf Keens Schultern. Er stellte seinen Kragen hoch und hob das Infrarot-Fernglas an die Augen. Zum zehnten Mal in einer halben Stunde suchte er das Haus nach Anzeichen von Bewegung ab. Nichts. Das Haus war warm, was sich deutlich genug abzeichnete, aber es bewegte sich drinnen nichts. Oder die Bewegung war zu gering, um sie zu registrieren.

Er suchte das Grundstück ab, soweit er es einsehen konnte. Wieder nichts – aber halt! Da war doch etwas! Keen hatte aus der Bewegung heraus ein verschwommenes Bündel von Wärmestrahlung erfaßt, Körperwärme offensichtlich, die er mit seinem Nachtglas aber wahrzunehmen vermochte. Es mochte sich um einen Fuchs handeln, einen Dachs, Hund oder Menschen? Er bemühte sich, das Bündel wieder in Sicht zu bekommen, doch ohne Erfolg. Also hatte er nun etwas gesehen oder nicht?

Etwas summte und juckte in Keens Kopf. Es war wie ein plötzlicher Ausbruch elektrischer Energie, der ihn auffahren ließ.

Verdammter schleimiger Bastard!

Keen erstarrte. Was war das gewesen? Was zum Teufel war das?

Du wirst sterben, sterben, sterben! Ha, ha, ha! Wieder dieses Prickeln wie von Elektrizität. Und Stille.

Gütiger Himmel! Aber Keen war ohne weiteres Überlegen klar, was ihm diesen Streich spielte: sein unregelmäßig auftretendes Talent! Nur einen Augenblick lang hatte er die Gedanken eines anderen gehört. Eines Hirns, das von Haß erfüllt war.

»Wer ...?« fragte sich Keen laut, wobei er sich nervös umblickte. Er stand bis zu den Knöcheln in einer Nebelschwade. »Was ...?« Plötzlich lag eine beinahe greifbare Bedrohung in der Nacht.

Er hatte die Armbrust gespannt und geladen auf dem Nebensitz im Auto liegen lassen. Der rote Capri stand mit der Schnauze auf einem Acker, ungefähr fünfundzwanzig Meter weiter die Straße hinunter. Keen stand auf dem Rain. Seine Schuhe, Socken und Füße waren von dem feuchten Gras durchnäßt. Er blickte hinüber zum Harkley House, das finster über dem vernebelten Gelände dräute, und dann schritt er zum Auto zurück. Irgendetwas sprang in weiten Sätzen durch den Garten auf das Tor zu. Keen erhaschte es einen Augenblick lang, dann verlor sich der Schatten in Nebel und Dunkelheit.

Ein Hund? Ein sehr großer Hund? Darcy Clarke hatte doch von Schwierigkeiten mit einem Hund berichtet, oder?

Keen schritt schneller aus, strauchelte und wäre fast gestürzt. Irgendwo in der Nacht rief eine Eule. Ansonsten herrschte nur Stille. Und ein leises, zielbewußtes Tapsen und – Schnaufen? – von der Seite des Tores her, die zur Straße gewandt war. Keen stolperte zurück, alle Sinne angespannt, ungewisse Angst im Herzen. Etwas näherte sich ihm, das fühlte er. Und nicht nur ein Hund.

Er prallte gegen den Kotflügel seines Wagens und schnappte hörbar nach Luft. Halb drehte er sich um, faßte durch die geöffnete Seitenscheibe nach innen und tastete, ohne hinzusehen, nach der Armbrust. Seine Hand fühlte etwas und hob es in Sicht: den in zwei Hälften zerbrochenen Hartholzbolzen! Die beiden Hälften hingen nur noch an einem Splitter zusammen. Keen schüttelte in gelähmter Ungläubigkeit den Kopf und faßte noch einmal hinein. Diesmal fand er die Armbrust, ohne Spannung, dafür aber mit völlig verbogenen Metallstreben.

Etwas Großes, Schwarzes floß aus dem Nebel bis zu ihm hin. Es trug einen Kapuzenmantel. Erst im letzten Moment schlug die Gestalt die Kapuze zurück. Keen erblickte ein Gesicht, das bei weitem nicht mehr menschlich wirkte. Er wollte schreien, doch seine Kehle war rauh wie Schmirgelpapier.

Das Ding in Schwarz starrte Keen an und zog die Lippen hoch. Die Zahnreihen paßten ineinander wie das Gebiß eines Haifisches. Keen wollte wegrennen, springen, sich bewegen, doch er war nicht dazu in der Lage. Seine Füße hatten Wurzeln geschlagen. Das Ding in Schwarz hob in einer schnellen, fließenden Bewegung den Arm, und etwas schimmerte feucht und silbrig durch die Nacht: ein Metzgerbeil!

ZWEITES KAPITEL

Als Kyle und seine Begleiter nach Ionesti und in das Hotel zurückkehrten, fanden sie Irma Dobresti vor, die in ihrer Zimmerflucht umhertigte und sich nervös die langen Hände massierte. Ihre Erleichterung beim Anblick der Männer war offensichtlich. Genau wie ihre Freude, als sie ihr berichteten, daß die Operation ein voller Erfolg gewesen sei. Sie gaben sich allerdings auffällig wenig Mühe, ihr die Einzelheiten der Geschehnisse in den Bergen zu erzählen.

Als sie ihre angespannten Gesichter musterte, unterließ sie es, weiter nachzubohren. Vielleicht berichteten sie ihr später ausführlich, wenn sie soweit waren.

»Also«, ließ sie sich nach einem Drink vernehmen, »die Aufgabe hier wäre nun beendet. Wir müssen nicht länger in Ionesti bleiben. Es ist wohl schon recht spät ...« Sie blickte auf die Uhr: »Immerhin 22:30 Uhr, aber ich schlage trotzdem vor, daß wir jetzt gleich abreisen. Diese Bürokratenhengste werden bald da sein. Besser, wir sind dann weg.«

»Bürokraten?« Quint blickte überrascht drein. »Ich wußte gar nicht, daß Sie diesen Ausdruck in Ihrem System auch benutzen.«

»Oh ja«, bestätigte sie, ohne zu lächeln. »Genau wie ›Commie‹ und ›Züricher Gnome‹ und ›Kapitalistenschweine‹!«

»Ich stimme Irma zu«, sagte Kyle nüchtern. »Wenn wir warten, müssen wir voraussichtlich mit der Wahrheit herausrücken. Und diese Wahrheit – obwohl sie sich auf Dauer als durchaus real herausstellen wird – wirkt auf die Schnelle sicher unglaubhaft. Nein, ich sehe alle möglichen Probleme auf uns zukommen, sollten wir noch länger hier bleiben.«

»Stimmt.« Sie nickte und seufzte dabei erleichtert, weil der Engländer sich ihren Argumenten angeschlossen hatte. »Falls sie über das alles reden wollen, können sie mich ja in Bukarest kontaktieren. Dort bin ich zu Hause und habe meine Vorgesetzten im Rücken. Man kann mir keinen Vorwurf machen. Das war eine Angelegenheit nationaler Sicherheit, eine internationale Kooperation wissenschaftlicher Art zur Prävention einer Krise zwischen Rumänien, der Sowjetunion und Großbritannien. Ich bin in Sicherheit. Aber in diesem Moment und in Ionesti fühle ich mich nicht sicher.«

»Also packen wir«, schlug Quint in seiner üblichen praktischen Art vor.

Irma zeigte ihre gelben Zähne in einem ihrer seltenen Lächeln. »Packen wird nicht notwendig sein«, informierte sie die anderen. »Ich habe mir die Freiheit genommen, Ihr Gepäck bereits fertigzumachen. Können wir jetzt bitte gehen?«

Ohne noch zu zögern zahlten sie ihre Rechnung und fuhren ab.

Krakovic bot den anderen an, zu fahren, um Sergej Gulharov eine Pause zu gönnen.

Als sie auf den nächtlichen Straßen nach Bukarest unterwegs waren, saß Gulharov hinten neben Irma und berichtete ihr mit leiser Stimme so gut er konnte, was in den Bergen geschehen war und von dem monströsen Ding, das sie dort verbrannt hatten.

Als er fertig war, sagte sie schlicht: »Ihren Gesichtern habe ich angesehen, wie es Sie mitgenommen hat. Ich bin froh, nicht dabei gewesen zu sein.«

Nachdem er gegen zehn Uhr abends zum letzten Mal auf die Toilette gerannt war, hatte Darcy Clarke schließlich beinahe drei Stunden lang wie ein Stein in seinem Hotelzimmer geschlafen. Als er aufwachte, fühlte er sich absolut fit. Für ihn waren die letzten Stunden ein Mysterium: Er konnte sich nicht erinnern, daß er je ähnliche Magenbeschwerden gehabt hatte, die so schnell vorüber waren. Nicht, daß er sich darüber beschwert hätte. Er hatte jedoch keine Ahnung, was er gegessen haben könnte, das solcherart eingeschränkte Wirkung zeigte. Jedenfalls hatte der Rest des Teams keinerlei Beschwerden verspürt. Weil er die anderen nicht im Stich lassen wollte, stand er schnell auf, zog sich an und meldete sich zum Dienst zurück.

Im Kontrollraum (eigentlich dem Wohnzimmer ihrer Hotelsuite) fand er Guy Roberts, der auf seinem Drehstuhl zusammengesackt war, den Kopf auf den Armen auf seinem »Schreibtisch« ruhend, einem Eßtisch, der voll lag mit Notizzetteln, einem Tagebuch und einem Telefon. Er schlief offensichtlich fest. Direkt unter seiner Nase stand ein Aschenbecher mit unzähligen Kippen. Er mußte wohl nikotinsüchtig sein, wenn er ohne solche Utensilien nicht einmal schlafen konnte!

Trevor Jordan döste auf einem bequemen Sessel, während Ken Layard und Simon Gower auf einem kleinen, mit grünem Flanell überzogenen Kartentisch leise eine eigene Version von chinesischem Patience legten. Gower, ein Wahrsager oder Prophet von beträchtlichem Talent, spielte schlecht. Er beging zu viele Fehler. »Ich kann mich nicht konzentrieren!« klagte er grollend. »Ich habe ein Gefühl, daß Schlimmes auf uns zukommt – eine ganze Menge sogar.«

»Hör auf, dich herausreden zu wollen!« mahnte Layard spöttisch. »Mann, wir wissen ganz genau, was auf uns zukommt! Und aus welcher Richtung. Wir wissen nur nicht, wann – das ist alles.«

»Nein«, widersprach Gower und schüttelte energisch den Kopf. »Es hat nichts mit unserem Vorhaben zu tun. Wenn wir Bodescu angreifen, ist das etwas ganz anderes. Was ich spüre, ist ...«, er zuckte verkrampft die Achseln, »... etwas anderes eben.«

»Dann sollten wir vielleicht den fetten Mann hier wecken und es ihm sagen«, schlug Layard vor.

Gower schüttelte den Kopf. »Ich habe ihn schon drei Tage lang gewarnt. Es ist nichts Greifbares – das ist es nie – aber es ist zweifellos vorhanden. Es könnte sein, daß du recht hast und ich den Schlamassel spüre, der am Harkley House auf uns zukommt. Sollte das der Fall sein, steht uns allerdings einiges bevor! Nein, laß Roberts ruhig schlafen. Er ist müde, und außerdem, sobald er wach ist, stinkt die ganze Bude nach diesem verdammten Kraut! Ich habe beobachtet, wie er schon mal drei Glimmstengel auf einmal am Glühen hatte! Mein Gott, wir brauchen Sauerstoffmasken!«

Clarke schritt um Roberts' schnarchende Gestalt herum zu dem improvisierten Schreibtisch und nahm den Dienstplan zur Hand. Roberts hatte ihn nur bis zur kommenden Nachmittagsschicht festgelegt. Keen war jetzt dran und sollte durch Layard abgelöst werden, einen Aufspürer, der bis acht Uhr morgens Harkley observieren sollte. Dann war Gower bis 14:00 Uhr dran, gefolgt von Trevor Jordan. Weiter ging es nicht. Clarke fragte sich, was das wohl zu bedeuten habe. Vielleicht war es das, was Gower spürte? Lag der Zeitpunkt zum Losschlagen so nahe?

Layard hielt den Kopf schief und musterte Clarke, der mit dem Dienstplan in der Hand dastand. »Was ist los, alter Junge? Hast du immer noch Durchfall? Du mußt dir keine Gedanken des Dienstplans wegen machen. Guy hat dich rausgenommen.«

Gower blickte auf und brachte ein Grinsen zustande. »Er will nicht, daß du die Büsche dort draußen verschmutzt!«

»Ha, ha«, machte Clarke mit nichtssagender Miene. »Nein, mir geht es wieder gut. Und ich bin am Verhungern! Ken, wenn du willst, kannst du jetzt ins Bett hüpfen. Ich übernehme die nächste Schicht. Dann stimmt der ursprüngliche Dienstplan anschließend wieder.«

»Welch heldenhaftes Verhalten!« Layard pfiff leise durch die Zähne. »Klasse! Sechs Stunden Schlaf werden mir verdammt gut tun.« Er stand auf und streckte sich. »Hast du gesagt, du hättest Hunger? Unter der Abdeckung dort drüben auf dem Tisch liegen Sandwiches. Sie werden mittlerweile ein wenig trocken sein, sind aber bestimmt noch eßbar.«

Clarke nahm sich eines und begann darauf herumzukauen. Er blickte dabei auf die Uhr. Es war Viertel nach Eins. »Ich springe schnell unter die Dusche und dann fahre ich los. Wenn Roberts aufwacht, sagt ihm, daß ich die Schicht übernommen habe, okay?«

Gower stand auf, schritt auf Clarke zu und sah ihm geradewegs forschend in die Augen. »Darcy, hast du irgendetwas vor?«

»Nein.« Clarke schüttelte den Kopf, überlegte es sich dann jedoch. »Ja ... ach, ich weiß es selbst nicht. Ich will einfach hinaus nach Harkley, das ist alles. Meinen Beitrag leisten.«

Fünfundzwanzig Minuten später war er unterwegs.

Kurz vor zwei Uhr parkte Clarke seinen Wagen am Straßenrand ein paar hundert Meter vor der Einfahrt zum Harkley House und ging den Rest des Wegs zu Fuß. Der Nebel war zum großen Teil verflogen und die Nacht wurde allmählich wirklich schön. Die Sterne beleuchteten seinen Weg, und die Silhouetten der Hecken hoben sich deutlich vom Hintergrund ab.

Seltsamerweise trotz des furchteinflößenden Zusammentreffens mit Bodescus Hund verspürte Clarke keinerlei Angst. Er führte es darauf zurück, daß er eine geladene Pistole dabei hatte und daß weiter oben im Auto eine kleine, jedoch durchaus tödliche metallene Armbrust lag. Nachdem er Peter Keen abgelöst hatte, wollte er seinen Wagen abholen und zwischen den Hecken gegenüber der Einfahrt parken.

Auf dem Weg begegnete er niemandem, aber jenseits der Felder hörte er einen Hund bellen, und ein anderer, kilometerweit entfernt, antwortete darauf. Auf den Hügeln waren eine Handvoll Lichter verschwommen zu erkennen, und gerade, als die Toreinfahrt zum Harkley House in Sicht kam, läutete eine ferne Kirchturmuhr die neue Stunde ein.

Zwei Uhr und alles ist okay, dachte Clarke und bemerkte, daß es eben nicht so war. Zum Einen konnte er Keens unverkennbaren roten Capri nicht entdecken. Und zum Anderen war Keen offensichtlich nicht da.

Clarke kratzte sich überrascht am Kopf und stapfte durch das Gras, dort, wo Keens Wagen stehen sollte. Auf dem nassen Boden lag lediglich ein zerbrochener Ast, und ... nein, das war kein Ast. Clarke bückte sich und hob den zerbrochenen Bolzen der Armbrust auf. Mit einem Mal prickelten seine Finger. Hier war etwas sehr, sehr faul!

Er blickte auf und hinüber zum Haus, das wie ein geducktes, lauerndes, lebendes Wesen in der Nacht dräute. Die Augen des Wesens waren nun geschlossen, aber was verbarg sich hinter diesen geschlossenen Lidern seiner dunklen Fenster?

Clarkes Sinne arbeiteten mit höchster Konzentration auf vollen Touren. Seine Ohren vernahmen das Rascheln einer Maus, die Augen bemühten sich verzweifelt, die Dunkelheit zu durchdringen, er schmeckte, ja, fühlte beinahe greifbar die Bedrohung durch das Böse in der Nachtluft und etwas stank. Wie der Geruch in einem Schlachthof.

Clarke nahm eine bleistiftdünne Lampe aus der Tasche und beleuchtete das Gras vor seinen Füßen. Es war rot, naß und klebrig. Seine Hosenaufschläge waren rot, von Blut besudelt. Jemand – *Gott, bitte laß es nicht Peter Keen sein!* – hatte an diesem Fleck sein Blut literweise vergossen. Clarkes Beine zitterten und hätten fast nachgegeben, doch er zwang sich dazu, der Blutspur zu folgen, bis zu einem Fleck hinter der nächsten Hecke und außer Sicht von der Straße aus. Und dort wurde es noch schlimmer! Besaß denn ein Mensch derartig viel Blut?

Clarke hätte sich am liebsten übergeben, aber das hätte ihn in diesem Moment der Hilflosigkeit ausgeliefert, und das durfte er keinesfalls riskieren. Doch dieses Gras ... mit Blutflecken übersät, dazwischen Hautfetzen und ... Fleischbrocken! Menschenfleisch! Und der schmale Lichtstrahl seiner Stablampe enthüllte noch etwas, das nur eine ... Gott! ... eine Niere sein konnte!

Clarke rannte oder besser: schwebte, strebte, schwamm, alles wie im Traum, in einem fürchterlichen Alptraum zurück zum Auto, fuhr wie ein Verrückter nach Paignton zurück und stürzte in die Zimmerflucht, die INTESP als Zentrale diente. Er stand unter Schock, hatte keinerlei Erinnerung an die Fahrt, wußte nur noch, was er gesehen und was sich in sein Gedächtnis eingebrannt hatte. Er fiel auf einen Stuhl und lag mehr als er saß: Lippen, Wangen, Glieder, sogar der Verstand zitterten.

Guy Roberts war halbwegs aufgewacht, als Clarke hereinstürzte. Er sah mit einem Blick den Zustand, in dem sich der Mann befand, die besudelte Hose, das schlaffe, leichenblasse Gesicht, und wachte vollends auf. Er zerrte Clarke hoch, versetzte ihm rechts und links Ohrfeigen, die wieder Farbe in Clarkes Wangen brachten und Leben in die stumpfen Augen. Clarke richtete sich auf und stierte Roberts wie in Panik an, grollte, knirschte mit den Zähnen und ging wie ein Verrückter auf den anderen los.

Trevor Jordan und Simon Gower rissen ihn von Roberts weg und hielten ihn fest und dann klappte er zusammen. Wie ein Kind schluchzend erzählte er den anderen schließlich, was er erlebt hatte. Das Einzige, was er verschwieg, war ohnehin offensichtlich: warum es ihn ganz persönlich derart betroffen machte.

»Offensichtlich, ganz klar«, sagte Roberts zu den anderen, wobei er Clarkes Kopf in den Armen hielt und den Mann wie ein Kind schaukelte. »Ihr wißt doch, über welches besondere Talent Clarke verfügt, oder? Stimmt, er hat so etwas wie einen Schutzengel. Was? Er könnte durch ein Minenfeld laufen und würde doch unversehrt herauskommen. Also ist klar, daß Darcy sich für das verantwortlich fühlt, was geschehen ist. Er hatte gestern abend Durchfall und konnte seinen Dienst nicht antreten. Aber das lag nicht an dem, was er gegessen hatte – es lag an seinem verdammten Talent! Sonst wäre Darcy dort draußen zerfetzt worden und nicht Peter Keen!«

Dienstag Morgen, sechs Uhr

Alec Kyle wurde von Carl Quint grob wachgerüttelt. Krakovic war mit Quint gekommen. Ihrer beider Gesichter wirkten hohlwangig und angespannt von den Reisestrapazen und durch den Mangel an Schlaf. Die Nacht hatten sie im Dunarea verbracht, wo sie gegen ein Uhr eingetroffen waren. Sie hatten kaum mehr als vier Stunden geschlafen. Krakovic war vom Nachtportier geweckt worden, um einen Anruf aus England für seine britischen Gäste entgegenzunehmen. Quint, dessen Talent ihn vorgewarnt hatte, daß etwas in der Luft lag, war zu dieser Zeit bereits wach gewesen.

»Ich haben Anruf in mein Zimmer legen lassen«, sagte Krakovic zu Kyle, der sich nach besten Kräften bemühte, seinen Kopf klar zu bekommen. »Ist jemand der heißt Roberts. Will mit Ihnen sprechen. Sehr wichtig.«

Kyle schüttelte sich gewaltsam wach und sah Quint an.

»Es ist etwas los«, sagte Quint besorgt. »Ich habe es schon vor Stunden gespürt. Habe mich im Schlaf herumgewälzt, dann bin ich aufgewacht, wieder eingeschlafen ... eine sehr unruhige Nacht, aber ich war zu müde, um richtig und schnell auf mein Gefühl zu reagieren.«

Alle drei eilten in Pyjamas hinüber in Krakovics Zimmer.

Auf dem Weg fragte der Russe Quint: »Woher sie wissen, wo wir sind, Ihre Leute? Das sie sind, oder? Wir doch gar nicht geplant hatten, heute hier schlafen!« Wenn er müde oder erregt war, wurde sein Englisch stets schlechter.

Quint zog auf die für ihn so typische Art eine Augenbraue hoch. »Wir sind doch im gleichen Metier tätig, Felix, denken Sie mal daran!«

Krakovic war beeindruckt. »Ein Sucher? Sehr gute Arbeit!«

Quint klärte ihn nicht weiter darüber auf. Klar, Ken Layard war gut, aber nicht so gut. Je besser er eine Person oder einen Gegenstand kannte, desto leichter konnte er ihn aufspüren. Er hatte mit Sicherheit festgestellt, daß sich Kyle in Bukarest aufhielt, und dann hatten sie bestimmt alle größeren Hotels abgeklappert. Da das Dunarea zu den wichtigsten gehörte, stand es vermutlich auf dieser Liste mit ganz oben.

In Krakovics Zimmer nahm Kyle nun den Anruf entgegen. »Guy? Alec hier.«

»Alec? Wir haben ein großes Problem. Ich fürchte, es ist verdammt schlimm! Können wir sprechen?«

»Kann das Gespräch nicht über London geschaltet werden?« Kyle war jetzt hellwach.

»Das würde zuviel Zeit kosten«, antwortete Roberts. »Und Zeit ist mehr als wichtig.«

»Warten Sie«, unterbrach ihn Kyle. Er sagte zu Krakovic: »Wie stehen die Chancen, daß wir abgehört werden?«

Der Russe zuckte die Achseln und schüttelte den Kopf. »Ich halten das nicht für möglich.« Er trat ans Fenster und zog die Vorhänge auf. Die Morgendämmerung würde bald anbrechen.

»Okay, Guy«, sagte Roberts. »Hier ist es jetzt etwa vier Uhr morgens. Gehen wir zwei Stunden zurück ...« Er berichtete Kyle alles, was vorgefallen war, und erklärte sodann genau, was er seit Clarkes überstürzter Rückkehr ins Hotel in Paignton unternommen hatte.

»Ich habe Ken Layard darauf angesetzt. Er hat tolle Arbeit geleistet! Er spürte Keen irgendwo auf der Straße zwischen Brixham und Newton Abbot auf. Keen und sein Auto zertrümmert und ausgebrannt. Ich habe Layards Angaben überprüft, und er hatte natürlich recht. Dann waren wir in der Lage, definitiv festzustellen, daß Peter ... daß er tot war.

Ich nahm Kontakt mit der Polizei in Paignton auf und sagte ihnen, daß ich auf einen Freund warte, der zu lange ausgeblieben sei. Ich gab ihnen seinen Namen an und eine Beschreibung seiner Person und seines Wagens. Sie berichteten, es habe einen Unfall gegeben und man schweiße gerade sein Auto auf, um ihn zu bergen. Mehr könne er mir nicht sagen, aber ein Notarztwagen sei bereits an Ort und Stelle, und man werde den Fahrer nach Torquay in die Notaufnahme des dortigen Krankenhauses einliefern. Für mich war das lediglich eine Fahrt von zehn Minuten. Deshalb war ich dort, als er hereingebracht wurde. Ich habe ihn identifiziert ...« Er hielt inne.

»Weiter«, ermutigte ihn Kyle, dem klar war, daß noch Schlimmeres folgen würde.

»Alec, ich fühle mich verantwortlich dafür! Wir hätten vorsichtiger sein müssen. Unser Problem ist, daß wir uns viel zu sehr auf unsere diversen Fähigkeiten verlassen! Wir haben beinahe schon vergessen, technische Mittel zu benutzen. Walkie-Talkies beispielsweise, um schnelleren Kontakt zu ermöglichen. Wir hätten bei diesem verfluchten Ungeheuer mit mehr Schwierigkeiten rechnen müssen. Ich meine, Herrgott nochmal, wie konnte ich das geschehen lassen? Wir sind ESPer, wir haben ganz besondere Fähigkeiten! Bodescu ist doch nur ein einziger Mann, und wir sind ...«

»Er ist keineswegs nur ein Mann!« fauchte Kyle. »Und wir haben kein Monopol auf außersinnliche Fähigkeiten. Er besitzt auch welche. Aber das ist nicht Ihre Schuld! Jetzt berichten Sie mir bitte auch den Rest.«

»Er ... Peter wurde ... verdammt, er hat diese Verletzungen nicht durch einen Autounfall erlitten! Sein Körper wurde geöffnet ... ausgenommen wie eine Gans! Alles lag offen! Sein Kopf war ... Gott! Er war in zwei Hälften gespalten!«

Trotz des Entsetzens über Roberts' Neuigkeiten bemühte sich Kyle, leidenschaftslos zu reagieren. Er hatte Peter Keen sehr gut gekannt und gemocht. Doch das mußte er nun beiseite schieben und sich ganz auf seine Aufgaben konzentrieren. »Warum der Autounfall? Was hat sich dieser Bastard davon erhofft?«

»So wie ich es sehe«, antwortete Roberts, »wollte er lediglich den Mord verschleiern, und das, was er Peters armem Körper angetan hat. Die Polizei sagte, im Auto und in dessen Umgebung habe es sehr stark nach Benzin gerochen. Ich schätze einmal, Bodescu hat Peter dort hinausgefahren, den höchsten Gang eingelegt und das Auto den Hang hinunterrollen lassen. Dann ist er, bestimmt sehr spät erst, herausgesprungen. Ein paar Kratzer und Schrammen machen ihm bei seiner Vampir-Konstitution nichts aus. Und möglicherweise hat er zuerst noch Benzin im Auto ausgeleert, um alle Indizien zu verbrennen. Aber wie er diesen armen

Burschen aufgeschlitzt und auseinandergenommen hat ... Gott, das war schrecklich! Ich frage mich bloß, warum er das getan hat! Peter war doch schon längst tot, als dieser Ghoul mit ihm fertig war. Hätte er ihn gefoltert, dann hätte das noch so etwas wie einen Sinn ergeben. Ich meine, so schrecklich das alles ist, aber ich könnte es gerade noch verstehen! Aber von einem toten Mann kann man doch nichts mehr erfahren, oder?«

Kyle hätte beinahe den Hörer fallen lassen. »Oh, mein Gott!« flüsterte er schockiert.

»Was ist?«

Kyle sagte nichts. Der plötzliche Schreck hatte ihn erstarren lassen.

»Alec?«

»Doch, das kann man«, antwortete Kyle endlich. »Man kann von einem toten Menschen eine Unmenge erfahren – alles sogar, einfach alles! – wenn man Nekromant ist!«

Roberts hatte Keoghs Akte eingesehen. Jetzt erinnerte er sich mit einem Mal daran, und ihm wurde klar, was Kyle meinte. »Denken Sie, es sei wie bei Dragosani?«

»Ganz genau wie bei Dragosani!«

Quint hatte das meiste mitbekommen. »Meine Herren!« Er packte Kyle am Ellbogen. »Dann weiß er alles über uns! Er weiß ...«

»Alles!« sagte Kyle zu Quint und Roberts gleichzeitig. »Er weiß Bescheid. Er hat es Keens Eingeweiden entrissen, seinem Gehirn, seinem Blut, seinen armen, mißbrauchten Organen! Guy, hören Sie genau zu, denn das ist jetzt von größter Wichtigkeit! Kannte Keen den Zeitpunkt, an dem Sie gegen Harkley House vorgehen wollten?«

»Nein. Ich bin der Einzige, der den Zeitpunkt kennt. Das hatten Sie selbst angeordnet.«

»Stimmt! Gut. Wir können Gott danken, daß wir das wenigstens richtig gemacht haben. Hören Sie, Guy: Ich komme zurück. Heute Abend – na, auf jeden Fall noch heute. Mit dem ersten Flug, den ich erwischen kann. Carl Quint wird hier bleiben und dafür sorgen, daß alles zu Ende geführt wird, aber ich komme zurück. Warten Sie aber nicht auf mich, wenn ich es nicht schaffe, rechtzeitig in Devon aufzutauchen! Schlagen Sie wie geplant los. Alles klar?«

»Ja.« Die Stimme seines Gesprächspartners klang zornig. »Oh, ja, ich weiß Bescheid. Und wie ich mich darauf freue, endlich losschlagen zu können!«

Kyles Augen verengten sich zu schmalen Schlitzen, und dabei funkelten sie wild. »Lassen Sie Peters Leiche verbrennen«, sagte er noch. »Nur für den Fall ... Und dann verbrennt Bodescu! Verbrennt all diese blutsaugenden Bastarde!«

Quint nahm ihm sanft den Hörer aus der Hand und sagte: »Guy, hier ist Carl. Noch etwas, und zwar mit höchster Wichtigkeitsstufe: Schicken Sie ein paar unserer besten Männer so schnell wie überhaupt möglich nach Hartlepool! Vor allem Darcy Clarke. Und zwar jetzt gleich, bevor sie gegen Harkley ausrücken!«

»In Ordnung«, stimmte Roberts zu, ohne weiter zu fragen. »Mache ich.« Dann erst begriff er. Trotz der nicht gerade guten Verbindung hörte Quint, wie er nach Luft schnappte. »Verdammt, allerdings werde ich das machen und zwar jetzt sofort!«

Kyle und Quint starrten sich anschließend blaß und mit großen Augen an. Ihnen ging natürlich das Gleiche im Kopf herum. Yulian Bodescu hatte nahezu alles erfahren, was man über INTESP erfahren konnte. Und Keen hatte, wie alle von ihnen, Zugang zur Akte Keogh gehabt! Ein Vampir fürchtet am meisten, daß man ihn als das entlarvt, was er ist. Er wird sich bemühen, jeden zu vernichten, der ihn auch nur unter Verdacht hat.

INTESP wußte um seine Natur, und das Herz von INTESP – der Geist dahinter war jemand namens Harry Keogh ...

Darcy Clarke hatte schnell zwei doppelte Whiskey gekippt, bevor er darauf bestand, wieder seinen Dienst anzutreten. Das war kurz vor Roberts' Anruf im Hotel Dunarea in Bukarest gewesen. Roberts, der anfangs noch Zweifel an Clarkes Dienstfähigkeit hegte, hatte ihn schließlich mit folgender Warnung nach Harkley geschickt: »Darcy, bleiben Sie im Auto! Steigen Sie auf keinen Fall aus, gleich was passiert! Ich weiß, daß Ihr Talent für Sie arbeitet, aber möglicherweise reicht das diesmal nicht aus. Wir brauchen jedoch unbedingt jemanden, der dieses Höllenhaus beobachtet, zumindest bis wir endgültig angreifen. Also, wenn Sie sich tatsächlich freiwillig melden ...«

Clarke war vorsichtig und innerlich absolut kalt zum Harkley House zurückgefahren und hatte den Wagen auf dem verklebten, schwarzen Gras geparkt, wo Keens Auto ein paar Stunden zuvor gestanden hatte. Er bemühte sich, nicht daran zu denken, was an diesem Ort geschehen war. Er konnte es nicht ganz aus seinem Bewußtsein verbannen – er würde es gewiß niemals vergessen können – doch er hielt es an der Peripherie seines Bewußtseins, damit es seiner Effektivität nicht im Weg stand. Und so saß er mit seiner Pistole und der geladenen Armbrust neben sich im Auto und beobachtete das Haus, ließ es keinen Moment aus den Augen.

In Clarkes Herzen hatte sich die Angst zu Haß gewandelt. Sicher, er erfüllte hier seine Pflicht, aber für ihn war es viel mehr. Bodescu konnte ja vielleicht herauskommen, sein Gesicht zeigen, und dann ... mochte es sein, daß er den Bastard unbedingt umbringen mußte.

Drinnen im Haus saß Yulian in der Dunkelheit hinter seinem Mansardenfenster. Auch er hatte so etwas wie Furcht empfunden, kurze Zeit lang sogar Panik. Doch nun war er genau wie Clarke ruhig, kalt, berechnend. Für den Augenblick jedenfalls wußte er, bis auf eine sehr gravierende Lücke, alles, was er über seine Beobachter wissen mußte. Das Einzige, was er nicht in Erfahrung gebracht hatte, war der Zeitpunkt. Bestimmt würden sie bald schon zuschlagen.

Er spähte in die Dunkelheit hinaus und spürte die nahende Morgendämmerung. Dort draußen, jenseits des Tores zur Einfahrt, saß jemand in einem Auto auf der gegenüberliegenden Straßenseite und beobachtete das Haus. Oh, derjenige war mit Sicherheit besser vorbereitet als der Letzte. Yulian fühlte mit seinen Vampirsinnen hinaus in die klamme, neblige Düsternis und berührte den Geist ganz sachte. Haß schlug ihm entgegen, bevor dieser Geist sich ihm verschloß – doch er hatte ihn bereits erkannt. Yulian grinste leicht.

Er schickte seine Gedanken hinunter in den Gewölbekeller: *Wlad, ein alter Freund von dir hält Wache vor dem Haus. Ich möchte, daß du ihn beobachtest. Aber laß dich nicht sehen und versuche auch nicht, ihn zu verletzen. Die Wächter sind mittlerweile höchst aufmerksam und gespannt wie Sprungfedern. Solltest du entdeckt werden, könnte das schlimm für dich ausgehen. Also beobachte ihn lediglich und laß mich wissen, falls er sich rührt oder irgend etwas anderes tut, als nur herüberzuschauen. Geh jetzt!*

Ein energiegeladener schwarzer Schatten mit angelegten Ohren und wild glimmenden Augen lief lautlos die schmalen Stufen in dem kleinen Gebäude an der Rückseite des Hauses empor. Er trat aus der halb geöffneten Tür in den dunklen Garten und wandte sich dem Tor zu, wobei er sich immer unter den Bäumen und Sträuchern hielt. Mit heraushängender Zunge machte sich Wlad daran, seine Aufgabe zu erfüllen.

Yulian rief die Frauen im großen Wohnzimmer im Erdgeschoß zusammen. Es war stockdunkel hier, aber jeder der Anwesenden konnte die anderen sehr gut sehen. Ob es ihnen nun paßte oder nicht: Die Nacht war jetzt ihr Element.

Als sie alle vereint waren, setzte sich Yulian neben Helen auf die Couch, wartete einen Augenblick, um sicher zu gehen, daß er aller Aufmerksamkeit auf sich gezogen hatte, und begann zu sprechen: »Meine Damen«, sagte er spöttisch mit leiser und drohender Stimme, »der Morgen wird bald anbrechen. Ich kann nicht sicher sein, aber ich vermute, es wird einer der letzten Morgen werden, die ihr noch erleben werdet. Es werden Männer kommen, und sie werden versuchen, euch zu töten. Das mag nicht so einfach sein, aber sie sind entschlossen und werden sich alle Mühe geben.«

»Yulian!« Seine Mutter stand augenblicklich auf und klagte mit erschrockener und ängstlicher Stimme: »Was hast du getan?«

»*Setz dich hin!*« befahl er, wobei er sie zornig anblickte. Sie gehorchte, wenn auch zögernd. Und als sie wieder auf der Kante ihres Sessels saß, fuhr er fort: »Ich habe alles Notwendige getan, um mich zu schützen. Und ihr alle solltet das Gleiche tun oder sterben. Bald.«

Helen, die gleichzeitig fasziniert und abgestoßen und mit einer Gänsehaut neben Yulian saß, berührte schüchtern seinen Arm. »Ich werde alles tun, was du von mir verlangst, Yulian.«

Er schüttelte ihre Hand ab und schubste sie fast von der Couch. »Kämpfe für dich selbst, Nutte! Nur das verlange ich. Nicht für mich, sondern für dich, falls du weiterleben willst!«

Helen schrak vor ihm zurück. »Ich wollte nur ...«

»Halt doch einfach den Mund!« wütete er. »Ihr *müßt* für euch selber einstehen, denn ich werde nicht hier sein. Ich verlasse das Haus in der Morgendämmerung, wenn sie es am allerwenigsten von mir erwarten. Aber ihr drei werdet bleiben. Solange ihr hier seid, werden sie hoffentlich glauben, daß auch ich noch hier sei.«

Er nickte und lächelte.

»Yulian, sieh dich selbst an!« zischte seine Mutter mit einem Mal giftig. »Du warst innerlich schon immer ein Ungeheuer, aber jetzt bist du auch äußerlich eines! Ich will nicht für dich sterben. Sogar dieses Halbleben ist besser als nichts, aber ich werde nicht darum kämpfen. Nichts, was du sagen oder tun wirst, kann mich dazu bringen, das zu erhalten, was du aus mir gemacht hast!«

Er zuckte die Achseln. »Dann wirst du sehr schnell sterben.«

Er richtete den Blick auf Anne Lake. »Und du, meine liebe Tante? Willst du ebenso passiv vor deinen Schöpfer treten?«

Annes Augen waren weit aufgerissen, die Haare verwirrt. Sie wirkte wie eine Wahnsinnige. »George ist tot!« plapperte sie drauflos, während ihre Hände in ihr Haar griffen. »Und Helen ist ... so verändert. Mein Leben ist am Ende.« Sie nahm die Hände herunter, beugte sich auf ihrem Sessel vor und funkelte ihn an: »Ich hasse dich!«

»Ach, das weiß ich doch.« Er nickte gelassen. »Aber wirst du dich von ihnen umbringen lassen?«

»Mit dem Tod bin ich noch am besten bedient«, antwortete sie.

»Oh, aber was für ein Tod das ist! Du hast gesehen, wie George abgetreten ist, liebes Tantchen, also weißt du, wie schwer das war. Der Pflock, das Beil und das Feuer ...«

Sie sprang auf und schüttelte wild den Kopf. »Das würden sie nicht tun! Menschen ... tun sowas nicht!«

»Doch, *diese* Leute schon«, sagte er, und dabei äffte er ihre unschuldige Miene mit den weit aufgerissenen Augen nach. »Sie werden es tun, denn sie wissen, was du bist. Ihnen ist klar, daß du ein Wamphyri bist.«

»Wir können doch alle hier weg!« rief Anne. »Kommt, Georgina, Helen – wir gehen auf der Stelle!«

»Ja, geht nur!« fuhr Yulian sie an, als sei er fertig mit ihnen, als kotzten sie ihn an. »Geht schon, alle! Laßt mich endlich allein!«

Sie sahen ihn unsicher an und zwinkerten gleichzeitig mit ihren gelben Augen. »Ich halte euch nicht auf«, erklärte er ihnen achselzuckend. Er stand auf und tat so, als wolle er den Raum verlassen. »Nein, ich nicht. Aber *sie* werden es tun. Sie werden euch schnappen. Sie sind jetzt dort draußen, beobachten das Haus und warten.«

»Yulian, wo willst du hin?« Seine Mutter stand auf. Es sah so aus, als wolle sie ihn packen und zurückhalten. Er brachte sie mit einem kurzen, warnenden Grollen zum Zurücktreten und rauschte an ihr vorbei.

»Ich habe Vorbereitungen zu treffen«, sagte er, »natürlich für meine Abreise. Ich könnte mir vorstellen, daß auch ihr gewisse letzte Vorbereitungen treffen wollt. Gebete an einen nicht existierenden Gott vielleicht? Lang aufgehobene Familienfotos betrachten? In Erinnerungen an alte Freunde und Liebhaber schwelgen?« Höhnisch grinsend überließ er sie ihren Gedanken.

Dienstag 8:40 Uhr MEZ, Flughafen Bukarest

Alec Kyles Flug sollte in zwanzig Minuten starten, und man hatte gerade die Passagiere aufgerufen. Kyle würde in zweieinhalb Stunden in Rom eintreffen, und sollten keine Schwierigkeiten mit seinem Anschlußflug auftauchen, würde er gegen zwei Uhr morgens Ortszeit in London-Heathrow landen. Bei ein wenig Glück konnte er in Devon eine halbe Stunde vor dem Beginn des Angriffs durch Guy Roberts ankommen und miterleben, wie Harkley House »ausgeräuchert« wurde. Und falls das zeitlich nicht ganz klappte, sollte sich Roberts noch im Hauptquartier befinden, wenn Kyle schließlich eintraf.

Die letzte Etappe seiner Blitzreise würde er im Hubschrauber von Heathrow nach Torquay und weiter nach Paignton zurücklegen. Die Küstenwache von Torquay stellte ihm einen ihrer Rettungshubschrauber zur Verfügung.

Kyle traf seine letzten Vorbereitungen per Telefon vom Flughafen aus. Diesmal hatte er sich über John Grieve in London verbinden lassen,

Totenwache

nachdem man ihm gesagt hatte, daß er ohnehin keinen früheren Flug erreichen konnte und somit Zeit genug hatte. Und zu seiner großen Erleichterung war er diesmal auch problemlos durchgekommen.

Als er den Aufruf hörte, sich an Bord der Maschine zu begeben, trat Felix Krakovic vor und nahm Kyles Hand in seine. »Soviel ist geschehen in so kurzer Zeit«, sagte der Russe. »Aber es ist gewesen ein Vergnügen, Sie zu kennen!« Sie schüttelten sich verlegen die Hand, aber jeder mit ehrlicher Hochachtung vor dem anderen.

Sergei Gulharov war viel weniger schüchtern: Er umarmte Kyle und küßte ihn auf beide Wangen. Kyle zuckte die Achseln und grinste ein wenig hilflos. Er war sehr froh, daß er sich bereits am Abend zuvor von Irma Dobresti verabschiedet hatte. Carl Quint nickte lediglich und gab ihm ein letztes Daumen-nach-oben-Signal.

Krakovic trug Kyles Gepäck zum Abflugschalter. Dann ging Kyle allein weiter, durch den Ausgang auf den Asphaltbelag der Rollbahn und stellte sich in die Schlange der wartenden Passagiere. Er sah sich noch einmal um, winkte und eilte weiter.

Quint, Krakovic und Gulharov blickten ihm nach, bis er um die Ecke des massiven Kontrolltowers verschwand. Dann verließen sie schleunigst den Flughafen. Ihnen stand nun ihre eigene Reise bevor: hinauf nach Moldawien, dann über die Grenze zur Sowjetunion und mit dem Auto weiter über den Prut. Krakovic hatte bereits die notwendigen Formalitäten erledigen lassen – natürlich durch seinen Stellvertreter im Schloß Bronnitsy.

Draußen auf dem Flugfeld näherte sich Kyle seiner Maschine. Am Fuß der fahrbaren Gangway salutierten uniformierte Crewmitglieder und überprüften seinen Boarding-Paß noch ein letztes Mal. Ein lächelnder Flughafenbediensteter trat vor und sah die Bordkarte Kyles an.

»Mr. Kyle? Einen Augenblick, bitte.« Die Stimme klang verbindlich und nichtssagend. Kyles innere Alarmanlage blieb ruhig. Wovor sollte sie ihn auch warnen? Es gab ja nichts Ungewöhnliches. Im Gegenteil – was nun bevorstand, war ausgesprochen alltäglich und dennoch erschreckend.

Als der letzte der anderen Passagiere im Rumpf der Maschine verschwunden war, tauchten drei Männer hinter der Gangway auf. Sie trugen leichte Trenchcoats und dunkelgraue Filzhüte. Obwohl ihre Kleidung auf Anonymität hinweisen sollte, wirkten sie geradezu wie eine Uniform und machten ihre Träger unverkennbar. Hätte Kyle das nicht ohnehin erkannt, dann zumindest die Koffer, die einer von ihnen schleppte. Es waren nämlich seine.

Zwei der KGB-Männer mit ihren ewig ernsten Mienen hielten ihn auf, während der dritte vor ihn trat, seine Koffer abstellte und ihm sein Kabinengepäck abnahm. Kyle verspürte einen Moment lang panische Angst.

»Muß ich mich vorstellen?« Der Blick des russischen Agenten traf den Kyles.

Kyle riß sich zusammen, schüttelte den Kopf und brachte ein verlegenes Lächeln zustande. »Ich glaube nicht«, antwortete er. »Wie geht es Ihnen heute, Mr. Dolgikh? Oder sollte ich Sie einfach mit Theo anreden?«

»Versuchen Sie es mit ›Genosse‹«, sagte Dolgikh humorlos. »Das wird reichen.«

Was Yulian Bodescu auch vorgehabt haben mochte, jedenfalls hatte er bei Tagesanbruch Harkley House noch nicht verlassen.

Um fünf Uhr morgens erschienen Ken Layard und Simon Gower, um Darcy Clarke abzulösen, der sich wieder nach Paignton begab. Um sechs Uhr kam Trevor Jordan als Verstärkung für Layard und Gower nach. Die drei teilten sich das Gelände auf und bildeten ein weitgezogenes Dreieck. Eine Stunde später trafen zwei weitere Männer ein, die Roberts während der Nacht aus London angefordert hatte. All diese Neuankömmlinge meldete Wlad pflichtgemäß seinem Herrn, woraufhin Yulian den Hund zur Vorsicht mahnte und wieder zurück in den Keller schickte. Mittlerweile war es heller Tag, und man würde Wlad kommen und gehen sehen. Der Hund war Yulians Rückendeckung, deshalb wollte er nichts riskieren.

Die Anzahl seiner Gegner hatte Yulian zum Bleiben veranlaßt, doch aus seiner Sicht war es genauso schlimm, daß der Tag sich als wolkenlos und schön erwies. Die Sonne strahlte hell vom blauen Himmel. Der Morgennebel war schnell verflogen, und die Luft war klar und roch frisch. Hinter dem Haus und der Mauer, welche die Grundstücksgrenze umriß, zog sich ein Waldstück bis zur Spitze eines niedrigen Hügels hoch. Es gab einen Weg durch den Wald, und einer der Beobachter hatte es tatsächlich fertig gebracht, mit seinem Auto dort hinauf zu kommen. Er saß jetzt dort oben und beobachtete das Haus durch sein Fernglas. Yulian hätte ihn problemlos durch eines der Mansardenfenster an der Rückseite des Hauses sehen können, aber das war gar nicht notwendig, denn er spürte seine Anwesenheit, wenn er seine Gedanken hinausschweifen ließ.

An der Vorderseite des Hauses waren zwei weitere Beobachter postiert: einer, der neben seinem Auto stand, unweit des Tors zur Einfahrt, und einer fünfzig Meter weiter weg. Ihre Waffen waren nicht zu sehen, doch Yulian wußte, daß sie Armbrüste bei sich trugen. Und ihm war klar, welche Agonien ihm ein Hartholzbolzen bereiten würde. Zwei andere Männer bewachten die Flanken, einer auf jeder Seite des Hauses, wo sie über die Mauer hinweg das Gelände gut einsehen konnten.

Yulian saß in der Falle – jedenfalls im Augenblick.

Und kämpfen? Er konnte noch nicht einmal das Haus verlassen, ohne gesehen zu werden. Und mit diesen Armbrüsten konnten sie mit tödlicher Genauigkeit treffen.

Der Vormittag wurde zum Mittag und schließlich brach der Nachmittag an. Yulian begann zu schwitzen. Um 15:00 Uhr erschien ein sechster Mann auf der Bildfläche. Er fuhr einen Lastwagen. Yulian beobachtete ihn vorsichtig hinter den Gardinen seines Mansardenfensters.

Der Fahrer des Lastwagens mußte der Anführer dieser verdammten psychischen Spione sein. Jedenfalls der Führer dieser Gruppe um das Haus. Er war fett, jedoch keineswegs ungelenk. Sein Verstand war mit Sicherheit hart und klar, und er hütete seine Gedanken wie einen Sack Gold. Er begann damit, irgendwelche nicht identifizierbare schwere Ausrüstungsgegenstände auszuteilen, die in Segeltuch gehüllt waren. Außerdem brachte er Benzinkanister, und dazu noch Essen und Getränke, die er an die Männer verteilte. Er blieb eine Weile bei jedem von ihnen stehen, sprach mit ihnen, führte ihnen vor, wie man mit einzelnen Ausrüstungsgegenständen umging und instruierte sie offensichtlich. Yulian kam noch mehr ins Schwitzen. Ihm war klar, daß der Angriff noch an diesem Abend erfolgen werde.

Der Verkehr rollte wie gewöhnlich auf der herbstlichen Straße am

Haus vorüber, Paare gingen Hand in Hand spazieren und die Vögel sangen im Wald. Die Welt wirkte genau wie immer – doch die Männer dort draußen hatten entschieden, daß dies Yulian Bodescus letzter Tag sein sollte.

Der Vampir riskierte seinen Hals, nützte jede Deckung aus, um außerhalb des Hauses das Feld zu erkunden. Er stieg durch ein Erdgeschoßfenster an der Rückseite aus, das durch Gestrüpp verdeckt war, und er benutzte auch den separaten Kellereingang in dem kleinen Nebengebäude. Hätte er sich auf einen Ausbruch vorbereitet, wäre ihm das zwei Mal möglich gewesen, nämlich als die Beobachter hintenherum und auf der einen Seite weggingen, um Ausrüstung entgegenzunehmen. Beide Male kehrten sie zurück, während er noch über seine Chancen nachgrübelte. Yulian wurde immer nervöser, sein Denken immer sprunghafter.

Wenn er irgendwo im Haus einer der Frauen begegnete, fuhr er sie an, schrie herum und fluchte. Seine Nervosität übertrug sich auf Wlad, so daß der große Hund im Keller auf und ab lief, auf und ab.

Dann, etwa gegen 16:00 Uhr, wurde Yulian mit einem Mal bewußt, daß völliges psychisches Schweigen herrschte, die mentale Ruhe vor dem Sturm. Er bemühte sich, mit all seinen Vampirsinnen angestrengt zu lauschen, doch er hörte ... nichts. Die Beobachter hatten ihren Geist abgeschirmt, so daß keine Spur ihrer Gedanken, ihrer Absichten, entschlüpfen konnte. Dadurch allerdings verrieten sie Yulian endlich das letzte Geheimnis, den Zeitpunkt, zu dem sie ihn töten wollten. Es mußte jetzt geschehen, noch in dieser Stunde, und das Tageslicht wurde immer noch kaum schwächer, obwohl sich die Sonne dem Horizont zu senkte.

Yulian kämpfte gegen seine Furcht an. Er war ein Wamphyri! Diese Männer hatten ihre Fähigkeiten, sicher, und sie waren stark. Aber auch er hatte seine Fähigkeiten. Und er könnte sich als stärker erweisen.

Er ging hinunter in den Keller und sprach zu Wlad: *Du warst mir so treu, wie es nur ein Hund sein kann,* sagte er, wobei er dem mächtigen Tier direkt in die gelben Augen blickte, *aber du bist mehr als ein Hund. Diese Männer dort draußen erwarten dies vielleicht, vielleicht aber auch nicht. Was auch immer: Wenn sie kommen, stellst du dich ihnen als erster entgegen. Es gibt keine Gnade. Wenn du überlebst, suche mich.*

Und dann »sprach« er mit dem Anderen, diesem abscheulichen ehemaligen Teil seiner selbst. Es war, als pflanze er Anregungen in ein leeres Beet, als präge er seine Vorstellungen einem Nichts auf, als brenne er sein Zeichen auf die Flanke eines Tiers. Bodenfliesen in einer dunklen Ecke wölbten sich, der Boden bebte, und Staub fiel in dichten Schleiern von der niedrigen Decke. Das war alles. Vielleicht hatte der Andere ihn verstanden, vielleicht auch nicht.

Schließlich ging Yulian in sein Zimmer zurück. Er zog sich um, trug nun einen unauffälligen, grauen Sportanzug und steckte seinen breitkrempigen Hut in den Gürtel. Dann faltete er einen weiteren Satz Kleidung sorgfältig und steckte alles in einen kleinen Koffer. Auch eine Brieftasche mit einer größeren Summe Geldes in großen Scheinen kam mit hinein. Das war alles; mehr benötigte er nicht.

Dann, während die Minuten langsam vergingen, setzte er sich hin, schloß die Augen und erprobte seine dunkle Natur, seine nunmehr erwachsenen Vampirkräfte, in einem letzten Test gegen die große Mutter Natur. Er zeugte kraft seines Willens einen Nebel, einen wallenden weißen Schleier, der sich aus Erde und Bächen und Bäumen erhob und von den Hängen herabfloß.

Die Beobachter, die nun angespannt waren wie die Bogen ihrer Armbrüste, bemerkten kaum, daß die Sonne hinter die Wolken schlüpfte und der Bodennebel an ihren Beinen emporkroch. Wie ein Mann war ihre Aufmerksamkeit voll und ganz auf das Haus gerichtet.

Und die Zeiger der Uhren krochen unwiderruflich auf die volle Stunde zu, wo sich alles entscheiden sollte.

Darcy Clarke fuhr voller Zorn nach Norden. Er hatte geflucht und geflucht, bis seine Kehle schmerzte, und fluchte dann lautlos weiter. Nach einer Weile war es nur noch ein Schimpfwort, das seinen Verstand erfüllte und ständig wiederholt wurde. Seine Wut bezog sich darauf, daß er beim Angriff nicht zugegen sein würde. Man hatte ihn geoutet – nichts mit Harkley House. Nun sollte er statt dessen auf ein Baby aufpassen! Ein Baby!

Clarke war sich der Bedeutung seiner neuen Aufgabe durchaus bewußt, und er verstand den Sinn dahinter: Bei seinem besonderen Talent war es unwahrscheinlich, daß dem Baby etwas zustoßen würde. Aber für Clarke war Vorbeugen besser als spätere Heilung. Wenn man Bodescu im Harkley House ein Ende bereitete, mußte man sich um das Baby keinerlei Sorgen machen. Und wäre *er* bei dem Angriff zugegen wäre er nur dabei! Würde er dafür garantieren, daß sie Bodescu erledigten!

Aber was sollte es – er war hier und fuhr nach Norden zu diesem gottverdammten Kaff Hartlepool ...

Andererseits wußte er natürlich, daß jeder einzelne Mann dort hinten genauso motiviert war wie er selbst. Das half ein wenig.

Clarke war noch vor sechs Uhr morgens nach Paignton zurückgekehrt, und Roberts hatte ihm befohlen, geradewegs ins Bett zu gehen. Er hatte ihm gesagt, er werde wenigstens sechs Stunden Schlaf benötigen, um danach eine ganz wichtige Aufgabe übernehmen zu können. Er war dann auch nach einer Weile eingenickt, und trotz seiner starken Befürchtungen waren die Alpträume nicht eingetroffen. Mittags hatte ihn Roberts wachgerüttelt und ihm seine neue Aufgabe erklärt. Dann war Clarke aufgebrochen und hatte nicht mehr mit Fluchen aufgehört.

Bei Leicester war er auf die M1 eingebogen und danach bei Thirsk auf die A19 übergewechselt. Er befand sich nun weniger als eine Stunde von seinem Ziel entfernt. Jetzt war es – er blickte zum wiederholten Mal auf die Armbanduhr – 16:50 Uhr.

Clarke hörte endlich mit dem Fluchen auf. Mein Gott, wie mochte es jetzt dort unten bei Harkley aussehen?

»Wo zum Teufel kommt dieser Nebel auf einmal her?« Trevor Jordan schauderte, und er schlug den Mantelkragen hoch. »Das war doch ein schöner Tag, jedenfalls was das Wetter angeht.« Trotz seiner temperamentvollen Äußerungen flüsterte Jordan nur.

Die letzten zwanzig Minuten über hatten sich alle INTESP-Agenten von ihren verschiedenen Positionen um das Haus herum aus nur flüsternd verständigt. Um 16:30 Uhr hatten sie sich gemäß Roberts' Anweisungen zu Paaren zusammengeschlossen, was sich auch als richtig erwiesen hatte, da der Nebel immer dichter wurde und ihre individuelle Sicherheit gefährdete. Es war ein angenehmes Gefühl, jemanden neben sich zu haben.

Jordans Partner in diesem System war Ken Layard, der Lokator. Auch er schauderte, trotz der Tatsache, daß er einen siebzehn Kilo schweren Brissom Mark III Flammenwerfer auf dem Rücken trug. »Ich bin mir nicht sicher«, beantwortete er endlich Jordans Frage, »aber ich glaube, er stammt von ihm.« Er nickte in Richtung des in einen Leichentuchnebel gehüllten Hauses.

Sie befanden sich innerhalb der nördlichen Einfassung an einem Fleck, wo sie eine Lücke in der Mauer entdeckt hatten. Vor vielleicht einer Minute um 16:50 Uhr hatten sie die Uhren verglichen und sich durch die Lücke gezwängt, und Jordan hatte sodann Layard geholfen, die Asbestkleidung anzulegen. Dann hatten sie ihm den Tank auf den Rücken geschnallt und er hatte das Ventil an der Düse überprüft. Wenn dieses Ventil geöffnet war, mußte Layard lediglich den Abzug drücken, um ein kleines Inferno auszulösen. Was er auch vorhatte.

»Von ihm?« Jordan runzelte die Stirn. Er blickte sich im Nebel um. Die Schwaden krochen in jedes noch so kleine Eck. Von ihrem Standpunkt aus war die Rückseite des höher gelegenen Hauses nicht mehr sichtbar, genau wie die Mauer an der Einfahrt. Harvey Newton und Simon Gower sollten sich gerade hügelab dem Haus nähern, während Ben Trask und Guy Roberts von der Einfahrt herauf kamen. Um genau 17:00 Uhr würden sie alle beginnen, das Haus zu stürmen. »Wen meinst du mit ›ihm‹? Bodescu?« Jordan führte seinen Partner durch das Gestrüpp auf den dunklen Schatten des Hauses zu.

»Bodescu, klar«, antwortete Layard. »Ich bin ein Aufspürer, hast du das vergessen? Sowas weiß ich einfach. Das ist mein Ding!«

»Aber was hat das mit dem Nebel zu tun?« Jordan wurde immer nervöser. Er war ein etwas sporadischer Telepath, aber Roberts hatte ihn ermahnt, nicht zu versuchen, Bodescus Gedanken zu lesen und schon gar nicht in diesem entscheidenden Stadium des Spiels.

»Wenn ich versuche, ihn mit meinen geistigen Fähigkeiten drinnen im Haus zu finden«, bemühte sich Layard um eine Erklärung, »erhalte ich einfach kein klares Bild. Es ist, als sei er ein Teil des Nebels. Deshalb bin ich der Meinung, daß er irgendwie dahinter steckt. Ich empfange ihn als eine riesige, amorphe Nebelschwade!«

»Herrgott!« flüsterte Jordan, der schon wieder schauderte. In absoluter Stille näherten sie sich dem kleinen Nebengebäude, dessen Eingang hinunter in den Keller führte.

Simon Gower und Harvey Newton näherten sich dem Haus von der leicht abschüssigen, von Kräutern überwucherten Wiese an der Rückseite. Es gab hier kaum Deckung, und so bedeutete der Nebel für sie einen Vorteil. Glaubten sie wenigstens. Newton war ein Telepath, den Roberts zusammen mit Ben Trask zur Verstärkung aus London herbeigerufen hatte. Newton und Trask waren mit der Situation nicht in dem Maß vertraut, wie die anderen, und deshalb hatte Roberts sie getrennt verschiedenen Partnern zugewiesen.

»Tolles Team sind wir, ja?« flüsterte Newton nervös und sarkastisch, als der Boden eben wurde und der Nebel erneut dicht aufwallte. »Du mit diesem Mordshammer von Flammenwerfer auf dem Buckel, und ich mit einer Armbrust! Wenn das Ganze sich als Luftnummer herausstellen sollte, werden wir ziemlich alt ausseh...«

»*Mein Gott!*« unterbrach ihn Gower, fiel auf ein Knie und fummelte hektisch am Stutzenventil herum.

»Was?« Newton fuhr panikartig zusammen, sah sich hastig um und hielt die geladene Armbrust wie einen Schild vor sich. »Was?« Er konnte nichts sehen, aber er wußte, daß Gowers besondere Fähigkeiten im Vorhersehen der Zukunft lagen – vor allem der unmittelbaren Zukunft!

»Er kommt!« Nun flüsterte Gower nicht mehr. Er schrie es fast: »Er kommt JETZT!«

An der Vorderseite des Gebäudes, wo Guy Roberts und Ben Trask gerade in Roberts' Transporter vorfuhren, konnte man über das Motorengeräusch hinweg Gowers Aufschrei nicht hören. Im Gegensatz zur Nordseite des Hauses. Trevor Jordan kauerte sich instinktiv herunter und rannte dann geduckt schräg auf die Rückseite zu. Ken Layard, der durch die Last seines Flammenwerfers auf dem Rücken behindert war, folgte ihm etwas langsamer.

Layard stolperte durch das feuchte Gestrüpp und sah, wie Jordans Gestalt von einer wallenden Nebelbank verschluckt wurde, als er an der offenen Tür des Nebengebäudes vorbei rannte und dann beobachtete er, wie anschließend etwas blitzschnell aus eben dieser Tür hervorsprang: geifernd, grollend, voller Haß! *Bodescus Riesenköter!* schoß es Layard durch den Kopf. Das Tier warf sich mit flammenden Augen in den Nebel hinter Jordan hinein.

»Trevor, hinter dir!« schrie Layard mit sich überschlagender Stimme. Er riß das Ventil fast ab, als er mit zitternden Fingern den Flammenwerferstutzen hochriß und den Abzug betätigte. Dabei betete er: *Mein Gott, bitte laß mich Trevor nicht treffen!*

Ein tosender, sengender, gelber Flammenstrom zerriß den Nebelvorhang wie ein Schweißgerät. Jordan war bereits um die Hausecke verschwunden, doch Wlad war noch in Sicht, wie er mit langen Sprüngen hinterhersetzte. Das sich erweiternde, alles versengende »V« des Flammenstrahls faßte nach dem Hund, berührte ihn, hüllte ihn ein – jedoch nur ganz kurz. Dann war auch er außer Sicht, hinter der Hausecke.

Mittlerweile waren Guy Roberts und Ben Trask vorne aus dem Transporter gesprungen. Roberts hörte Schreie und das Tosen des Flammenwerfers. Es war zwar noch ein oder zwei Minuten vor fünf, doch der Angriff hatte begonnen. Das hieß vermutlich, daß die andere Seite angefangen hatte. Roberts steckte sich eine Polizei-Trillerpfeife in den Mund und stieß einmal kräftig hinein. Was auch sonst geschehen mochte, die sechs INTESP-Agenten würden in diesem Augenblick gemeinsam das Haus angreifen.

Roberts trug den dritten Flammenwerfer. Er lief geradewegs auf den Vordereingang des Hauses zu. Die Tür stand offen. Sie lag im Schatten unter den Säulen des Vorbaus. Trask folgte ihm. Er war ein menschlicher Lügendetektor. Seine Fähigkeiten konnte er freilich hier nicht verwenden, aber er war jung, hatte einen hellen Verstand und war durchaus in der Lage, auf sich aufzupassen. Als er gerade Anstalten machte, Roberts zu folgen, fiel ihm etwas auf: eine flüchtige Bewegung, die er aus dem Augenwinkel wahrnahm.

Etwa fünfunfzwanzig Meter entfernt war zwischen den wallenden

Nebelbänken eine verschwommene Gestalt vorbeigehuscht, lautlos, in den Schatten der alten Scheune hinein. Wer oder was auch immer dort hinein geflüchtet war, konnte von niemandem mehr aufgehalten werden, sobald sich Roberts und Trask einmal im Haus befanden. »Oh nein, das wirst du *nicht schaffen!*« knurrte Trask. Dann erhob er seine Stimme und rief warnend: »Guy – dort in der Scheune!«

Roberts befand sich bereits vor der Tür, wandte sich nun um und sah, wie Trask geduckt auf die Scheune zurannte. Leise fluchend schritt er hinter ihm her.

Hinter dem Harkley House schälte sich Wlad keuchend und winselnd zugleich aus dem Nebel heraus und versuchte, die drei Männer, die er hier vorfand, anzugreifen. Der Hund war nur als geschwärzte, niedrige Gestalt wahrzunehmen, in Qualm und Flammen gehüllt, und sein Fell brannte noch immer, als er sich schwerfällig von hinten auf Jordan stürzte.

Als Jordan um die Ecke des Gebäudes gerannt kam, hätte Gower beinahe seinen Flammenwerfer angeworfen. Er hatte Jordan erst im letzten Augenblick erkannt. Harvey Newton andererseits hatte bereits auf die verschwommene Gestalt angelegt und wollte gerade seinen Bolzen abschießen, als Gower einen Warnschrei ausstieß und ihn mit der Schulter beiseite schubste. Der Bolzen zischte harmlos am Ziel vorbei und verschwand im Nebel. Glücklicherweise hatte Jordan die beiden Männer gesehen, und wie sie auf ihn anlegten, und hatte sich blitzschnell zu Boden geworfen. Er hatte allerdings nicht wahrgenommen, daß er verfolgt wurde, und sein Verfolger schoß nun über seinen platt daliegenden Körper hinweg, begleitet von sprühenden Funken und Qualm. Wlad fing sich schwerfällig ab und wollte gerade auf Newton und Gower losspringen, als ihn der tosende Strahl aus Gowers Flammenwerfer einhüllte. Der Hund brach als ein fürchterlich schreiender Feuerball zusammen, loderte, prasselte, versuchte, in alle Richtungen gleichzeitig zu flüchten und flüchtete doch nirgendwohin.

Jordan rappelte sich hoch, und die drei Männer standen schwer atmend da und beobachteten, wie Wlad verbrannte. Newton hatte ungeschickt seine Armbrust nachgeladen, doch dann glaubte er, im Nebel eine Bewegung wahrzunehmen und wandte sich in diese Richtung.

Was war *das*? Eine rennende Gestalt? Oder ... nur Einbildung? Die anderen schienen sie nicht bemerkt zu haben, weil ihre Blicke auf den sterbenden Wlad gerichtet waren.

»Oh, mein Gott!« keuchte Jordan erschrocken. Newton bemerkte seinen Blick und wurde abgelenkt, vergaß das Ding, welches er zu sehen geglaubt hatte, und wandte sich dem Todeskampf des lodernden Hundes zu.

Wlads rußgeschwärzter Körper vibrierte und pulsierte, brach auf, und daraus schob sich ein Knäuel von Fangarmen hervor, die wie die Finger eines Alien ein oder zwei Meter über dem Boden die Luft peitschten. Flüche murmelnd und mit hervorquellenden Augen besprühte Gower das Ding mit Feuer. Die Tentakel dampften, schlugen Blasen und brachen in sich zusammen, doch immer noch pulsierte der Hundekörper deutlich sichtbar.

»Herrgott nochmal!« stöhnte Jordan seinen Schreck heraus. »Er hat sogar den Hund verwandelt!« Er zog einen Fleischhauer aus der Schlinge am Gürtel, schützte mit einer Hand seine Augen vor den blendenden Flammen und schlug Wlads Kopf mit einem einzigen sauberen Hieb ab.

Jordan trat zurück und rief Gower zu: »Beende das – geh aber ganz sicher, daß er tot ist! Ich habe gerade Roberts' Pfeife gehört. Harvey und ich werden stürmen!«

Während Gower damit fortfuhr, die Reste des Hundedings zu verbrennen, stolperten Jordan und Newton durch Qualm und Gestank zur Rückseite des Hauses, wo sie ein offenes Fenster vorfanden. Sie sahen sich an und leckten sich in nervöser Übereinstimmung die aufgesprungenen Lippen. Beide atmeten schwer und stoßartig die rauchgeschwängerte, stinkende Luft ein.

»Komm schon«, forderte Jordan Newton auf. »Gib mir Deckung.« Er hielt die gespannte Armbrust vor sich und schwang ein Bein über den Fenstersims ...

Kaum in der Scheune angekommen, blieb Ben Trask unvermittelt stehen. Sein kantiges Gesicht strahlte äußerste Aufmerksamkeit aus. Er lauschte angestrengt in die Stille hinein. Diese Stille sagte ihm, es sei niemand da, doch sie log. Das wußte Trask genauso sicher, als stehe er hinter dem

Einwegglasfenster eines Polizeihauptquartiers und beobachte, wie die Beamten einen Bandenchef verhörten.

Er wußte bei solchen Gelegenheiten genau, wann der Kriminelle log und wann nicht. Hier in der Scheune war das Bild, das sich ihm bot, falsch, eine Lüge.

Alte, halb verrostete landwirtschaftliche Geräte standen und lagen überall. Der Nebel, der in dichten Schwaden durch die beiden offenen Kopfseiten des Gebäudes hereinquoll, hatte das alte Metall überzogen, so daß es wirkte, als schwitze es. An Haken waren an den Wänden Ketten und abgenutzte Reifen aufgehängt. Ein Stapel alter Bretter war anscheinend kürzlich verschoben worden und mochte jeden Moment ins Rutschen kommen. Dann entdeckte Trask die Holztreppe, die in die Düsternis hinauf führte, und zur gleichen Zeit taumelte ein Strohhalm träge von oben herab.

Er hätte fast zu Atmen vergessen, doch nun sog er erregt und scharf Luft ein und hob Gesicht und Armbrust den lückenhaften Brettern der Tenne entgegen gerade noch rechtzeitig, um das zur Fratze einer Irren verzerrte Frauengesicht dort oben zu entdecken und ihr triumphierendes Zischen wahrzunehmen, mit dem sie eine Mistgabel nach ihm schleuderte. Er hatte keine Zeit zum Zielen. So zog er instinktiv ab.

Die Mistgabel traf ihn nicht voll – ein Zinken schrammte lediglich an seinem Kinn vorbei, doch der andere drang tief in seine rechte Schulter ein. Der Aufschlag ließ ihn taumeln und rückwärts zu Boden fallen. Zur gleichen Zeit hörte er einen irrsinnigen Schrei, ein Kreischen wie von einer sterbenden Furie, und inmitten einer Wolke aus Staub und trockenem Stroh und Holzsplittern brach Anne Lake durch die Bretter und stürzte herab. Sie landete auf dem Rücken. Aus ihrer Brust ragte der Bolzen von Trasks Armbrust. Der allein hätte sie umbringen sollen, ganz von dem Sturz abgesehen, aber sie war längst kein normaler Mensch mehr.

Trask lag zusammengesunken an der einen Wand und bemühte sich, den Zinken der Mistgabel aus seiner Schulter zu ziehen. Er fühlte sich völlig kraftlos und schaffte es einfach nicht. Schmerz und Schock hatten ihn schwach wie ein neugeborenes Kätzchen hinterlassen. Er war lediglich in der Lage, zu beobachten, wie Yulian Bodescus »Tantchen« auf allen Vieren auf ihn zu kroch. Dann packte sie die Mistgabel und riß sie energisch heraus.

In diesem Augenblick verlor Trask das Bewußtsein.

Anne Lake holte mit der Mistgabel aus, wobei sie wie eine große Raubkatze grollte, und zielte auf Trasks Herz. Da tauchte hinter ihr Guy Roberts auf, packte den Holzstiel der Mistgabel, zehrte daran und brachte sie damit aus dem Gleichgewicht. Die Frau jaulte ihren Frust heraus, fiel wieder auf den Rücken, faßte mit beiden Händen nach dem Armbrustbolzen in ihrer Brust und versuchte, ihn herauszuziehen. Roberts, der durch die Apparatur auf dem Rücken in seinen Bewegungen behindert wurde, stapfte an ihr vorbei, packte Trask an den Aufschlägen seiner Jacke und brachte es tatsächlich fertig, ihn aus der Scheune zu schleifen. Dann ging er dorthin zurück, zielte mit dem Stutzen seines Flammenwerfers und drückte kraftvoll und gleichmäßig auf den Auslöser.

Augenblicklich verwandelte sich die Scheune in einen gigantischen Backofen. Hitze und Flammen erfüllten sie bis hinauf zum ziegelgedeckten Dach und quollen an beiden Kopfenden heraus. Und mitten in diesem Chaos schrie und schrie etwas ein wildes, zischendes, immer noch ansteigendes Schreien, das schließlich abrupt abbrach, als die Tenne einstürzte und sich loderndes Heu in das tosende Inferno ergoß. Und immer noch hielt Roberts den Abzug fest, bis er wußte, daß nichts, absolut *nichts*, dort drinnen überlebt haben konnte.

Hinter dem Haus fand Ken Layard Gower, der gerade Wlad verbrannte. Jordan war bereits durch das offene Fenster eingestiegen, und Newton wollte ihm gerade folgen. »Laßt das!« schrie ihn Layard an. »Ihr könnt euch nicht mit zwei Armbrüsten gegenseitig Schutz geben!« Er trat zu den beiden. »Ich gehe mit Jordan dort hinein«, sagte er zu Newton. »Du bleibst bei Gower und gehst wieder nach vorn. Auf jetzt!«

Als Layard ungeschickt über den Fenstersims kletterte, zerrte Newton Gower von dem verkohlten, qualmenden Ding weg, das Wlad gewesen war, und deutete auf die entfernte Hausecke. »Der ist erledigt!«, schrie er ihm ins Ohr, »also reiß dich zusammen! Komm jetzt – die anderen sind garantiert schon drinnen!«

Sie schritten schnell durch den nebelverschleierten Garten auf der Südseite des Hauses und beobachteten, wie Roberts sich von der lodernden Scheune abwandte und Trask aus der Gefahrenzone schleifte.

Roberts entdeckte sie und rief: »Was zum Teufel geht hier vor?«

»Gower hat den Hund verbrannt«, schrie Newton zurück. »Es war aber ... kein Hund mehr, jetzt nicht mehr!«

Roberts fletschte die Zähne und verzog das Gesicht zu einer Grimasse. »Wir haben Anne Lake erwischt«, sagte er, als Newton und Gower näher kamen. »Und natürlich war sie längst keine Frau mehr. Wo sind Layard und Jordan?«

»Drinnen«, antwortete Gower. Er zitterte und war schweißgebadet. »Und es ist nicht vorüber, Guy! Noch nicht. Da kommt noch mehr auf uns zu!«

»Ich habe versucht, ins Haus hinein zu spähen«, berichtete Roberts. »Nichts! Konnte nichts wahrnehmen außer Nebel. Ein verfluchter mentaler Wichs-Nebel! War Quatsch, es auch nur zu versuchen. Es ist so verdammt viel los hier!« Er packte Gower am Arm. »Geht's dir gut?«

Gower nickte. »Ich denke schon.«

»Gut. Hört zu: Im Laster sind Thermitbomben und Plastiksprengstoff. Alles in Beuteln verpackt. Bringt sie in den Keller und verteilt den Sprengstoff. Wenn möglich, alles zugleich. Und laßt die Flammenwerfer in Ruhe, während ihr das Zeug verteilt! Leg am besten die Ausrüstung ab und nimm dir eine Armbrust, Gower! Der Sprengstoff geht bei starker Hitze sofort los! Legt ihn aus, und dann raus aus dem Haus. Und bleibt auch draußen! Drei von uns im Haus sollten reichen. Falls nicht, wird das Feuer den Rest tun.«

»Du willst auch da rein?« Gower betrachtete das Haus und leckte sich über die Lippen.

»Ja, ich gehe rein.« Roberts nickte. »Da sind immer noch Bodescu, seine Mutter und das Mädchen. Macht euch um mich keine Sorgen. Denkt lieber an euch selbst. Im Keller könnte es noch schlimmer zugehen als oben.« Dann eilte er entschlossen auf die offene Tür unter dem Säulenüberbau zu ...

DRITTES KAPITEL

Drinnen im Haus hatten Layard und Jordan das Erdgeschoß gründlich und systematisch abgesucht, und nun näherten sie sich der Treppe zu den oberen Stockwerken. Sie schalteten das Licht ein, das die Düsternis ein wenig erhellte. Am Fuß der Treppe blieben sie stehen.

»Wo zum Teufel bleibt Roberts?« flüsterte Layard. »Er sollte uns ein paar Anweisungen geben.«

»Warum?« Jordan sah ihn aus dem Augenwinkel an. »Wir wissen doch, wer uns gegenübersteht – jedenfalls so ungefähr. Und wir wissen, was zu tun ist.«

»Aber wir sollten hier drinnen zu viert sein!«

Jordan knirschte mit den Zähnen. »Es gab irgendeine Auseinandersetzung draußen vor dem Haus. Schwierigkeiten offensichtlich. Jedenfalls sollte mittlerweile jemand im Keller Sprengladungen anbringen. Also verschwenden wir lieber keine Zeit. Fragen können wir später noch stellen.«

Auf einem schmalen Absatz, wo die Treppe eine neunzig-Grad-Wendung beschrieb, fanden sie sich einem großen Wandschrank gegenüber, dessen Tür einen Spalt breit offen stand. Jordan richtete seine Armbrust auf die Schranktür, schob sich seitwärts daran vorbei und stieg dann weiter die Treppe empor. Er schob die Verantwortung nicht etwa auf Layard ab, denn er wußte, daß sein Kollege alles, was sich in diesem Wandschrank befinden mochte, mit einem einzigen Feuerstoß auslöschen konnte.

Layard sah nach, ob das Ventil am Rohrstutzen geöffnet war, legte seinen Finger an den Abzug und stieß mit seinem Fuß die Tür vollends auf. Drinnen war ... Dunkelheit.

Er wartete, bis sich seine Augen an das Dämmerlicht gewöhnt hatten, und dann entdeckte er einen Lichtschalter gleich innerhalb der Tür. Er trat einen Schritt vor und benutzte den Rohrstutzen seines Flammenwerfers, um den Schalter zu betätigen. Das Licht flammte auf und enthüllte das Innere des großen, begehbaren Schranks. Ganz hinten eine hochgewachsene Gestalt! Layard erschrak und holte scharf Luft. Er wollte schon den Abzug betätigen, da hatten sich seine Augen auf die kurze Entfernung eingestellt und er sah, daß es sich lediglich um einen alten Regenmantel handelte, der von einem Haken hing.

Layard schluckte schwer, atmete tief durch und schloß leise die Tür.

Jordan befand sich bereits auf dem Absatz im ersten Stock. Er sah dort zwei bogengekrönte Nischen mit geschlossenen Türen. Es gab auch einen Korridor mit zwei weiteren Türen, der dann allerdings scharf abknickte, so daß er den weiteren Verlauf nicht einzusehen vermochte. Die nähere Tür befand sich in etwa acht Schritt Entfernung, die andere etwa zwölf Schritt von ihm. Er wandte sich zuerst den Alkoventüren zu, näherte sich der ersten, drückte die Klinke herab und trat die Tür auf. Dahinter lag eine Toilette mit einem schmalen, hohen Fenster, durch das grauer Lichtschein fiel.

Jordan wandte sich der zweiten Tür zu und wiederholte, was er mit der ersten getan hatte. Im Alkoven befand sich eine gut ausgebaute Bibliothek. Der gesamte Raum war leicht auf einen Blick zu übersehen. Er hörte, wie Layard hinter ihm die Treppe heraufkam, und wollte bereits weiter in den Korridor hinein gehen – doch er blieb plötzlich wie angewurzelt stehen. Er spitzte die Ohren und vernahm ... Wasser? Das Rauschen und Gurgeln aus einem Wasserhahn?

Eine Dusche! Die Geräusche kamen aus dem zweiten Raum – einem Badezimmer? – weiter hinten am Korridor. Jordan sah sich um. Layard stand nun oben auf dem Treppenabsatz. Ihre Blicke trafen sich. Jordan deutete auf die erste Tür und dann auf Layard. Der sollte dieses Zimmer untersuchen. Dann deutete Jordan mit dem Daumen auf seine Brust und anschließend auf die zweite Tür.

Er ging sehr vorsichtig auf Zehenspitzen weiter, die Armbrust erhoben und geradeaus nach vorn zielend. Die Wassergeräusche wurden lauter, und dazu kam – eine Stimme? Eine Mädchen- oder Frauenstimme? Sie sang! Oder summte zumindest. Irgendeine gedankenverlorene Melodie ...

In *diesem* Haus und zu *dieser* Zeit sang hier ein Mädchen unter der Dusche vor sich hin? Oder war es eine Falle?

Jordan faßte die Armbrust fester, drückte die Klinke herunter und schob die Tür mit dem Fuß auf. Keine Falle! Jedenfalls keine erkennbare. Die völlig alltägliche Szene im Badezimmer machte ihn nun doch ratlos.

Alle Anspannung löste sich von einem Augenblick zum anderen, so daß er sich fast wie ein ... Eindringling vorkam!

Die junge Frau (sicherlich doch Helen Lake, oder?) war ausgesprochen schön und vollständig nackt. Wasser strömte über ihren jugendlichen Körper und ließ ihre Haut feucht schimmern. Sie hatte ihm die Seite zugewandt, und ihr Körper hob sich beinahe weiß von den blauen Kacheln der Dusche ab, in deren seichtem Becken sie stand. Als die Tür aufsprang, riß sie den Kopf herum und blickte Jordan an. Ihre Augen waren vor Angst weit aufgerissen. Dann schnappte sie nach Luft, sackte gegen die Rückwand der Dusche und machte den Eindruck, sie werde im nächsten Moment in Ohnmacht fallen. Eine Hand fuhr an ihre Brust, und ihre Lider zuckten, während ihr die Knie den Dienst versagten.

Jordan senkte die Armbrust ein wenig und dachte: *Heiliger Bimbam! Das ist doch bloß ein verängstigtes Mädchen!* Er streckte bereits die freie Hand aus, um sie zu halten, ihr zu helfen, doch in diesem Augenblick schlichen sich andere, fremde Gedanken – Ihre! – in sein telepathisch veranlagtes Gehirn ein.

Komm nur, mein Süßer! Hilf mir! Ah, berühre mich, halte mich fest! Nur noch ein bißchen näher, mein Süßer ... ja! Und jetzt ...

Jordan riß die Hand zurück, als sie sich ihm zuwandte. Ihre Augen waren weit geöffnet, ihr Blick ... dämonisch! Ihr Gesicht hatte sich zu der Fratze einer menschlichen Bestie verwandelt. Und in ihrer Rechten hielt sie bis jetzt verborgen ein Tranchiermesser. Die Klinge hob sich, während sie Jordans Jacke packte, und zwar mit eisernem Griff! Sie zog ihn mühelos zu sich her und er schoß seinen Bolzen aus kurzer Entfernung direkt in ihre Brust.

Sie wurde an die Rückwand der Dusche geschleudert und dort von dem Bolzen festgenagelt, ließ das Messer fallen und begann, unaufhörlich und herzzerreißend zu schreien. Blut strömte aus der Wunde, in welcher der Armbrustbolzen beinahe vollständig verschwand. Sie packte das Ende, schrie immer weiter und ruckte mit dem ganzen Körper wild hin und her. Die Spitze, die ihren Leib ganz durchschlagen hatte, löste sich aus der Wand. Keramiksplitter und Gips rieselten herab. Sie taumelte in der Dusche vor und zurück, riß am Bolzen und schrie endlos weiter.

»Gott, oh Gott!« rief Jordan entsetzt. Er stand wie angewurzelt immer noch am gleichen Fleck.

Layard schob ihn mit der Schulter beiseite, zog den Auslöser seines Flammenwerfers und verwandelte die gesamte Duschkabine in ein sengend heißes, dampfendes Inferno. Nach ein paar Sekunden schon ließ er los und betrachtete gemeinsam mit Jordan das Ergebnis. Der schwarze Qualm und der Dampf verzogen sich, und das Wasser sprudelte zischend aus einem halben Dutzend Löchern in den Rohrleitungen in das halb geschmolzene Plastikbecken. Darin lag Helen Lakes zusammengeschrumpfter Körper. Die Gesichtszüge hatten Blasen geschlagen, die Haare waren rauchende Stummel und überall schälte sich ihre Haut ab.

»Gott hilf uns!« stöhnte Jordan, wandte sich ab und übergab sich. Dann zuckte er entsetzt zusammen.

»*Gott?*« krächzte das Ding im Duschbecken wie eine Stimme aus einem fernen Abgrund. »*Welcher Gott? Ihr verfluchten schwarzen Bastarde!*«

Auf groteske Weise richtete sie sich auf und tat einen blinden, tastenden Schritt nach vorn.

Layard ließ noch einmal einen Feuerstrahl los, doch mehr aus Mitleid denn aus Angst. Er ließ den Flammenwerfer tosen, bis das Feuer aus der Duschkabine zurückschlug und ihn selbst zu versengen drohte. Dann erst ließ er den Abzug los und schob sich rückwärts aus dem Bad auf den Korridor, wo Jordan stand und über das Treppengeländer nach unten kotzte.

Von unten her erklang Roberts' besorgte Stimme: »Ken? Trevor? Was ist los?«

Layard wischte sich den Schweiß von der Stirn. »Wir ... wir haben das Mädchen«, flüsterte er, und dann rief er noch einmal lauter: »Wir haben das Mädchen erwischt!«

»Und wir ihre Mutter«, antwortete Roberts, »und Bodescus Hund. Bleiben also nur noch Bodescu selbst und seine Mutter.«

»Hier oben ist eine abgeschlossene Tür!« rief Layard zurück. »Ich glaube, jemanden dort drinnen gehört zu haben.«

»Kannst du sie aufbrechen?«

»Nein, sie besteht aus Eichenholz, alt und schwer! Ich könnte mich vielleicht hindurchbrennen ...«

Totenwache

»Keine Zeit dafür. Und sollte sich jemand drin befinden, ist er oder sie sowieso erledigt. Der Keller ist mittlerweile vermint. Ihr kommt also am besten jetzt herunter und zwar schnell! Wir müssen hier raus!«

Layard zerrte Jordan hinter sich die Treppe hinunter, wobei er rief: »Guy, wo zum Teufel seid ihr abgeblieben?«

»Ich bin jetzt allein«, antwortete Roberts. »Trask ist im Augenblick außer Gefecht gesetzt – aber er wird durchkommen. Wo wir waren? Ich habe hier unten alles durchsucht.«

»Zeitverschwendung«, stöhnte Jordan leise in sich hinein.

»Was ist?« rief Roberts.

»Ich sagte, wir haben das bereits getan!« schrie Jordan, wenn auch überflüssigerweise, denn mittlerweile befanden sie sich unten, wo Roberts sie packte und auf die offene Eingangstür zu schob.

Simon Gower und Harvey Newton waren durch das Nebengebäude über dessen schmale Treppe mit der zentralen Rampe hinunter in den Keller gegangen, niedergedrückt von insgesamt fast hundert Kilogramm Sprengstoff. Die Beleuchtung hatte nicht funktioniert, und so waren sie auf ihre Taschenlampen angewiesen. In den Gewölben unter dem Haus war es pechschwarz und grabesstill. Der Keller schien ihnen so ausgedehnt wie Katakomben. Sie hielten sich eng beieinander, und wo immer sie niedrigere Stützwände oder Gesimse vorfanden, luden sie Thermit und kleine Pakete mit Plastiksprengstoff ab. Obwohl sie vorsichtig vorgingen, schafften sie es doch nach relativ kurzer Zeit, die gesamte Anlage mit ihrer Ladung zu sättigen. Newton hatte einen kleinen Kanister Petroleum dabei, mit dem er eine Spur von einem Sprengsatz zum nächsten legte, bis dort unten alles nach dem Zeug stank.

Schließlich hatten sie sich davon überzeugt, daß sie jeden Teil des Kellers erforscht und vermint hatten, und sie waren erleichtert, auf nichts Gefährliches gestoßen zu sein. Also gingen sie zum Eingang zurück. An einem Fleck, von dem beide der Meinung waren, er müsse sich zentral unter dem Gebäude befinden, legten sie den Rest ihres Sprengstoffs ab. Dann vergoß Newton alles, was an Petroleum übrig war, bis hin zum Treppenaufgang, während Gower noch einmal sämtliche Ladungen überprüfte, die sie hinterlassen hatten, und sich davon überzeugte, daß sie funktionieren würden.

An der Treppe warf Newton den leeren Kanister weg, wandte sich noch einmal um und blickte in die Düsternis des Gewölbes. Hinter der ersten Ecke hörte er Gowers schweres Atmen und er wußte, daß der andere sich alle Mühe gab, seine Aufgabe zu erfüllen. Gowers Taschenlampe ließ immer wieder Lichtflecke über Wände und Decke huschen, als er sich bei der Arbeit hin und her bewegte.

Roberts erschien oben an der Treppe und rief hinunter: »Newton, Gower? Ihr könnt jetzt heraufkommen, falls ihr fertig seid! Wir sind hier oben jedenfalls soweit! Die anderen haben sich ums Haus verteilt und warten. Der Nebel hat sich verzogen. Wenn also jemand davonläuft, können wir ...«

»Harvey?« ertönte in diesem Augenblick Gowers zittrige Stimme. Sie klang unnatürlich hoch. »Harvey, warst du das gerade eben?«

Newton rief zurück: »Nein, es ist Roberts! Beeil dich, ja?«

»Nein, nicht Roberts!« kam Gowers atemlos geflüsterte Antwort. »Etwas anderes ...«

Roberts und Newton sahen sich mit großen Augen an. Dann bebte die Erde unter ihren Füßen nur ein wenig, aber doch eindeutig. Und im Keller begann Gower zu schreien.

Roberts stolperte die halbe Treppe herab und schrie: »Simon, raus da! Mach schon, Mann!«

Gower schrie erneut auf wie ein Tier, das in eine Falle geraten ist: »Es ist hier, Guy! Oh Gott es ist hier! *Unter der Erde!*«

Newton wollte hineinrennen, aber Roberts packte ihn beim Kragen und riß ihn zurück. Die Erde bebte nun lang anhaltend, und Staubwolken quollen aus dem gähnenden Maul des alten Kellergewölbes. Ein Reißen und Bersten war zu hören, und dazu Laute, die andeuten mochten, daß Gower da drinnen erstickte. Einzelne Steine lösten sich aus den alten Mauern; der Mörtel bröckelte ab und rieselte mit zu Boden.

Roberts zerrte Newton die Stufen hinauf. Als sie beinahe oben angelangt waren, sahen sie, wie plötzlich eine Staub- und Schuttwolke förmlich aus dem Kellereingang heraus explodierte. Sogar die massive Kellertür wurde aus den Angeln gerissen und am Fuß der Treppe zu Boden geschleudert, so daß sie in tausend hölzerne Bruchstücke zersplitterte.

Durch den wirbelnden Staub hindurch sahen sie eine verschwommene Gestalt im Eingang. Es war Gower, und doch war es mehr als nur ihr Kollege. Er hing im leeren Türrahmen und schwankte leicht nach rechts und links. Dann schob er sich weiter heraus, und die Beobachter entdeckten den mächtigen fleckigen Fangarm, der die hilflose Gestalt vor sich her schob. Das Ding – jener Andere – hatte den Tentakel kraftvoll in Gowers Rücken gebohrt, und dort hatte sich der vampirische Scheinfuß geteilt und sich durch die diversen Röhren im Körper bis zu mehreren Ausgängen gebohrt. Tentakel wanden sich nun aus dem weit aufgerissenen Mund, den Nasenlöchern, den leeren Augenhöhlen, deren Inhalte an dünnen Schleimfäden auf die Wangen herunterhingen, den zerfetzten Ohren. Und während Roberts und Newton noch von Angst und Schrecken getrieben zum Ausgang stolperten, brach Gowers Brustkorb auf und enthüllte ein ganzes Nest von roten, um sich greifenden Würmern!

»Mein Gott!« kreischte Guy Roberts, die Stimme eine zerfledderte Mischung aus Angst, Abscheu und Haß. »Mein G-O-T-T!«

Einen Moment später zwang er sich mit aller Gewalt zur Beherrschung. Er zielte mit dem Stutzen seines Flammenwerfers nach unten. »Leb wohl, Simon! Gottes Liebe sei mit dir!«

Flüssiges Feuer tobte zornig auf, sprang wie eine rote Flut nach unten und warf sich als Flammenkugel auf den in der Luft hängenden Mann und das Ding, das ihn vor sich hielt. Der mächtige Fangarm schnellte augenblicklich zurück und mit ihm wie eine Lumpenpuppe gebeutelt der menschliche Körper. Roberts zielte nun direkt auf den offenen Kellereingang. Er drehte das Ventil voll auf, und ein röhrender Feuerstrahl brachte die Luft zum Flimmern, fraß sich in den Keller hinein, fauchte in alle Seitengänge und Nischen und Ecken. Roberts zählte bis fünf, und dann ließ er los. Einen Sekundenbruchteil später erfolgte die erste Explosion.

Der gesamte Erdboden schauderte und spie Steine und Dreck aus. Der Eingang brach zusammen. Zurückschlagende Hitze und ein Steinhagel ließen Roberts und Newton stürzen. Roberts Flammenwerfer schwieg heiß und leicht qualmend. Und in gleichmäßigen Abständen grollte es nun in dem verschütteten Gewölbe auf. Gedämpfte Explosionen rammten sich mit wuchtigen Stößen in die Gewölbe hinein und brachten den Boden ein ums andere Mal zum Beben.

Die ungesehenen Explosionen erfolgten nun schneller, sporadisch, manchmal gleich hintereinander, als die Ladungen durch die Hitze vorzeitig gezündet wurden. Sie entfachten ein für die Beobachter an der Oberfläche unsichtbares Inferno. Newton rappelte sich auf und zog auch Roberts mit hoch. Sie stolperten vom Haus weg und nahmen ihre vereinbarten Positionen auf, ein Mann pro Hausecke, jedoch ein ganzes Stück von den Gebäuden entfernt. Layard und Jordan hatten vorher bereits Posten bezogen. Die alte Scheune, die immer noch lichterloh brannte, begann zu vibrieren, als liege sie wie ein lebendes Geschöpf im Todeskampf. Schließlich schüttelte sie sich, zerbrach in viele Einzelteile und glitt hinab in die sich mit einem Mal öffnende, stöhnende Erde. Einen Augenblick lang peitschte ein gewaltiger Tentakel von mindestens sechs Metern Höhe die flimmernde Luft und wurde augenblicklich wieder in diesen sich verflüssigenden Sumpf aus Erde und Feuer hineingesogen.

Ken Layard befand sich der Scheune am nächsten. Er rannte im Zickzack sowohl vom Haus als auch von der in sich zusammensinkenden Scheune weg, bevor er taumelnd stehenblieb und mit weit aufgerissenen Augen und Mund zu den Fenstern in den oberen Stockwerken des großen Gebäudes empor starrte. Dann winkte er Roberts zu und bedeutete ihm, herüberzukommen.

»Schau!« schrie Layard über das unterirdische Grollen und das Zischen und Prasseln der Flammen hinweg. Beide beobachteten sie, was sich im Haus abspielte.

Von einem Fenster im zweiten Stock umrahmt stand da eine offensichtlich reife Frau, die Arme erhoben, beinahe so, als zolle sie den Angreifern Beifall. »Bodescus Mutter!« raunte Roberts. »Es kann niemand anders sein: Georgina Bodescu – Gott hilf ihr!«

Eine Ecke des Hauses brach in sich zusammen. An dieser Stelle sprudelte ein Flammengeysir auf, so hoch, daß er das Dach beinahe erreichte, der zerbrochene Steine und anderen Schutt mit sich emporriß. Es gab weitere Explosionen, die das gesamte Gebäude erschütterten. Es sackte sichtbar auf seine Grundmauern herab; Risse überzogen die Mauern, Schornsteine taumelten herunter. Die vier Beobachter zogen sich noch weiter zurück, wobei Layard Ben Trask mitschleifte. Dann bemerkte Layard den Lastwagen, der in der Einfahrt stand. Er ging hinüber, während Roberts immer noch am gleichen Fleck stand, Trask am Boden vor ihm, und die Frau am Fenster beobachtete.

Sie hatte ihre Position nicht verändert. Als sich das Haus absenkte, wankte sie gelegentlich ein wenig, doch stets nahm sie ihre vorherige Haltung wieder an, die Arme hoch erhoben und den Kopf zurückgeworfen, so daß es Roberts schien, als spreche sie zu ihrem Gott. Was sagte sie Ihm wohl? Worum bat sie? Vergebung für ihren Sohn? Gnade und Erlösung für sich selbst?

Newton und Jordan verließen ihre Posten hinter dem Haus und schlossen sich den anderen an. Es war klar, daß diesem Inferno nun niemand mehr entkommen konnte. Sie halfen Layard, Trask in den Lastwagen zu heben, und während sie die Abfahrt vorbereiteten, beobachtete Roberts noch immer das brennende Haus und wurde so zum Zeugen seines Untergangs.

Das Thermit hatte ganze Arbeit geleistet, und nun brannte sogar der Boden! Das Haus besaß keine Fundamente mehr, um darauf zu ruhen. Es sackte weiter ab, neigte sich erst zur einen und dann zur anderen Seite. Die alten Mauern ächzten, als die Balken nachgaben, die Sockel der Schornsteine barsten, und die Fensterscheiben zerplatzten in ihren sich verbiegenden Rahmen zu tausenden und abertausenden von Scherben und Splittern. Und als das Haus in lodernden Flammen und schmelzender Erde versank, wurde sogar seine Bausubstanz zum Raub der Flammen.

Das Feuer breitete sich innen wie außen in Blitzesschnelle aus; hohe rote und gelbe Flammen loderten aus den zerborstenen Fenstern, schlugen durch Risse hoch und erfaßten den nachgebenden Dachstuhl. Noch einen Wimpernschlag lang war die Silhouette Georgina Bodescus vor dem Hintergrund sengender roter Flammenzungen zu sehen, und dann gab Harkley House den Geist auf. Es brach in sich zusammen und verschwand beinahe vollständig in der aufkochenden Erde. Das Loch, das sich aufgetan hatte, wirkte wie der Schlund eines kleinen Vulkans. Noch eine kleine Weile waren die hochgezogenen Giebel und Teile des Dachstuhls sichtbar, und dann verschlang das reinigende Feuer und der dichte Qualm auch sie.

Die ganze Zeit über war der Gestank furchtbar gewesen. Wenn er die Ereignisse danach beurteilte, mochten gut und gern fünfzig Menschen in diesem Haus ums Leben gekommen und verbrannt sein, aber als Roberts auf den Beifahrersitz des Lastwagens kletterte und Layard diesen daraufhin zur Einfahrt lenkte, war allen fünf Überlebenden, einschließlich Trasks, der nun wieder bei Bewußtsein war, klar, daß der Gestank nicht von menschlichen Überresten herrührte. Ein Teil rührte vom Thermit her, ein Teil von verbrannter Erde, Balken und Steinen, aber in erster Linie war es der Todesgestank jener verbrannten Monstrosität unter dem Keller, des ›Anderen‹, der den armen Gower mit in den Tod gerissen hatte.

Der Nebel hatte sich mittlerweile fast vollständig verzogen, und Autos, deren Fahrer von Flammen und Rauch angelockt wurden, hielten in immer größerer Zahl auf der gegenüberliegenden Straßenseite. Als der Lastwagen aus der Einfahrt auf die Straße hinausrollte, lehnte sich ein Fahrer mit hitzegerötetem Gesicht aus seinem Fenster und schrie: »Was ist los gewesen? Das ist doch Harkley House, nicht wahr?«

»Das war es!« schrie Roberts zurück und zuckte dabei hilflos, wie er hoffte, die Schultern. »Es steht nicht mehr, fürchte ich. Bis auf die Grundmauern niedergebrannt!«

»Gütiger Himmel!« Der Mann mit dem geröteten Gesicht war entsetzt. »Wurde die Feuerwehr gerufen?«

»Das wollen wir gerade tun«, antwortete Roberts. »Wird aber nicht mehr viel helfen! Wir sind reingefahren, um nachzusehen, aber ich fürchte, es gibt nichts mehr zu sehen.« Damit fuhren sie weiter.

Eine Meile weiter kam aus der Richtung von Paignton ein klappriger Feuerlöschzug herangebraust. Layard fuhr pflichtschuldigst ganz rechts heran, um ihm den Weg frei zu machen. Er grinste dabei müde und humorlos. »Zu spät, Jungs«, kommentierte er leise. »Viel zu spät, Gottseidank!«

Totenwache

* * *

Sie lieferten Trask im Krankenhaus von Torquay ab, wo sie berichteten, er habe im Garten eines Freundes einen Unfall beim Grillen erlitten, und danach fuhren sie ins Hotel in Paignton zurück, um eine Einsatzbesprechung durchzuführen.

Roberts faßte das Erreichte zusammen: »Wir haben auf jeden Fall alle drei Frauen erledigt. Was Bodescu selbst betrifft, hege ich allerdings Zweifel. Ernsthafte Zweifel sogar, und sobald wir hier fertig sind, gebe ich dies nach London weiter und informiere auch Darcy Clarke und unsere Leute in Hartlepool. Das sind natürlich nur Vorsorgemaßnahmen, denn sollte uns Bodescu entschlüpft sein, haben wir keine Ahnung, was er als nächstes unternehmen wird und wohin er sich wendet. Nun, Alec Kyle wird in Kürze wieder die Leitung übernehmen. Es ist ein wenig eigenartig, daß er immer noch nicht angekommen ist. Und darüber hinaus sehe ich seiner Ankunft mit leichten Magenschmerzen entgegen. Er wird wütend sein, wenn er erfährt, daß Bodescu uns möglicherweise entwischt ist.«

»Bodescu *und* dieser andere Hund«, warf Harvey Newton ein. Er zuckte die Schultern. »Allerdings glaube ich, daß es sich nur um einen Streuner handelt, der auf dieses Gelände geraten ist ... irgendwie?« Er hielt inne und blickte von einem zum anderen. Alle sahen ihn erstaunt und beinahe ungläubig an. Davon hörten sie zum ersten Mal.

Roberts konnte nicht an sich halten und packte Newton an den Revers seines Jacketts. »Erzähl!« knurrte er ihn durch zusammengebissene Zähne an. »Ganz genau, was du gesehen hast, Harvey!«

Newton begann erschrocken zu berichten. Er schloß folgendermaßen: »Während also Gower dieses Ding verbrannte, das vielleicht ein Hund war, zum Teil aber auch nicht, ist es im Nebel vorbeigerannt. Aber nicht einmal das kann ich beschwören! Ich meine, es geschah soviel auf einmal! Es kann einfach auch am Nebel gelegen haben, oder Einbildung gewesen sein, oder ... irgendwas. Ich glaubte es in weiten Sätzen springen zu sehen, allerdings vorne seltsam aufgerichtet! Und der Kopf hatte nicht ganz die richtige Form. Es muß wohl Einbildung gewesen sein, eine verirrte Nebelschwade oder etwas in der Art. Einbildung, ja, besonders, weil Gower gleichzeitig diesen gottverdammten Hund verbrannte! Meine Güte, ich werde den Rest meines Lebens über von solchen Hunden träumen!«

Roberts schob ihn so gewaltsam von sich weg, daß Newton durch den halben Raum taumelte. Der fette Mann war eben nicht nur fett, sondern vor allem schwer und kräftig. Er sah Newton zornig an. »Idiot!« grollte er. Dann zündete er eine Zigarette an, wobei er offensichtlich vergessen hatte, daß bereits eine brannte.

»Ich hätte doch sowieso nichts daran ändern können!« protestierte Newton. »Mein Bolzen war abgeschossen und die Armbrust noch nicht nachgeladen ...«

»Der verdammte Bolzen war also weg?« fuhr ihn Roberts an. Doch dann beruhigte er sich endlich. »Ich würde ja gern behaupten, es sei nicht deine Schuld«, sagte er. »Und vielleicht bist du ja wirklich nicht schuld daran. Gut möglich, daß er einfach zu gerissen für uns ist.«

»Und was jetzt?« fragte Layard, dem Newton ein wenig leid tat. So wollte er den Chef nun ablenken.

Roberts blickte Layard an. »Jetzt? Na ja, wenn ich mich etwas beruhigt habe, werden wir beide uns auf die Suche nach dem verdammten Bastard machen!«

»Ihn suchen?« Newton leckte über seine ausgetrockneten Lippen. »Wie denn?« Er war sichtlich verwirrt und konnte nicht klar denken.

Roberts tippte sich kurz an die Stirn. »Damit«, krächzte er. »Ich habe noch immer meine Gabe und kann sie anwenden!« Er funkelte Newton wütend an. »Und was für ein verdammtes Talent hättest du zu bieten? Abgesehen von dem, alles zu verbocken?«

Newton zog einen Stuhl zu sich heran und ließ sich darauf fallen. »Ich ... ich habe ... ihn gesehen, aber dann habe ich das verdrängt und mir eingebildet, es sei eine Täuschung gewesen. Was zum Teufel war nur mit mir los? Wir waren dort, um ihn zu erwischen ... um nichts aus dem Haus entkommen zu lassen ... also warum habe ich so reagiert? Ich ...«

Jordan sog scharf Luft ein und schnippte vernehmlich mit den Fingern. »Natürlich!« Dabei nickte er.

Alle sahen ihn an.

»Ganz klar!« sagte er noch einmal nachdrücklich. »Er besitzt doch auch eigene psychische Fähigkeiten, ja? Viel zu viele für meinen Geschmack! Harvey, er hat dich beeinflußt! Telepathisch selbstverständlich! Verdammt, mich hat er auch auf diese Weise getäuscht. Er hat uns überzeugt, daß er gar nicht da war, daß wir ihn nicht sehen konnten! Und ich habe ihn *wirklich* nicht gesehen – nicht einmal einen Schimmer seiner Gestalt. Denkt daran, ich war auch dabei, als Simon dieses Ding verbrannte. Und dennoch habe ich nichts bemerkt! Mach dir keine Vorwürfe, Harvey – du warst der Einzige, der überhaußt in der Lage war diesen Bastard zu sehen!«

»Du hast recht«, sagte Roberts nach kurzer Überlegung. »So muß es gewesen sein. Also wissen wir nun mit Sicherheit: Bodescu ist frei, wütend und bei Gott: gefährlich! Ja, und dazu verfügt er über viel mehr Kräfte, als wir ihm je zugetraut hätten!«

Mittwoch, 12:30 MEZ am Grenzübergang nach Moldawien nahe Siret

Krakovic und Gulharov hatten sich beim Fahren abgelöst. Carl Quint wäre wohl froh gewesen, selbst eine Weile am Steuer sitzen zu können, aber sie hatten es nicht zugelassen. Es hätte seine Langeweile ein wenig vertrieben. Er hatte die rumänische Landschaft, die an ihnen vorbeiflog – Eisenbahndepots, die einsam und verlassen wie Vogelscheuchen zwischen Wiesen und Feldern standen, schnuddelige Fabrikanlagen, verschmutzte Flüsse und dergleichen mehr als alles andere denn romantisch empfunden. Doch auch ohne seine Hilfe und trotz der teilweise in erbärmlichem Zustand befindlichen Straßen waren die beiden Russen gut vorangekommen. Bis hierher allerdings nur, und nun saßen sie mitten im Niemandsland und waren bereits vier Stunden lang ohne Angabe von Gründen festgehalten worden.

Von Bukarest aus waren sie über Buzau, Focsani und Bacau am Siret entlang nach Norden gefahren, auf die Grenze nach der Sowjetrepublik Moldawien zu. In Roman hatten sie den Fluß überquert. Dann waren sie bis Botosani gefahren, wo sie gegessen hatten, und danach weiter bis Siret.

Nun standen sie ganz im Norden der Stadt vor dem Grenzübergang. Krakovic hatte geplant, um diese Zeit bereits Cernivci und den Prut erreicht zu haben, denn er wollte die Nacht in der Gegend von Kolomyja verbringen, im Schatten der alten Karpaten ...

»Aber!« tobte er nun im Scheinwerferlicht der Grenzposten. »Aber, aber, *aber*!« Er trommelte mit den Fäusten auf den Schalter, der Grenzwächter von Reisenden trennte. Er schrie so laut auf Russisch, daß Quint und Gulharov draußen im Auto vor dem Holzgebäude zusammen-zuckten. Das Grenzhaus stand in der Straßenmitte zwischen den beiden Fahrspuren, und die Schranken waren geschlossen. Uniformierte Zollbeamte standen vor ihren kleinen Wachhäuschen; ein Rumäne an der Fahrbahn, die in sein Land hinein führte, ein Russe an der hinausführenden. Natürlich war der Russe der Ranghöhere von beiden. Und im Augenblick wurde er von Felix Krakovic unter beachtlichen Druck gesetzt.

»Vier Stunden!« lamentierte Krakovic. »Vier verfluchte Stunden sitzen wir hier am Ende der Welt schon fest und warten darauf, daß Sie sich endlich entschließen! Ich habe Ihnen gesagt, wer ich bin, und ich habe mich ausgewiesen. Sind meine Papiere in Ordnung oder nicht?«

Der dicke russische Offizier mit dem feisten Gesicht zuckte hilflos die Achseln. »Selbstverständlich, Genosse, aber ...«

»Nein, nein, *nein*!« schrie Krakovic. »Kein *Aber* mehr, nur noch ja oder nein! Und die Papiere von Genosse Gulharov – wie steht es mit denen?«

Der Russe trat unsicher von einem Fuß auf den anderen. Dann zuckte er erneut die Achseln. »Ja, sind in Ordnung.«

Krakovic beugte sich über die Theke und näherte sein Gesicht dem des anderen. »Und glauben Sie, daß ich im Auftrag des Parteivorsitzenden selbst handle? Sind Sie sich im Klaren darüber, daß ich – falls Ihr verdammtes Telefon funktionierte – mittlerweile längst mit Breschnew selbst sprechen würde, und daß Sie nächste Woche einen neuen Posten an der Grenze zur Mandschurei beziehen dürften?«

»Wenn Sie meinen, Genosse Krakovic«, seufzte der Offizier. Er rang nach Worten, um den nächsten Satz nicht wieder mit einem Aber beginnen zu müssen. »Ich bin mir jedoch im Klaren darüber, daß der andere Herr in Ihrem Auto kein sowjetischer Staatsbürger ist, und daß deshalb seine Papiere eben nicht in Ordnung sind! Wenn ich Sie ohne offizielle Genehmigung durchlasse, wäre ich vermutlich nächste Woche als Holzfäller in Omsk! Dafür sind meine Schultern nicht breit genug, Genosse.«

»Was für ein idiotischer Grenzübergang soll das überhaupt sein?« Krakovic war in voller Fahrt. »Kein Telefon, nichts funktioniert! Ich schätze, wir müssen Gott dafür danken, daß es hier überhaupt Toiletten gibt! Jetzt hören Sie mir mal gut zu ...!«

»Ich *habe* Ihnen gut zugehört, Genosse!« unterbrach ihn der Offizier, dessen Courage ihn doch nicht ganz verlassen hatte. »Und dreieinhalb Stunden lang habe ich nichts als Drohungen und wütende Keifereien gehört, aber ...«

»ABER?« Krakovic konnte es nicht fassen. Das durfte einfach nicht wahr sein! Er drohte seinem Gegenüber mit der Faust. »Idiot! Ich habe mitgezählt: Elf Personenwagen und siebenundzwanzig Transporter sind seit unserer Ankunft in Richtung Kolomyja durchgefahren. Ihr Mann dort vorn hat nicht einmal bei der Hälfte überhaupt die Papiere sehen wollen!«

»Weil wir sie kennen! Sie kommen regelmäßig hier durch. Viele von ihnen wohnen in der Gegend von Kolomyja. Das habe ich Ihnen schon hundert Mal erklärt!«

»Dann denken Sie auch mal daran, daß Sie schon morgen vielleicht vor dem KGB stehen und alles noch mal erklären müssen!« fauchte Krakovic.

»Noch mehr Drohungen«, seufzte der andere achselzuckend. »Dagegen stumpft man mit der Zeit ab.«

»Absolute Unfähigkeit!« schimpfte Krakovic. »Vor drei Stunden haben Sie behauptet, daß die Telefone in ein paar Minuten wieder funktionieren würden. Vor zwei Stunden und vor einer haben Sie das wiederholt, und nun ist es fast schon ein Uhr nachts!«

»Ich weiß, wie spät es ist, Genosse! Die Stromversorgung ist ausgefallen. Man kümmert sich schon längst darum. Was kann ich sonst noch für Sie tun?« Er setzte sich auf einen gut gepolsterten Stuhl hinter dem Schalter.

Krakovic wäre beinahe über den Schalter gesprungen und ihm an die Kehle gegangen. »Wagen Sie es nicht, sich hinzusetzen! Nicht, während ich stehen muß!«

Der andere wischte sich den Schweiß von der Stirn, stand duldsam wieder auf und bereitete sich seelisch auf eine neue Tirade vor.

Draußen im Auto hatte sich Sergei Gulharov unruhig von einer Seite auf die andere gedreht, zuerst aus dem einen Fenster gespäht, dann aus dem anderen ... Carl Quint spürte ganz eindeutig, daß sich um sie herum Schwierigkeiten und Gefahren verdichteten. Dieses Gefühl hatte ihn bereits seit dem Abschied von Kyle auf dem Bukarester Flughafen gequält. Aber Grübeln führte zu nichts, und dieses hilflose Herumgeschubst-Werden nahm ihm ohnehin alle Energie. Vor allem die Tatsache, daß ihn die anderen nicht ein einziges Mal ans Steuer gelassen hatten, während draußen endlos die langweilige Landschaft dieses Teils von Rumänien vorbeizog, hatte ihn aller Initiative beraubt. Im Augenblick jedenfalls hatte er das Gefühl, er könne eine ganze Woche lang ohne Unterbrechung schlafen. Warum also nicht hier im Auto?

Etwas dort draußen nahm jetzt Gulharovs Aufmerksamkeit in Anspruch. Er war ganz still und nachdenklich. Quint musterte ihn verstohlen. Den ›stillen Sergei‹ hatten er und Kyle ihn heimlich getauft. Es war natürlich nicht sein Fehler, daß er kein Englisch sprach oder genauer gesagt, er sprach etwas Englisch, aber eben nur wenig und sehr fehlerhaft. Nun ertappte er Quint, nickte ihm mit einem Kopf zu, der des ganz kurz geschnittenen Haares wegen fast kahl wirkte, und deutete aus dem geöffneten Fenster. »Sehen«, sagte er leise. Quint blickte hinaus.

Vor dem schwachen, fernen, blauen Leuchten am Horizont wahrscheinlich den Lichtern von Kolomyja, wie Quint vermutete, hoben sich Masten und dicke, schwarze Kabel ab. Die Hochleitungen zogen sich über den Grenzposten hinweg nach Süden. Ein Kabelausleger führte direkt hinab ins Grenzgebäude. Nun wandte sich Gulharov ab und deutete nach Westen, wo die Kabelleitung weiter in Richtung Siret verlief. Vielleicht hundert Meter entfernt von ihnen hing das Kabel in einer schattenhaft erkennbaren Schleife von einem Mast herunter bis zum Boden. Dort war die Leitung offensichtlich unterbrochen worden.

»Entschuldigen«, sagte Gulharov wiederum auf Englisch. Er stieg aus, schritt am Mittelstreifen entlang nach hinten und verschwand in der Dunkelheit. Quint überlegte kurz, ob er ihm hinterhergehen sollte, entschied sich jedoch dagegen. Er fühlte sich in höchstem Maße verletzbar, ungeschützt, und draußen würde das noch schlimmer werden. Wenigstens war ihm das Wageninnere mittlerweile vertraut. Wieder begann er, dem Toben Krakovics zu lauschen, das unvermindert vom Grenzhaus her ertönte. Quint verstand wohl nicht, was da auf Russisch geschrien wurde, doch jemand mußte sich dort so einiges gefallen lassen, das war offensichtlich.

»Dieser Unfug muß ein für alle mal beendet werden!« schrie Krakovic. »Ich sage Ihnen, was ich unternehmen werde. Ich werde nach Siret zurückfahren und vom Polizeiposten aus direkt Moskau anrufen!«

»Gut«, erwiderte der dicke Staatsbedienstete. »Und falls Moskau dann die korrekten Papiere für den Engländer per Kabel schickt, kann ich Sie anschließend durchlassen.«

»Sie Tölpel!« höhnte Krakovic. »Sie kommen selbstverständlich mit mir nach Siret und werden dort Ihre Instruktionen unmittelbar vom Kreml erhalten!«

Wie gern hätte sein Gegenüber ihm berichtet, daß er bereits direkte Anweisungen aus Moskau erhalten hatte, aber das war ihm nicht gestattet. Also schüttelte er lediglich bedächtig den Kopf. »Genosse, unglücklicherweise darf ich meinen Posten nicht verlassen. Das wäre ein sehr ernstes Vergehen. Nichts, was Sie oder jemand anders sagen, könnte mich dazu bringen, meinen mir anvertrauten Posten im Stich zu lassen.«

Krakovic sah an dem zornroten Gesicht des Beamten, daß er wohl zu weit gegangen war. Jetzt würde er sich möglicherweise noch uneinsichtiger zeigen als bisher, ihm vielleicht sogar absichtlich Hindernisse in den Weg streuen. Dieser Gedanke ließ Krakovic die Stirn runzeln. Vielleicht hatte man ihm von Anfang an alle möglichen Steine absichtlich in den Weg gestreut? War das möglich? »Dann gibt es eine einfache Lösung«, sagte er ein wenig ruhiger. »Ich nehme an, Siret verfügt über einen Polizeiposten, der vierundzwanzig Stunden besetzt ist und dessen Telefone auch funktionieren, oder?«

Der Beamte kaute auf seiner Unterlippe. »Selbstverständlich«, antwortete er schließlich.

»Dann werde ich einfach von dort aus in Kolomyja anrufen, und innerhalb einer Stunde ist unter Garantie eine Einheit des Militärs hier an Ort und Stelle. Was für ein Gefühl wird das für Sie sein, Genosse, wenn Ihnen als Russe von einem Offizier der Roten Armee befohlen wird, daneben zu stehen, während man uns durch ihren dummen kleinen Grenzposten eskortiert? Und zu wissen, daß *Sie* morgen im Brennpunkt eines möglicherweise ernsten internationalen Zwischenfalls stehen werden?«

In genau diesem Moment bückte sich draußen auf einem Acker westlich der Straße ein Stück weit in Richtung Siret Sergei Gulharov und hob die beiden losen Enden des schweren Stromkabels auf. Am Hauptstromkabel war mit Isolierband ein viel dünneres Telefonkabel befestigt. Dieses kleine Kabel hatte man unterbrochen, indem man einfach einen gummiumhüllten Stecker aus einer Steckdose gezogen hatte, während das dicke Kabel an einer Koppelung aufgeschraubt worden war. Also schloß er zuerst das Telefonkabel wieder an, und anschließend schraubte er die beiden Enden des Stromkabels ineinander. Es knisterte ein wenig, ein paar bläuliche Funken stoben aus der Verbindung, und ...

In der Grenzstation gingen mit einem Mal alle Lichter wieder an. Krakovic, der sich bereits zur Tür gewandt hatte, um seine Drohung in die Tat umzusetzen, drehte sich dem Schalter zu und bemerkte den verwirrten Gesichtsausdruck des Beamten. »Ich denke doch«, bemerkte Krakovic daraufhin im Plauderton, »daß Ihr Telefon nun auch wieder funktioniert?«

»Ich ... ich glaube schon«, stotterte der andere.

Krakovic kehrte zum Schalter zurück. »Und das bedeutet«, bemerkte er in eisigem Tonfall, »daß wir nun endlich weiterkommen werden!«

Moskau, 1:00 Uhr nachts

Im Schloß Bronnitsy, einige Kilometer außerhalb der Stadt, standen Ivan Gerenko und Theo Dolgikh vor einem ovalen Beobachtungsfenster aus Einwegglas und blickten in ein Zimmer hinein, dessen Einrichtung wie die Kulisse eines Science-Fiction-Horrorfilms wirkte.

In diesem ›Operationssaal‹ lag Alec Kyle bewußtlos auf einen gepolsterten Tisch geschnallt. Durch ein Gummikissen wurde sein Kopf ein wenig hochgehalten, so daß sie die halbrunde Form des stählernen Hel-

Totenwache

mes, der seinen Kopf bedeckte und nur Nase und Mund zum Atmen frei ließ, gut sehen konnten. Hunderte von haarfeinen Drähten in farbigen Plastikhülsen schimmerten wie eine Regenbogen-Aura um Kyles Kopf. Sie verliefen zu einem Computer, an dessen Kontrollen drei Operatoren hektisch arbeiteten, anscheinend um den Gedankengängen des Briten vom Anfang bis zum Ende zu folgen. Unter dem Helm hatte man Kyle viele kleine Sensorenplättchen an den kahlgeschorenen Schädel gepflastert. Weitere hatte man ihm an die Brust, die Unterarme, die Kehle und den Bauch geheftet. Vier Männer – alles Telepathen – saßen auf glänzenden Metallhockern paarweise neben der liegenden Gestalt und kritzelten in ihren Notizbüchern, wobei jeder eine Hand leicht auf Kyles nacktem Körper ruhen ließ. Eine Meistertelepathin Zek Föener, die Beste im ganzen E-Dezernat, saß allein in einer Ecke des Raumes. Sie war eine wirklich schöne junge Frau Mitte Zwanzig, eine Ostdeutsche, die Gregor Borowitz während seiner letzten Tage als Dezernatsleiter noch rekrutiert hatte. Sie hatte die Ellbogen auf die Knie gestützt und eine Hand an ihrer Stirn liegen. So saß sie da, voll auf Kyles Gedanken und Hirntätigkeit konzentriert, die durch kurze Stromstöße angeregt wurden.

Dolgikh war auf eine morbide Art fasziniert. Er war gegen elf Uhr mit Kyle angekommen. Von Bukarest aus waren sie mit einem Militärtransporter nach Smolensk geflogen, und dann mit dem Hubschrauber des Dezernats direkt hierher. All das hatte sich unter dem Deckmantel absoluter Geheimhaltung abgespielt. Der KGB hielt seine schützende Hand über Dolgikh und sein ›Beutestück‹. Nicht einmal Breschnew – *gerade er nicht* – wußte, was an diesem Ort geschah.

Im Schloß hatte man Kyle ein Wahrheitsserum gespritzt, allerdings nicht, um seine Zunge zu lösen darauf konnte man nicht hoffen , sondern seinen Geist. Er war in einer tiefen Bewußtlosigkeit versunken. Und seit etwa zwölf Stunden hatte er, von gelegentlichen weiteren Spritzen unterstützt, den sowjetischen ESP-Agenten alle Geheimnisse von INTESP in seinen Gedanken enthüllt. Theo Dolgikh allerdings war das Ganze suspekt. Er bevorzugte ganz andere Verhörmethoden.

»Was stellen sie eigentlich wirklich mit ihm an, Genosse?« fragte er. »Wie funktioniert das?«

Ohne Dolgikh anzublicken, weil seine blaßbraunen Augen selbst der kleinsten Bewegung drinnen im Raum hinter dem Einwegfenster folgten, antwortete Gerenko: »Ausgerechnet Sie müssen doch wohl schon mal von Gehirnwäsche gehört haben, Theo? Und genau das tun wir: Wir waschen Alec Kyles Gehirn. Und zwar so gründlich, daß es nach dieser Prozedur ziemlich ausgebleicht sein wird.«

Ivan Gerenko war so klein und zierlich, daß er beinahe wie ein Kind wirkte, doch seine faltige Haut, die wäßrigen Augen und die insgesamt sehr blasse, fahle Erscheinung wiesen eher auf einen alten Mann hin. Er war jedoch erst siebenunddreißig. Eine seltene Krankheit hatte sein Wachstum behindert und gleichzeitig den Alterungsprozeß beschleunigt, doch die Natur hatte ihm zum Ausgleich eine seltene Gabe verliehen: Er war ein ›Deflektor‹.

Ähnlich wie Darcy Clarke war er so etwas wie ein Glückspilz. Doch wo Clarkes Gabe ihm half, Gefahren zu meiden, lenkte Gerenko sie einfach ab! Jeder noch so gut gezielte Schlag verfehlte ihn; der Schaft einer Axt brach, bevor die Schneide auch nur seine Haut ritzte. Der Vorteil war ganz enorm, von unschätzbarem Wert: Er hatte nichts zu befürchten und mißachtete alle körperlichen Gefahren. Warum sollte er auch nicht? Deshalb behandelte er Männer wie Theo Dolgikh mit einem gehörigen Maß an Verachtung. Andere mochten ihn ablehnen, aber verletzen konnten sie ihn nicht. Niemand war fähig, Ivan Gerenko physisch Gewalt anzutun.

»Gehirnwäsche?« wiederholte Dolgikh. »Ich hatte es für eine Art von Verhör gehalten!«

»Es ist beides.« Gerenko nickte und erweckte den Eindruck, er spreche mehr zu sich selbst, als Dolgikhs Frage zu beantworten. »Wir benutzen Erkenntnisse der Wissenschaft, der Psychologie und der Parapsychologie. Die drei großen T: Technologie, Terror und Telepathie. Die Droge, die wir ihm gespritzt haben, stimuliert sein Gedächtnis. Sie gibt ihm das Gefühl, ganz allein zu sein von allen verlassen. Er glaubt, daß niemand außer ihm im Universum existiert, und er zweifelt sogar an der eigenen Existenz! Er will über seine Erfahrungen ›sprechen‹, sich mitteilen, um sich auf diese Weise zu bestätigen, daß er real ist, daß er existiert. Würde er das physisch vollbringen bei der Geschwindigkeit, mit der sein Gehirn arbeitet, würde er rasch ausbrennen und körperlich austrocknen, vor allem, wenn er dabei auch noch wach und bei Bewußtsein wäre. Außerdem interessiert uns eine solche Ansammlung von Erfahrungen, von Wissen überhaupt nicht. Wir wollen nicht wahllos alles von ihm wissen. Sein Leben ist für uns im Allgemeinen uninteressant, doch die Einzelheiten in Bezug auf seine Arbeit für INTESP sind absolut faszinierend!«

Dolgikh schüttelte verwirrt den Kopf. »Stehlen Sie etwa seine Gedanken?«

»Oh, ja! Diesen Einfall hatte bereits Boris Dragosani. Er war Nekromant, konnte also die Gedanken der Toten stehlen. Wir können das nur bei den Lebenden erreichen, aber wenn wir mit ihnen fertig sind, sind sie letzten Endes auch so gut wie tot!«

»Aber ... ich meine, *wie* stellen Sie das an?« Dieses gesamte Konzept war einfach zu hoch für einen Mann wie Dolgikh.

Gerenko sah ihn an, nur ein flüchtiger Blick, ein Augenzucken in dem runzligen Gesicht. »Ich kann Ihnen jedenfalls nicht erklären, ›wie‹ es gemacht wird, nur eben ›was‹ wir tun. Wenn seine Gedanken sich mit etwas Gewöhnlichem, Uninteressantem beschäftigen, wird die gesamte Thematik schnell aus ihm herausgezogen und ... gelöscht. Das spart uns Zeit, denn er kann später nicht mehr darauf zurückkommen. Wenn wir jedoch auf etwas Wichtiges stoßen, ›lesen‹ die Telepathen seine Gedanken, so gut sie eben können. Sollte das, was sie erfahren haben, schwierig zu verstehen oder zu merken sein, machen sie sich Notizen, die man später genauer untersuchen kann. Und sobald dieser Gedankengang erschöpft ist, wird auch dieses Subjekt gelöscht.«

Dolgikh hatte das soweit akzeptiert, doch mittlerweile galt seine Aufmerksamkeit vor allem Zek Föener. »Diese Frau ist wirklich sehr schön!« In seinem Blick spiegelte sich offene Gier. »Wenn ich *sie* nur verhören könnte. Auf meine Art natürlich.« Er lachte heiser.

In genau diesem Moment blickte die junge Frau auf. Ihre leuchtend blauen Augen funkelten vor Zorn. Sie sah geradewegs zu der Sichtluke herüber, als könne sie ...

»Ah!« stieß Dolgikh hervor. »Unmöglich! Sie sieht uns durch das Einwegglas hindurch an.«

»Nein«, sagte Gerenko kopfschüttelnd. »Sie schickt ihre Gedanken hindurch, und wenn ich mich nicht irre, haben die mit Ihnen zu tun!«

Föener stand auf, schritt zielbewußt zu einer Seitentür und verließ den Raum. Sie trat direkt auf den Korridor, in dem die Beobachter standen, kam auf sie zu, sah Dolgikh kurz an, wobei sie ihm ihre perfekten und scharfen weißen Zähne zeigte, und wandte sich Gerenko zu. »Ivan, bringen Sie diesen ... diesen Menschenaffen von hier weg. Er befindet sich innerhalb meiner Reichweite, und sein Hirn stinkt wie ein Abfalleimer.«

»Selbstverständlich, meine Liebe«, gab Gerenko mit einem Lächeln und einem Nicken seines runzligen Walnußkopfes nach. Er wandte sich Dolgikh zu und nahm ihn am Ellbogen. »Kommen Sie, Theo.«

Dolgikh schüttelte seine Hand ab und funkelte die junge Frau an. »Sie gehen sehr freigiebig mit Beleidigungen um!«

»So ist das auch richtig«, sagte sie kurz angebunden. »Von Angesicht zu Angesicht. Aber *ihre* Beleidigungen kriechen wie Würmer, die sie im Morast Ihres Hirns gefangen halten!« Und zu Gerenko gewandt fügte sie hinzu: »Ich kann nicht arbeiten, solange er hier ist.«

Gerenko sah Dolgikh auffordernd an. »Also?«

Dolgikhs Miene zeigte offenen Zorn, aber langsam beruhigte er sich, und schließlich zuckte er die Achseln. »Also gut, ich bitte um Verzeihung, Fräulein Föener.« Er vermied es absichtlich, sie wie üblich mit ›Genossin‹ anzusprechen. Und als er sie noch einmal von oben bis unten musterte, geschah auch das mit voller Absicht. »Ich habe halt immer meine Gedanken als meine Privatsache betrachtet. Und ich bin ja auch nur ein Mensch.«

»Gerade noch so eben!« fauchte sie und kehrte an ihre Arbeit zurück.

Während Dolgikh Gerenko in dessen Büro nachging, sagte der stellvertretende Leiter des E-Dezernats: »Ihr Verstand ist sehr feinsinnig und man könnte sagen: gut ausbalanciert. Wir müssen sehr darauf achten, sie nicht aus dem Gleichgewicht zu bringen. Wie geschmacklos Ihnen das auch vorkommen mag, Theo, so dürfen sie nicht vergessen, daß jeder einzelne meiner psychosensitiven Mitarbeiter hier ebensoviel wert ist wie zehn von Ihrer Sorte!«

Das traf Dolgikh.

»Ach?« grollte er. »Warum hat Andropov Sie dann nicht aufgefordert,

Totenwache

einen Ihrer Mitarbeiter nach Italien zu schicken? Vielleicht sogar Sie selbst, Genosse?«

Gerenko lächelte dünn. »Brutalität hat manchmal ihre Vorteile. Deshalb flogen Sie nach Genua, und deshalb sind Sie jetzt hier. Ich denke, daß ich sehr bald Arbeit für Sie haben werde. Von der Art, wie sie Ihnen gefällt, Theo. Aber lassen Sie sich warnen: Bisher haben Sie sich gut geschlagen, also verderben Sie den guten Eindruck jetzt nicht. Unser gemeinsamer ... sagen wir Vorgesetzter, wird mit Ihnen zufrieden sein. Aber er wäre bestimmt nicht zufrieden, falls er hören müßte, daß Sie sich mit Ihrer Art zu handeln über unsere Köpfe hinwegsetzen. Hier im Schloß Bronnitsy gilt stets: Gehirn ist wichtiger als Muskeln.«

Sie erklommen die steinerne Wendeltreppe eines der Türme, bis sie vor Gerenkos Büro ankamen. Früher hatte hier Gregor Borowitz gearbeitet, und nun leitete von hier aus Felix Krakovic das Dezernat, doch der war momentan abwesend, und sowohl Ivan Gerenko wie auch Yuri Andropov beabsichtigten, diese Abwesenheit zum Dauerzustand zu erheben. Auch das verstand Dolgikh nicht ganz.

»Zu meiner Zeit«, sagte er, während er Gerenko gegenüber Platz nahm, »habe ich Genosse Andropov immer sehr nahe gestanden – so nahe das halt bei Männern möglich ist. Ich habe seinen Aufstieg miterlebt, bin sozusagen seinem aufgehenden Stern gefolgt. Soweit ich das beurteilen kann, hat es seit der Gründung des E-Dezernats immer Spannungen zwischen dem KGB und euch PSI-Agenten gegeben. Nur jetzt endlich, bei Ihnen, scheint sich das zu ändern. Womit hat Andropov Sie in der Hand, Ivan?«

Gerenkos Grinsen ließ ihn einem Wiesel ähnlich erscheinen. »Er hat mich nicht in der Hand«, erwiderte er. »Aber er hat etwas *für* mich. Sehen Sie, Theo, ich bin betrogen worden. Von der Natur. Ich wäre gern ein Mann von heldenhaften Proportionen. Vielleicht so wie Sie. Doch ich sitze in dieser schwachen Hülle eines Körpers fest. Die Frauen interessieren sich nicht für mich, und die Männer können mir wohl nichts antun, betrachten mich jedoch als eine Art Behinderten. Nur mein Verstand und meine besondere Gabe machen mich wertvoll. Dieser Verstand war beispielsweise äußerst nützlich für Felix Krakovic; ich habe ihm viel von der

Führungsarbeit des Dezernats abgenommen. Und mein Talent wird von den Parapsychologen hier beständig untersucht. Sie hätten alle gern einen ... sagen wir Schutzengel, wie ich! Stellen Sie sich vor: Eine ganze Armee von Männern wie ich wäre absolut unbesiegbar!

Das zeigt Ihnen, wie wichtig ich bin. Und dennoch bin ich nur ein verschrumpelter kleiner Mann mit einer kurzen Lebensspanne! Deshalb will ich Macht haben, solange ich am Leben bin. Ich will ein Großer sein, und wenn es auch nur von kurzer Dauer ist. Und es *wird* von kurzer Dauer sein! Also will ich *jetzt* Macht erlangen!«

»Und wenn Krakovic weg ist, sind Sie hier der Chef«, bestätigte Dolgikh nickend.

Gerenko lächelte, und sein Gesicht verzog sich in tausend Falten. »Zu Beginn jedenfalls. Danach folgt die Integration von E-Dezernat und KGB. Breschnew hätte natürlich etwas dagegen, ganz klar, doch der Parteivorsitzende wird langsam zu einem Tattergreis. Lang wird er sich nicht mehr halten. Und Andropov hat natürlich viele Feinde, gerade *weil* er mächtig ist. Wie lange wird er sich noch halten können, was meinen Sie? Jedenfalls wird eventuell, möglicherweise, wahrscheinlich sogar, dieser Posten ...«

»Und sein Nachfolger wären selbstverständlich Sie!« Dolgikh hatte durchaus begriffen. »Aber bis es soweit ist, werden auch Sie sich Feinde gemacht haben. Führer klettern meist über die Leichen ihrer toten Vorgänger an die Spitze.«

»Ah!« Gerenkos Lächeln war kalt und hinterhältig und wirkte nicht ganz normal. »Doch ich werde die Ausnahme sein! Was kümmern mich Feinde? Mir können sie nichts antun! Und ich werde einen nach dem anderen von ihnen ausschalten, bis keine mehr da sind. Ich werde als kleiner, runzliger Mann sterben, aber dennoch werde ich groß und mächtig gewesen sein. Was immer Sie also künftig tun, Theo Dolgikh, gehen Sie sicher, daß Sie mein Freund sind und nicht mein Feind!«

Dolgikh schwieg einen Moment lang und versuchte das, was ihm Gerenko gesagt hatte, zu verarbeiten. Der Mann litt offensichtlich unter Größenwahn! Vorsichtig bemühte er sich sodann, das Thema zu wechseln. »Sie sagten, wahrscheinlich gebe es bald mehr Arbeit für mich. Welche Art von Arbeit denn?«

Totenwache

»Sobald wir sicher sind, daß wir alles von Alec Kyle erfahren werden, was wir wissen wollen, sind Krakovic, sein Adjudant Gulharov und der andere britische Agent, Quint, absolut entbehrlich. Im Augenblick funktioniert das folgendermaßen: Wenn Krakovic etwas veranlassen will, spricht er mit mir, und ich gebe seinen Wunsch an Breschnew weiter. Natürlich nicht direkt an ihn, sondern an einen seiner Männer, einen bloßen Lakaien, aber einen mächtigen. Der Parteivorsitzende bevorzugt das E-Dezernat, und deshalb bekommt Krakovic für gewöhnlich, was er will. So wie beispielsweise diese unerhörte Zusammenarbeit von britischen und sowjetischen PSI-Agenten!

Aber natürlich arbeite ich auch für Andropov. Also weiß auch er alles, was gerade geschieht. Und er hat mir bereits Anweisungen erteilt, daß, wenn die Zeit gekommen ist Sie, Theo, der Stein sein werden, den ich Krakovic in den Weg lege. Schon einmal wurde das E-Dezernat von INTESP geschlagen und beinahe zerstört. Breschnew will wissen, wie und warum das geschah, und Andropov stellen sich selbstverständlich die gleichen Fragen. Wir hatten in Boris Dragosani eine mächtige Waffe, ihre Waffe aber, ein junger Mann namens Harry Keogh, hat sich als noch stärker erwiesen. Woher nahm er diese Macht? *Was* hat ihn so stark gemacht? Und dann kommt noch etwas dazu: Mit Hilfe von INTESP hat Krakovic irgend etwas in Rumänien vernichtet! Ich habe Krakovics Aufzeichnungen durchgesehen und glaube, daß ich die Antwort kenne. Was er vernichtete, war das Gleiche, das Dragosani seine Kräfte verliehen hatte! Krakovic betrachtet es als etwas absolut Böses, aber ich sehe es einfach nur als Werkzeug. Eine mächtige Waffe! Deshalb sind die Briten auch so erpicht darauf, Krakovic zu helfen: Der Narr zerstört systematisch eine mögliche Chance auf eine spätere sowjetische Weltherrschaft!«

»Dann ist er also ein Verräter?« Dolgikh zog die Augen zusammen. Die Sowjetunion bedeutete alles für ihn. Machtkämpfe innerhalb der Struktur waren selbstverständlich zu erwarten, aber Verrat von dieser Größenordnung war etwas anderes.

»Nein.« Gerenko schüttelte den Kopf. »Er ist lediglich leichtgläubig. Nun hören Sie zu: In diesem Augenblick werden Krakovic, Gulharov und Quint an einem Grenzübergang nach Moldawien aufgehalten. Ich habe das durch Andropov organisieren lassen. Ich weiß, wohin sie wollen, und ich werde Sie in Kürze dorthin schicken, damit Sie sich diese Gruppe vornehmen können. Wann das sein wird, hängt allerdings davon ab, wieviel wir von Kyle erfahren. Aber auf jeden Fall müssen wir sie davon abhalten, weiteren Schaden anzurichten. Der Zeitfaktor ist also wichtig. Man kann sie dort nicht endlos aufhalten. Bald wird man sie durchlassen müssen. Und sie kennen auch die genaue Lage des Orts, den sie suchen im Gegensatz zu uns. Wir kennen den Ort *noch* nicht. Morgen früh müssen Sie ebenfalls an der Grenze sein, um ihnen zu ihrem Bestimmungsort zu folgen. Ich hoffe jedenfalls, daß es klappt.«

Dolgikh runzelte die Stirn. »Sie haben etwas vernichtet, so sagten Sie doch? Und das werden sie wiederholen? Was ist dieses ›Etwas‹?«

»Wären Sie rechtzeitig im rumänischen Bergland an Ort und Stelle gewesen, hätten Sie das selbst sehen können. Aber machen Sie sich deshalb keine Vorwürfe. Es genügt, wenn Sie diesmal dafür sorgen, daß Krakovic in seinem Vorhaben scheitert.«

Kaum hatte Gerenko ausgesprochen, klingelte das Telefon. Er nahm den Hörer ab, hielt ihn ans Ohr und sofort wurde seine Miene wachsam, der Blick lauernd. »Genosse Krakovic«, sagte er. »Ich hatte schon begonnen, mir Ihretwegen Sorgen zu machen! Ich hatte erwartet, früher von Ihnen zu hören. Befinden Sie sich in Cernivci?« Er sah Dolgikh über den Schreibtisch hinweg auffordernd an.

Selbst von seinem Platz aus konnte Dolgikh das laute Schimpfen von Krakovics ferner Stimme vernehmen. Gerenko begann nervös zu zwinkern, und sein rechter Mundwinkel zuckte mehrmals heftig. Als Krakovic endlich fertig war, sagte er: »Hören Sie zu, Genosse. Ignorieren Sie einfach diesen dummen Grenzoffizier. Er ist Ihre Empörung nicht wert. Bleiben Sie, wo Sie sind, und in ein paar Minuten lasse ich Ihre vollständige Bestätigung telefonisch durchgeben. Lassen Sie mich aber zuerst mit diesem Idioten sprechen!«

Er wartete einen Augenblick, bis er die leicht zittrige Stimme des Beamten hörte, und dann sagte er ruhig: »Hören Sie zu. Erkennen Sie meine Stimme? Gut. In ungefähr zehn Minuten werde ich Sie erneut anrufen und Ihnen sagen, ich sei der für Grenzkontrollen zuständige Kommissar hier in Moskau. Gehen Sie sicher, daß nur Sie allein mit mir sprechen und daß niemand unser Gespräch belauschen kann. Ich werde Ihnen befehlen, Genosse Krakovic und seine Begleiter durchzulassen, und Sie werden dem nachkommen. Verstanden?«

»Aber ja, Genosse!«

»Sollte Krakovic fragen, was ich gerade gesagt habe, teilen Sie ihm mit, ich habe Sie am Telefon beschimpft.«

»Selbstverständlich, Genosse.«

»Gut.« Damit legte Gerenko auf. Er sah Dolgikh an. »Wie ich schon bemerkte, kann ich sie nicht ewig aufhalten. Diese ganze Affäre wird langsam peinlich. Aber auch wenn sie jetzt nach Cernivci weiterfahren, können sie heute nacht nichts mehr unternehmen. Und morgen werden Sie dort sein und sie von ihrem Vorhaben abhalten.«

Dolgikh nickte. »Haben Sie irgendwelche Vorschläge?«

»In welcher Hinsicht?«

»Wie ich vorgehen soll! Sollte Krakovic ein Verräter sein, würde es mir am Einfachsten erscheinen, wenn ich ...«

»Nein!« unterbrach ihn Gerenko. »Das wäre zu schwer zu beweisen. Und er hat das Ohr des Parteivorsitzenden, vergessen Sie das nicht! Wir dürfen in diesem Zusammenhang auf keinen Fall eine fragwürdige Rolle spielen.« Er klopfte mit einem Finger auf die Schreibtischplatte und überlegte eine Weile. »Aha! Ich glaube, ich hab's! Ich habe Krakovic als leichtgläubig bezeichnet – also lassen wir ihn auch so erscheinen. Und Carl Quint wird als der Schuldige dastehen. Arrangieren Sie alles so, daß er als schuldig erscheint. Es soll so aussehen, als seien die britischen PSI-Agenten nach Rußland gekommen, um alles Mögliche über unser E-Dezernat herauszufinden und seinen Chef zu töten. Warum nicht? Sie haben dem Dezernat schon früher Schaden zugefügt, oder? Doch diesmal wird Quint einen Fehler begehen und damit ein Opfer seiner eigenen Strategie werden!«

»Gut«, meinte Dolgikh. »Ich werde mir etwas in dieser Art einfallen lassen. Und natürlich werde ich der einzige Zeuge sein ...«

Leise Schritte ertönten, und dann erschien Zek Föener in der Tür. Sie warf Dolgikh lediglich einen kalten Blick zu, und dann galt ihr Augenmerk ganz Gerenko. »Kyle ist eine Goldgrube jedenfalls der Teil seines Verstandes, der nicht gerade schizophren ist. Es gibt nichts, was er nicht weiß, und es strömt förmlich aus ihm heraus. Er weiß sogar eine ganze Menge über uns. Manches, was *ich* nicht einmal wußte. Phantastische Sachen ...« Mit einem Mal wirkte sie müde.

Gerenko nickte. »Phantastische Sachen? Das möchte ich wohl annehmen. Glauben Sie deshalb, daß er teilweise schizophren sei? Daß ihm sein Verstand Streiche spielt? Glauben Sie mir: Er ist es nicht. Wissen Sie, was die Gruppe in Rumänien vernichtet hat?«

Sie nickte. »Ja, aber ... es ist kaum zu glauben. Ich ...«

Gerenko hob eine Hand, um sie zu warnen.

Sie verstand, spürte, wie er eine Aura der Vorsicht verströmte. Theo Dolgikh sollte das nicht erfahren.

Wie die meisten anderen PSI-Agenten im Schloß haßte sie den KGB. So nickte sie und schwieg.

Wieder ergriff Gerenko das Wort: »Und ist es das Gleiche wie das, was in den Bergen jenseits Cernivci verborgen liegt?«

Wieder nickte sie.

»Also gut.« Gerenko lächelte, ohne dabei eine Gefühlsregung zu zeigen. »Und nun, meine Liebe, müssen Sie an Ihre Arbeit zurück. Sie hat absolute Priorität!«

»Selbstverständlich!« ging sie darauf ein. »Ich bin nur heraufgekommen, während sie ihm eine frische Spritze verpassen. Und ich benötigte eine Pause ...« Sie schüttelte etwas benommen den Kopf. Ihre Augen waren weit geöffnet, und eigenartiges, neues Wissen war darin abzulesen. »Genosse, diese ganze Angelegenheit ist so vollständig ...«

Wieder erhob Gerenko warnend seine winzige Hand. »Ich weiß!«

Sie nickte, wandte sich um und ging mit ein wenig unsicher wirkenden Schritten die Wendeltreppe hinab.

»Worum ging es bei diesem Gespräch überhaupt?« fragte Dolgikh verwirrt.

»Das war das gemeinsame Todesurteil für Krakovic, Gulharov und Quint«, antwortete Gerenko zufrieden. »Quint wäre wohl eventuell als einziger von ihnen nützlich gewesen, aber auch ihn benötigen wir nun nicht mehr. Jetzt können Sie sich auf den Weg machen. Steht unser Hubschrauber für Sie bereit?«

Dolgikh nickte. Er wollte sich gerade erheben, da fiel ihm noch etwas ein. Er runzelte die Stirn und fragte: »Sagen Sie mir erst einmal, was mit Kyle geschehen wird, wenn Sie mit ihm fertig sind. Ich meine, ich werde mich um dieses andere Verräterpärchen kümmern und um den britischen PSI-Agenten, aber was wird mit Kyle?«

Gerenko zog die Augenbrauen hoch. »Ich hielt das für offensichtlich. Wenn wir alles haben, was wir brauchen, wirklich alles, werden wir ihn in der Britischen Zone in Berlin absetzen. Dort wird er bald sterben, und die Ärzte werden keinen blassen Schimmer haben, woran.«

»Aber warum sollte er sterben? Und was ist mit der Droge, mit der Sie ihn vollpumpen? Die Ärzte werden doch bestimmt Spuren davon in seinem Blut finden!«

Gerenko schüttelte das Köpfchen. »Sie hinterläßt keine Spuren. Sie verflüchtigt sich innerhalb weniger Stunden vollständig. Deswegen müssen wir ihm ja auch ständig neue Injektionen verpassen. Unsere bulgarischen Freunde sind ein schlauer Haufen. Kyle ist nicht der Erste, den wir auf diese Weise ›verhören‹, und das Ergebnis ist stets das Gleiche. Und warum er sterben wird? Nun, ihm wird jeglicher Antrieb, zu leben, nach dieser Behandlung abgehen. Er wird zur leeren Hülle, die nicht einmal mehr weiß, wie sie sich auch nur bewegen soll. Er hat keinerlei Kontrolle mehr über seinen Körper. Seine vitalen Organe werden nicht mehr funktionieren. In einem künstlichen Lebenserhaltungssystem kann er sich ein wenig länger halten, aber ...« Er zuckte die Achseln.

»Hirntod«, kommentierte Dolgikh und nickte grinsend.

»Das haben Sie völlig richtig und äußerst knapp formuliert«, sagte Gerenko gefühllos und klatschte mit seinen Kinderhänden Beifall. »Bravo! Denn was ist schon ein vollständig leeres Hirn, wenn nicht tot? Und nun entschuldigen Sie mich bitte. Ich habe noch einen Anruf zu tätigen.«

Dolgikh stand auf. »Ich mache mich dann auf den Weg«, sagte er. Er freute sich bereits auf die vor ihm liegende Aufgabe.

»Theo«, sagte Gerenko. »Krakovic und seine Freunde sollten rasch und ohne alle Mätzchen ins Jenseits befördert werden. Machen Sie keine lange

Affaire daraus. Und noch eine letzte Mahnung: Seien Sie nicht zu neugierig in Bezug auf das, was sie dort oben in den Bergen zu tun vorhatten. Es ist nicht ihre Sache. Glauben Sie mir, zuviel Neugierde könnte sehr, sehr gefährlich sein!«

Dolgikh nickte lediglich zur Antwort. Dann wandte er sich zur Tür und verließ das Büro.

Als sich ihr Auto vom Grenzposten in Richtung Cernivci entfernte, erwartete Quint an sich einen weiteren, nachträglichen Wutanfall Krakovics. Doch der kam nicht. Statt dessen war der Chef des sowjetischen E-Dezernats auffällig ruhig und nachdenklich, und noch mehr, nachdem Gulharov ihm von dem abgekoppelten Kabel berichtete.

»Es sein mehrere Dinge, die nicht gefallen mir«, sagte Krakovic nach einer Weile zu Quint. »Zuerst glauben ich, dieser fette Mann an der Grenze sein einfach dumm. Aber jetzt ich nicht so sicher. Und dieses Ding mit Elektrizität. Alles sehr seltsam. Sergei finden und reparieren, was sie nicht können und schnell und ohne Schwierigkeit! Unser fetter Freund an der Grenze sein also nicht nur dumm, sondern höchst inkompetent!«

»Sie glauben, man hat uns absichtlich festgehalten?« Quint hatte das Gefühl, eine schwere, düstere Bedrückung laste auf seinem Kopf und seinen Schultern.

»Dieser Anruf, den er gerade bekommen hatte«, überlegte Krakovic laut. »Der Kommissar für Grenzkontrollen in Moskau? Ich habe niemals von ihm hören! Es muß ihn geben, oder nicht? Ein Kommissar, der kontrollieren alle Tausende Posten an Grenzen der Sowjetunion? Hm. Also er existieren. Dann hat Gerenko mitten in Nacht mit ihm Kontakt genommen, und dann er persönlich rufen diesen fetten, kleinen Beamten in seinem Kontrollhäuschen an alles in zehn Minuten!«

Quint, der den Dingen immer gern auf den Grund ging, stellte die offensichtliche Frage: »Wer wußte, daß wir diese Nacht genau hier durchkommen werden?«

»Eh?« Krakovic kratzte sich hinter einem Ohr. »Wir wissen natürlich, und ...«

»Und?«

Totenwache

»Und mein Stellvertreter im Schloß Bronnitsy, Ivan Gerenko.« Krakovic wandte sich Quint zu und blickte ihn scharf an.

»Ich sage das zwar nicht gern«, stellte Quint fest, »aber wenn hier etwas nicht stimmt, hat Gerenko damit zu tun.«

Krakovic schnaubte ungläubig und schüttelte den Kopf. »Warum denn? Welcher Grund?«

Quint zuckte die Achseln. »Sie müssen ihn doch besser kennen als ich. Ist er ehrgeizig? Könnte man ihn in der Hand haben und wer? Und denken Sie einmal an unsere Schwierigkeiten in Genua! Als der KGB hinter Ihnen her war. Sie erklärten das damit, sie stünden wahrscheinlich unter ständiger Beobachtung, jedenfalls so lange, bis wir diesen Zustand beendeten. Aber nehmen wir nur einmal an, Sie hätten einen Feind im eigenen Lager. Wußte Gerenko, daß wir uns in Italien treffen wollten?«

»Außer Breschnew selbst durch einen Vermittler, der nicht in Frage stehen Gerenko sein der *Einzige*, der das wissen!« gestand Krakovic ein.

Quint sagte nichts darauf, zog nur eine Augenbraue hoch und zuckte erneut die Achseln.

»Ich denken«, sagte Krakovic bedächtig, »von nun an ich sagen niemand, wohin ich gehen, bis ich schon bin dort!« Er blickte Quint an und sah, wie dieser besorgt die Stirn runzelte. »Ist noch etwas?«

Quint schürzte die Lippen. »Nehmen wir doch einmal an, dieser Gerenko sei ein trojanisches Pferd, ein Spion in Ihrer Organisation. Gehe ich recht in meiner Annahme, er könne eigentlich nur für den KGB arbeiten?«

»Für Andropov, ja. Ist fast sicher.«

»Dann muß Gerenko Sie ja für einen ausgemachten Narren halten!«

»Ach? Warum Sie sagen das? Er halten ohnehin die meisten Menschen für Narren. Er fürchten niemanden. So er kann sich leisten, das zu denken. Aber ich? Nein, ich denken, ich einer von wenigen Menschen, er respektiert oder hat früher.«

»Früher vielleicht«, bestätigte Quint. »Aber jetzt nicht mehr. Bestimmt rechnet er damit, daß Sie von selbst darauf kommen, wenn Sie ein wenig Zeit haben! Theo Dolgikh in Genua, und nun dieses Durcheinander an der rumänisch-sowjetischen Grenze? Falls er selbst kein kompletter Idiot ist, ist ihm klar, daß er auffliegt, sobald Sie wieder in Moskau sind!«

Sergei Gulharov hatte das Meiste durchaus mitbekommen. Nun sprach er hastig auf Russisch auf Krakovic ein.

»Ha!« Krakovics Schultern zuckten bei seinem humorlosen Auflachen. Einen Augenblick lang schwieg er, und dann: »Vielleicht Sergei klüger als wir! Wenn er Recht haben, wir bekommen Schwierigkeiten!«

»Oh?« machte Quint. »Und was hat Sergei gesagt?«

»Er sagen, vielleicht Genosse Gerenko haben das Gefühl, er können sich ein wenig Schlamperei leisten! Vielleicht er erwarten mich gar nicht mehr in Moskau! Und betrifft Sie, Carl wir haben überquert die Grenze und Sie sein jetzt in Rußland.«

»Ich weiß«, sagte Quint leise. »Und ich muß schon sagen: Ich fühle mich nicht gerade wie zu Hause.«

»Eigenartig«, fügte Krakovic hinzu, »ich ebenfalls nicht!«

Nichts weiter wurde mehr gesprochen, bis sie Cernivci erreichten.

VIERTES KAPITEL

Daheim in London, im INTESP-Hauptquartier, hatten Guy Roberts und Ken Layard sowohl Alec Kyle, wie auch Carl Quint und Yulian Bodescu mit ihrer jeweiligen Gabe nachgespürt. Das vorher in Devon stationierte Team war mit dem Zug nach London zurückgefahren und hatte lediglich Ben Trask im Krankenhaus von Torquay zurückgelassen. Unterwegs hatten sie geschlafen. Kurz vor Mitternacht waren sie im Hauptquartier eingetroffen. Layard hatte festgestellt, wo sich die drei Gesuchten ungefähr befanden, und Roberts hatte anschließend versucht, mit Hilfe seiner Kräfte die genaueren Standorte herauszufinden. Die Verzweiflung hatte ihnen geholfen, ihre Kräfte gestärkt, und auch die heimische Umgebung war hilfreich dabei gewesen, gewisse Resultate zu erzielen.

Nun hielt Roberts eine kurze Einsatzbesprechung ab. Anwesend waren Layard, John Grieve, Harvey Newton, Trevor Jordan und drei andere, die ohnehin im Hauptquartier stationiert waren. Roberts war unrasiert, seine Augen rot, und er kratzte sich ständig. Sein Atem roch stark nach Zigarettenrauch. Er blickte sich am Tisch um und nickte jedem seiner Männer zu. Dann kam er jedoch sofort zur Sache: »Wir haben einen kleinen Rückschlag erlitten«, sagte er ungewohnt phlegmatisch. »Kyle und Quint sind wohl ausgeschaltet, vielleicht sogar auf Dauer, Trask ist ziemlich mitgenommen, Darcy Clarke befindet sich oben im Norden, und ... und dann haben wir den armen Simon Gower verloren. Und das Ergebnis unseres Ausflugs nach Devon? Unsere Aufgabe ist um einiges schwerer geworden und auch um einiges wichtiger! Und wir haben weniger Männer zur Verfügung. Jetzt könnten wir natürlich Harry Keogh gebrauchen. Aber Alec Kyle war die Hauptbezugsperson für Keogh, und er befindet sich nicht hier. Und genauso sicher, wie die Gefahr, die wir bereits kennen, noch existiert irgendwo dort draußen, in Freiheit haben wir nun ein zweites Problem am Hals, das sich als genauso groß erweisen könnte, denn die PSI-Agenten des sowjetischen E-Dezernats haben Kyle im Schloss Bronnitsy auf Eis gelegt!«

Das war allen außer Layard neu. Lippen strafften sich und Herzschläge kamen beschleunigt. Ken Layard ergriff das Wort: »Wir sind ziemlich sicher, daß er sich dort befindet«, sagte er. »Ich glaube, ihn dort ausgemacht zu haben, aber nur mit größter Mühe. Sie haben Sensitive, die alles da drinnen abschirmen, und zwar viel konzentrierter als je zuvor. Dieser Ort ist wie ein mentales Sturmgebiet!«

»Das kann ich nur bestätigen.« Roberts nickte. »Ich habe mich bemüht, ihn zu finden und ein Bild von ihm zu erhalten und bin kläglich gescheitert! Nur eine Art von mentalem Smog. Was schlechte Aussichten für Alec bedeutet. Wäre er ganz offiziell dort, hätten sie nichts zu verbergen. Doch er sollte sich überhaupt nicht dort befinden, sondern hier bei uns. Meiner Schätzung nach werden sie alles aus ihm herausholen, was sie nur können. Wenn ich euch kaltschnäuzig vorkomme, dann glaubt mir, ist es nur, um Zeit zu sparen.«

»Was ist mit Carl Quint?« fragte John Grieve. »Wie ergeht es ihm?«

»Carl befindet sich dort, wo er auch sein sollte«, sagte Layard. »Soweit ich das feststellen konnte, ist er jetzt in einer Ortschaft namens Cernivcy am Nordhang der Karpaten. Ob er sich freiwillig dorthin begeben hat, ist eine andere Frage.«

»Aber wir glauben schon, daß er freiwillig dort ist«, fügte Roberts hinzu. »Ich war in der Lage, ihn zu erreichen und ganz kurz in Kontakt zu kommen, und ich glaube, er ist in Begleitung Krakovics. Was die Lage natürlich noch verwirrender macht. Wenn Krakovic auf der richtigen Seite steht, warum ist dann Kyle in Schwierigkeiten?«

»Und Bodescu?« warf Newton ein. Er empfand es nunmehr als seine Pflicht, sich persönlich an dem Vampir zu rächen.

»Dieser Bastard ist auf dem Weg nach Norden«, antwortete Roberts ernst. »Es könnte ein Zufall sein, aber daran glauben wir nicht. Wir sind der Meinung, er ist hinter dem Keogh-Baby her. Er weiß alles und vor allem, wer hinter unserer Organisation steht und sie lenkt. Bodescu wurde geschlagen, und nun will er zurückschlagen. Die einzige Person auf der Welt, die wirklich eine Autorität in Bezug auf Vampire und besonders auf ihn darstellt, lebt im Körper dieses Kindes. Also muß er dort angreifen. Es ist fast nichts anderes möglich.«

»Wir haben keine Ahnung, wie er sich fortbewegt«, ergänzte Layard.

»Öffentliche Verkehrsmittel? Könnte sein. Es mag sogar sein, daß er trampt. Er hat es ganz gewiß nicht besonders eilig. Er nimmt sich Zeit, seinen Plan auszuführen. Vor etwa einer Stunde ist er in Birmingham eingetroffen. Seither hat er sich nicht mehr vom Fleck gerührt. Wir glauben, er wird die Nacht dort verbringen. Aber es ist natürlich für uns das gleiche Problem wie zuvor: Er gibt eine Art mentalen Nebels von sich. Für uns ist das so, als konzentrierten wir uns auf das Zentrum eines nebelverhangenen Moors. Man kann es niemals klar erkennen, und doch weiß man, daß irgendwo da drinnen ein Krokodil lauert. Im Augenblick stellt Birmingham diesen Sumpf dar.«

»Und haben wir bereits irgendwelche Pläne?« Jordan hielt dieses Herumsitzen fast nicht mehr aus. »Ich meine, unternehmen wir nun etwas? Oder sitzen wir bloß hier herum und spielen Blindekuh, während um uns herum alles zum Teufel geht?«

»Jeder hat seine Aufgabe«, mahnte ihn Roberts mit erhobener Hand. »Zuerst brauche ich einen Freiwilligen, der Darcy Clarke in Hartlepool unterstützt. Abgesehen von ein paar Geheimdienstmännern – durchaus gute Männer, die aber natürlich im Dunkeln tappen und gar nicht richtig wissen, worum es geht – ist Darcy auf sich allein gestellt. Ideal wäre es, ihm einen Lokator hinzuschicken, aber im Moment haben wir keinen zur Verfügung. Also wird ein Telepath zu ihm stoßen müssen.« Er sah Jordan auffordernd an.

Harvey Newton reagierte allerdings schneller und sagte: »Das werde ich sein! Das schulde ich Bodescu. Das letzte Mal ist er an mir vorbeigekommen, aber das schafft er nicht noch ein Mal!«

Jordan zuckte die Achseln und keiner widersprach. Roberts nickte. »In Ordnung, aber sei auf der Hut! Fahr jetzt gleich mit dem Auto los! Die Straßen sind um diese Zeit frei, also solltest du gut aus der Stadt hinauskommen. Je nachdem, wie hier alles abläuft, komme ich vielleicht irgendwann morgen nach.«

Das war alles, was Newton hatte hören wollen. Er stand auf, nickte den anderen kurz zu und ging mit entschlossenem Schritt hinaus. »Nimm eine Armbrust mit!« rief ihm Roberts hinterher. »Und, Harvey, wenn du das nächste Mal deinen Bolzen abschießt, dann triff bitte auch!«

»Was habe ich zu tun?« fragte Jordan.

»Du arbeitest mit Mike Carson zusammen«, ordnete Roberts an. »Und mit mir und Layard. Wir werden noch einmal versuchen, Quint zu lokalisieren, und ihr Telepathen werdet euch bemühen, in Verbindung mit ihm zu treten. Die Chancen sind wohl nicht sehr groß, aber Quint ist schließlich ein Spürer und damit psychisch hochempfindlich – möglicherweise empfängt er euch ja. Eure Botschaft wird jedenfalls sehr einfach ausfallen: Falls möglich, soll er in Kontakt mit uns treten. Falls wir ihn ans Telefon bekommen, erfahren wir vielleicht mehr über Kyle. Und sollte er nichts von Kyle wissen, nun, das wäre dann auch eine Art von Antwort. Und es wäre auch nicht schlecht, Quint zu sagen, er soll so schnell wie möglich dort abhauen, solange er noch kann! Damit sind wir vier für den Rest der Nacht beschäftigt.« Er blickte sich am Tisch um. »Ihr anderen kümmert euch darum, daß hier endlich wieder alles normal abläuft. Sonst platzt hier alles aus den Nähten! Jedermann ist ab sofort bis auf weiteres im Dienst. Noch irgendwelche Fragen?«

»Sind nur wir mit dieser Angelegenheit befaßt?« fragte John Grieve. »Ich meine, was die Öffentlichkeit und die Autoritäten betrifft: Tappen die noch immer im Dunklen?«

»Absolut! Was sollen wir ihnen auch erzählen? Daß wir einen Vampir quer durchs Land von Devon nach Hartlepool im Westen jagen? Denkt daran: Sogar die Leute, die unsere Organisation finanzieren und von unserer Existenz *wissen*, glauben nicht so ganz an uns. Wie würden sie wohl auf unseren Bericht über Yulian Bodescu reagieren? Und was Harry Keogh betrifft ... nein, natürlich darf die Öffentlichkeit nichts darüber erfahren.«

»Mit einer einzigen Ausnahme«, schränkte Layard ein. »Wir haben der Polizei gegenüber gesagt, daß ein Mörder und Psychopath frei herumläuft und ihnen natürlich Bodescus Beschreibung gegeben. Wir ließen heraus, daß er in nördlicher Richtung unterwegs ist und möglicherweise in die Gegend von Hartlepool will. Sie wissen, daß sie sich ihm nicht nähern sollen, falls er gesichtet wird, sondern uns zunächst benachrichtigen, und dann werden die Geheimdienstleute, die dort Dienst tun, den Job für alle erledigen. Wenn Bodescu sich seinem Ziel nähert, werden wir genauere Anweisungen geben. Mehr wagen wir im Moment nicht herauszulassen.«

Roberts blickte von Gesicht zu Gesicht. »Noch Fragen?« Es gab keine.

Es war 3:30 Uhr morgens. In Brenda Keoghs kleiner, blitzsauberer Mansardenwohnung, aus deren Fenstern man auf die Hauptstraße und über sie hinweg auf den uralten Friedhof hinabblicken konnte, lag Harry jr. friedlich in seinem Bettchen und träumte Babyträume, während der Geist seines Vaters im gleichen Körper ebenfalls schlummerte, erschöpft von einem Kampf, von dem er nunmehr wußte, daß er ihn nicht gewinnen konnte. Das Kind hielt ihn fest, daran gab es nichts zu deuteln. Harry war der sechste Sinn seines Babys.

In den frühen Stunden dieses nebligen Morgens, vielleicht eine halbe Stunde vor Beginn der Dämmerung, verdichtete sich in den schlummernden Gehirnen der beiden ein grauer Nebel, der in Schwaden durch die unterbewußten Höhlen der Träume zog und wirbelte. Und aus dem Nichts heraus tasteten telepathische Finger nach ihnen, suchten und fanden!

Ahhhh! flüsterte eine gurgelnde, klebrige mentale Stimme durch die Sinne der beiden Harrys. *Bist du das, Haaarrryyy? Jaaaa, du bist es! Ich komme zu dir, Haaarrryyy – ich hole ... dich!*

Das angsterfüllte Schreien des Babys riß seine Mutter wie die Hand eines grausamen Riesen aus dem Schlaf. Sie stolperte in sein winziges Zimmer, schüttelte den Schlaf ab und trat an sein Bettchen. Und nun weinte er, weinte, *weinte*, wie sie ihn noch nie hatte weinen hören. Sie nahm den Kleinen in die Arme, prüfte nach, ob er naß war – aber nein, er war weder naß, noch konnte ihn etwas drücken oder wund scheuern. Ob er Hunger hatte? Nein, das konnte es auch nicht sein.

Sie wiegte das Baby auf ihren Armen, doch es schluchzte nach wie vor, und die kleinen Augen waren weit aufgerissen und voller Furcht. Vielleicht ein böser Traum? »Aber du bist doch noch zu klein dafür, Harry« sagte sie zu ihm und küßte ihn auf die heiße kleine Stirn. »Zu winzig und süß und viel, viel, viel zu jung, um schlimme Träume zu haben! Das war alles, mein Baby, nur ein schlimmer Traum!«

Sie trug ihn mit sich zu ihrem Bett und dachte: *Und ich muß auch geträumt haben!* Denn das Schreien des Kindes, das sie geweckt hatte, hatte sich überhaupt nicht wie bei einem Baby angehört, sondern eher wie der Angstschrei eines erwachsenen Mannes ...

Zur gleichen Zeit arbeiteten in London Guy Roberts und Ken Layard mit Hilfe der Telepathen Trevor Jordan und Mike Carson bereits seit eineinhalb Stunden daran, Verbindung zu Carl Quint aufzunehmen, jedoch ohne meßbaren Erfolg.

Sie befanden sich in Layards Büro, das ihm allein zur Verfügung stand, wenn er ungestört seinen Aufgaben nachgehen wollte. An den Wänden hingen Landkarten von beinahe allen Gegenden der Welt, ohne die seine Arbeit für INTESP fast unmöglich gewesen wäre. Die letzten zwei Stunden über hatte er eine besondere Art von Karte auf seinem Schreibtisch ausgebreitet liegen: eine vergrößerte Luftaufnahme des rumänisch-moldawischen Grenzgebiets. Die Stadt Cernivci war mit rotem Filzstift markiert.

Die Luft war von blauem Zigarettendunst und Tabakgestank geschwängert, da Roberts sein unablässiges Kettenrauchen nicht aufgeben konnte, und in einer Ecke pfiff ein Wasserkessel auf einer einzelnen Kochplatte laut vor sich hin, da Carson sich schon wieder eine Tasse löslichen Kaffee bereiten wollte. »Ich bin völlig fertig«, gab Roberts zu, drückte eine halb gerauchte Zigarette im übervollen Aschenbecher aus und zündete sofort eine neue an. »Wir legen eine Pause ein, suchen uns ein ruhiges Plätzchen und schlafen ein paar Minuten. In einer Stunde geht es weiter!« Er stand auf, reckte sich und sagte zu Carson: »Kein Kaffee mehr für mich, Mike. Ein Laster reicht mir schon – danke!«

Trevor Jordan schob seinen Stuhl vom Schreibtisch zurück, schritt hinüber zu dem kleinen Fenster und öffnete es so weit wie möglich. Dann setzte er sich auf einen Stuhl daneben und streckte den Kopf hinaus in die frische Nachtluft.

Layard gähnte, rollte die Luftaufnahme zusammen und steckte sie in einen Kartenhalter hinter sich. Nun wurde die große 1:625.000 Karte von England sichtbar, an der sie zuvor gearbeitet hatten. Sie bedeckte den

Schreibtisch vollständig. Er blickte kurz darauf hinab, auf den dicken roten Fleck, der Birmingham darstellte, griff mit seinem Geist hinaus in die schlafende Stadt, und ...

»Guy!«

Layards erschrockenes Flüstern ließ Roberts auf halbem Weg zur Tür stehenbleiben. Er sah sich um. »Was?«

Layard richtete sich steif auf, den Blick nach wie vor auf die Karte gerichtet. Seine Augen suchten hektisch nach etwas, und er leckte sich über die mit einem Mal ausgetrockneten Lippen. »Guy«, sagte er noch einmal, »wir glaubten, er werde die Nacht über dableiben, aber das stimmt nicht! Er ist wieder auf Tour und es mag sein, daß er bereits seit eineinhalb Stunden unterwegs ist, seit wir nicht mehr auf ihn geachtet haben!«

»Was zum Teufel ...?« Roberts ermüdeter Verstand mochte es kaum fassen. Er schlurfte zum Schreibtisch zurück, gleichzeitig mit Jordan. »Wovon sprichst du eigentlich? Bodescu?«

»Stimmt!« antwortete Layard, »von diesem verfluchten ... Ding! Bodescu! Er ist aus Birmingham verschwunden!«

Grau wie der Tod ließ sich Roberts auf den gleichen Stuhl wie vorher plumpsen. Er legte eine fleischige Hand auf den roten Birmingham-Fleck, schloß die Augen und zwang seine Sinne, seine Gabe, zu einer erneuten Anstrengung. Es hatte keinen Sinn; er ›sah‹ nichts, nicht einmal mentalen Nebel, nicht das geringste Anzeichen dafür, daß der Vampir sich dort befinden mochte. »Oh, verdammt!« zischte Roberts durch zusammengebissene Zähne.

Jordan blickte hinüber zu Carson, der Zucker in drei Tassen mit dampfendem Kaffee einrührte. »Mach noch eine, Mike«, sagte er. »Wir werden doch vier brauchen.«

Zuerst hatte Harvey Newton die A1 nach Norden nehmen wollen, doch schließlich hatte er sich für die Autobahn entschieden. Auch wenn sie einen Umweg darstellte, war es doch ein schnelleres, bequemeres Fahren mit drei Spuren und auf schnurgerader Strecke.

An der Raststätte Leicester Forest East hielt er an, um eine Tasse Kaffee zu trinken, zur Toilette zu gehen und dann noch ein Sandwich und eine

Dose Coke zu kaufen. Er atmete die kühle, feuchte Luft tief ein, schlug den Mantelkragen hoch und schritt langsam über den fast verlassenen Parkplatz zu seinem Auto. Er hatte die Tür nicht abgeschlossen, den Schlüssel aber mitgenommen. Sein Aufenthalt hatte nicht ganz zehn Minuten gedauert. Jetzt wollte er noch nachtanken und sich dann wieder auf den Weg machen.

Doch als er sich seinem Wagen näherte, verlangsamte er seinen Schritt und blieb stehen. Das Echo seiner Schritte schien ihm einen Moment zu spät innezuhalten. Etwas zupfte an seinem Verstand. Er drehte sich um und blickte zurück zu den freundlich glimmenden Lichtern des rund um die Uhr geöffneten Restaurants. Aus einem ihm selbst nicht verständlichen Grund hielt er die Luft an. Vielleicht allerdings auch aus einem sehr guten Grund.

Er beschrieb langsam einen Kreis, suchte mit seinem Blick den gesamten Parkplatz ab, die geduckten, lauernden Schneckenhäuser der geparkten Autos. Ein schwerer Lastzug bog von der Autobahn ab und seine Scheinwerfer badeten ihn einen Augenblick lang in ihr grelles Licht. Geblendet schloß er kurz die Augen. Danach kam ihm die Nacht viel dunkler vor.

Dann erinnerte er sich an die halb aufgerichtet dahinspringende hundeähnliche Gestalt, die er beim Harkley House zu sehen geglaubt hatte – nein, *gesehen* hatte –, und das rief ihm seine Aufgabe ins Gedächtnis zurück. Er schüttelte diese namenlose Furcht ab, stieg ins Auto und ließ den Motor an.

Etwas schloß sich wie eine Klammer um Newtons Gehirn, ein verdrehter und kräftiger Verstand, der immer stärker zupackte! Ihm war bewußt, daß er in seinen Gedanken wie in einem aufgeschlagenen Buch las, seine Herkunft erkannte und seine Aufgabe. »Guten Abend«, sagte eine Stimme wie heißer Teer direkt in Newtons Ohr. Er schnappte vor Schreck und Angst nach Luft, stieß einen unartikulierten Schrei aus, wandte sich um und blickte zu den Rücksitzen seines Wagens. Wild blitzende Augen fixierten ihn mit einem Blick, der viel schlimmer und viel durchdringender war als die Scheinwerfer des Lastzugs. Unter ihnen schimmerten Zwillingsreihen weißer Dolche durch die Dunkelheit.

»Wa-!?« brachte Newton gerade noch heraus. Aber jede Frage war eigentlich überflüssig. Er *wußte*, daß sein Rachefeldzug gegen das Monster ein schnelles Ende gefunden hatte.

Yulian Bodescu hob Newtons Armbrust, zielte direkt in dessen offenen, keuchenden Mund und – schoß den Bolzen ab.

Felix Krakovic hatte an sich geplant, die Nacht in Cernivci zu verbringen, in dieser Lage hatte er jedoch Sergei Gulharov befohlen, geradewegs weiter nach Kolomyja zu fahren, das bereits tief in der südlichen Ukraine lag. Da Ivan Gerenko wußte, daß sie in Cernivci Halt machen wollten, hatte er es für besser gehalten, gerade dies nicht zu tun. Und als Theo Dolgikh gegen fünf Uhr morgens in Cernivci eintraf, benötigte er zwei volle und frustrierende Stunden, um lediglich festzustellen, daß sich die gesuchten Männer überhaupt nicht dort aufhielten. Nach einer weiteren Verzögerung, als er nämlich in Schloß Bronnitsy anrief, schlug ihm Gerenko vor, weiter nach Kolomyja zu fahren und es dort noch einmal zu versuchen.

Dolgikh war von Moskau aus zu einem Militärflughafen bei Skala-Podil's'kyj geflogen, wo er nach Abzeichnen von Formularen schließlich einen Fiat des KGB bekommen hatte. In dem ein wenig zerbeulten, aber unauffälligen Auto fuhr er nun von Cernivci nach Kolomyja, wo er kurz vor acht Uhr morgens eintraf. Er befragte die Portiers in den dortigen Hotels sehr diskret, und beim dritten hatte er auch Glück oder Pech. Die Männer hatten im Hotel Carpatii übernachtet, waren aber bereits gegen halb acht weitergefahren. Er hatte sie lediglich um eine gute halbe Stunde verpaßt. Der Portier konnte ihm nur sagen, daß sie sich nach den Adressen der örtlichen Bibliothek und des Museums erkundigt hatten.

Dolgikh ließ sich die gleichen Adressen geben und folgte ihnen. Am Museum fand er den Kurator vor, einen quicklebendigen kleinen Russen mit dicken Brillengläsern, der gerade dabei war, die Pforten für den Publikumsverkehr zu öffnen. Er folgte ihm in das alte Gebäude mit dem hohen Kuppeldach. Ihre Schritte hallten durch staubige Gänge. Dolgikh erkundigte sich: »Darf ich fragen, ob Sie heute Morgen bereits drei Besucher hier hatten? Ich hätte sie nämlich hier treffen sollen, bin aber zu spät gekommen.«

»Sie hatten Glück, mich so früh bereits hier anzutreffen«, bestätigte der andere seine Vermutung. »Und noch mehr Glück, daß ich sie überhaupt einließ. Das Museum öffnet eigentlich nicht vor 8:30 Uhr, müssen Sie wissen. Aber da sie es offensichtlich eilig hatten ...« Er lächelte und zuckte die Achseln.

»Um wieviel habe ich sie dann verpaßt?« fragte Dolgikh in enttäuschtem Tonfall.

Der Kurator zuckte noch einmal die Achseln. »Vielleicht um zehn Minuten. Doch ich kann Ihnen wenigstens sagen, wohin sie wollten.«

»Ich wäre Ihnen sehr verbunden, Genosse!« sagte Dolgikh und schritt ihm in sein privates Büro nach.

»Genosse?« Der Kurator blickte ihn an. Seine Augen glänzten hell hinter den dicken Gläsern seiner Brille. »Diese Anrede hören wir hier unten recht selten – im Grenzgebiet jedenfalls. Darf ich fragen, wer Sie sind?«

Dolgikh zeigte ihm seinen KGB-Ausweis und sagte: »Das macht es nun offiziell. Ich habe auch keine Zeit mehr zu verschwenden. Also sagen Sie mir bitte, was die Männer hier suchten und wohin sie fuhren!«

Der Kurator strahlte nun nicht mehr. Er schien beinahe unglücklich. »Werden diese Männer gesucht?«

»Nein, ich observiere sie nur.«

»Wie schade. Sie schienen nette Leute zu sein.«

»Man kann heutzutage nicht vorsichtig genug sein«, sagte Dolgikh ungeduldig. »Was wollten sie?«

»Eine Lage. Sie suchten einen Ort am Fuß der Berge, den man Moupho Alde Ferenc Yaborov nennt.«

»Was für ein Name!« kommentierte Dolgikh. »Und Sie sagten ihnen, wo dieser Ort zu finden ist?«

»Nein.« Der Mann schüttelte den Kopf. »Lediglich, wo er früher lag, und auch da bin ich mir nicht sicher. Schauen Sie her!« Er deutete auf eine Reihe von antiken Landkarten, die er auf einem Tisch ausgebreitet hatte. »Sie sind auf jeden Fall ziemlich ungenau. Die älteste ist ungefähr vierhundertfünfzig Jahre alt. Natürlich sind dies Kopien, keine Originale. Aber wenn Sie bitte hierher sehen würden!« Er tippte mit der Fingerspitze auf eine der Karten. »Hier sehen Sie Kolomyja. Und hier ...«

Totenwache

»Ferengi?«

Der Kurator nickte. »Einer der drei – ein Engländer, glaube ich – schien genau zu wissen, wo er suchen mußte. Als er diesen uralten Namen auf der Karte entdeckte, ›Ferengi‹, wurde er sehr aufgeregt. Und kurz danach fuhren sie ab.«

Dolgikh nickte und studierte die alte Karte sehr sorgfältig. »Es liegt westlich von hier«, überlegte er laut. »Und ein wenig nördlich. Maßstab?«

»Ein Zentimeter entspricht ungefähr fünf Kilometern. Doch wie ich schon sagte, steht die Genauigkeit sehr in Zweifel.«

»Also etwas weniger als siebzig Kilometer.« Dolgikh zog die Stirn kraus. »Am Fuß der Berge. Haben Sie eine moderne Karte?«

»Oh, ja«, seufzte der Kurator. »Wenn Sie bitte mitkommen würden ...?«

Dreiundzwanzig Kilometer hinter Kolomyja erreichten sie eine neue Schnellstraße, zum Teil noch im Bau, die nach Ivano-Frankivs'k führte. Der Makadambelag ließ sie schnell und angenehm stoßfrei vorankommen. Für Krakovic, Gulharov und Quint bot diese Fahrt wirklich eine erfreuliche Abwechslung, denn von Bukarest aus durch ganz Rumänien und über die Grenze nach Moldawien und der Ukraine waren die Straßen stets uneben und voller Schlaglöcher gewesen und hatten die drei ordentlich durchgerüttelt. Im Westen erhoben sich die Karpaten. Selbst im Schein der Morgensonne brüteten sie noch düster und dicht bewaldet über der ukrainischen Ebene, die sich im Osten sanft einer graugrünen Ferne und einem diesigen Horizont entgegenneigte.

Ein paar Kilometer weiter kamen sie an einer Abzweigung nach links vorbei, die sich geradewegs in die von diesiger Luft verschleierten Vorberge hochzog. Quint bat Gulharov, langsamer zu fahren, und strich mit der Fingerspitze eine Linie auf einer Karte nach, die er im Museum grob nachgezeichnet hatte. »Das könnte der beste Weg für uns sein«, sagte er.

»Es war Schranke davor«, machte ihn Krakovic aufmerksam, »und Verbotsschild. Die Straße werden wohl nicht mehr benutzt, ist Sackgasse.«

»Und dennoch spüre ich, daß dies die Straße ist, die wir nehmen müssen«, beharrte Quint.

Auch Krakovic spürte das: Etwas in seinem Inneren sagte ihm, daß sie diese Straße *nicht* nehmen durften, und das mochte bedeuten, Quint hatte recht und sie mußten hier abbiegen. »Dort warten ernste Gefahr!« mahnte er.

»Was wir ja mehr oder weniger erwartet haben«, bestätigte Quint. »Deshalb sind wir ja auch hier.«

»Also gut.« Krakovic schürzte die Lippen und nickte. Er sprach mit Gulharov, doch der verlangsamte die Fahrt ohnehin bereits. Ein Stück vor ihnen verengte sich die Fahrbahn zu einer Spur, und Bauarbeiter waren dabei, die zweite Spur anzulegen. Eine Dampfwalze, die hinter einem Sprühwagen herfuhr, glättete den dampfenden Makadambelag. Gulharov drehte um und blieb auf Krakovics Geheiß stehen.

Der Dezernatschef stieg aus, ging hinüber zu dem Bauleiter und sprach kurz mit ihm. Quint rief ihm zu: »Was ist los?«

»Los? Oh! Ich wollen hören, ob diese Leute etwas über Gegend hiesiges wissen. Und vielleicht ich bekommen ihre Hilfe. Erinnern sich, wenn wir finden das Gesuchte, wir es müssen zerstören!«

Quint blieb im Wagen und beobachtete, wie Krakovic auf die Arbeiter zuschritt und sich mit ihnen unterhielt. Sie deuteten in Richtung der verlassenen Straße auf eine Bauhütte. Dorthin ging Krakovic als nächstes. Zehn Minuten später kehrte er mit einem bärtigen Bären von einem Mann im verblichenen Overall zurück.

»Das sein Mikhail Volkonsky«, stellte er den Riesen vor. Quint und Gulharov nickte ihm zu. »Offensichtlich Sie sein recht, Carl«, fuhr Krakovic fort. »Er sagen, dort hinten und oben in Bergen sein der Ort von Zigeunern.«

»Da, da«, grollte Volkonsky und nickte beifällig. Er deutete nach Westen. Quint und Gulharov stiegen nun ebenfalls aus. Sie blickten in die Richtung, in die der Bauarbeiter deutete. »Szgany!« beharrte Volkonsky. »Szgany Ferengi!«

Jenseits der Vorberge stieg in der dünnen, stillen, diesigen Morgenluft blauer Rauch von einem Holzfeuer beinahe senkrecht auf. »Ihr Lager«, sagte Krakovic.

»Sie ... sie kommen immer noch hierher!« Quint schüttelte ungläubig den Kopf. »Immer noch!« wiederholte er.

»Ihre Reverenz«, fügte Krakovic hinzu.

»Und was jetzt?« fragte Quint nach einem Moment des Schweigens.

»Jetzt Mikhail Volkonsky werden uns zeigen den Ort«, sagte Krakovic. »Gesperrte Straße hinten dort führen bis halben Kilometer vor Burg. Volkonsky haben sie gesehen.«

Die drei quetschten sich zusammen mit dem mächtigen Körper Volkonskys ins Auto, und Gulharov fuhr zurück zur Abzweigung.

Quint fragte: »Aber wohin führt diese Straße eigentlich?«

»Nirgends wohin«, antwortete Krakovic. »War gebaut durch die Berge zur Eisenbahn in Chust. Vor einem Jahr man haben beschlossen, nicht weiter bauen wegen Erdrutsche und Risse in Felsboden. Durchstoßen wären Rekord für Ingenieure und nicht viel wert wirklich. Statt dieser, nun Straße nach Ivano-Frankivs'k wird gebaut richtig weit und besser. Alles diese Seite von Bergen. Von Ivano-Frankivs'k ist schon langsam Eisenbahn durch Berge. Und dreiundzwanzig Kilometer Straße schon gebaut«, er zuckte die Achseln, »nicht total verloren. Vielleicht bald Stadt dort, Industrie. Keine Verschwendung. In Sowjetunion, wenig ist Verschwendung.«

Quint lächelte höflich.

Krakovic bemerkte es und sagte: »Ja, ich weiß, ist Dogma. Wir alle reden so früher oder später. Jetzt also ich haben auch diese Krankheit. Verschwendung ist hauptsächlich Menge an Worten, um Ausreden zu finden!«

Gulharov hielt an der Schranke an, Volkonsky stieg aus, drückte die Schranke hoch und winkte sie durch. Dann stieg er wieder ein und sie fuhren in die Berge.

Niemand bemerkte den zerbeulten alten Fiat, der einen halben Kilometer weiter in Richtung Kolomyja stand, und die blaugraue Wolke aus seinem Auspuff, als der Motor zu neuem Leben erwachte und der Wagen ihnen langsam nachfuhr.

Guy Roberts hatte bereits zweimal im Zug gefrühstückt, alles mit Litern von Kaffee heruntergespült, und als der Zug aus Grantham hinausfuhr, hatte er bereits eine halbe Packung Marlboro Kings geraucht. Kräftig wie er war, dazu mit roten Augen und Stoppelbart, wagte niemand, ihn anzusprechen. Er hatte eine Ecke im Abteil für sich allein. Keiner, der ihn so sah, hätte geahnt, daß er die Gaben eines erstklassigen Zauberers besaß, oder daß er unterwegs war, um einen Vampir des zwanzigsten Jahrhunderts auszuschalten. Dieser Gedanke hätte ja amüsant sein können, wäre die Lage nicht so verzweifelt gewesen. Es gab viel zu viel zu tun, und zu wenig Zeit, um alles zu vollbringen. Alles war so ermüdend.

Er lehnte sich auf seinem Sitz nach hinten, schloß die Augen und dachte über die Ereignisse der letzten Nacht nach. Er und Layard hatten die ganze Nacht durchgearbeitet, und was für eine eigenartige Nacht das für beide gewesen war! Zum Beispiel die Sache mit Kyle, daß er sich im Schloß Bronnitsy befand. Als die Dämmerung langsam den Himmel erhellte, war es für Layard immer schwieriger geworden, Kyle zu lokalisieren. Er hatte das so ausgedrückt: »Es ist wie der Unterschied zwischen einem lebenden und einem toten Mann, und Kyle ist irgendwo zwischendrin.« Das verhieß nichts Gutes für die Nummer Eins von INTESP.

Auch Roberts war es nicht möglich gewesen, die mentale Barriere um Schloß Bronnitsy zu überwinden. Er hätte an sich in der Lage sein sollen, Kyles Präsenz zu spüren, doch alles, was er bei den wenigen Gelegenheiten gespürt hatte, wenn er ganz kurz die Barriere durchdrang, war ... ein *Echo* Kyles gewesen. Ein Bild, das fast augenblicklich verblaßte. Roberts wußte einfach nicht, was das E-Dezernat mit Kyle anstellte, und raten wollte er nicht.

Und dann war da ja noch Yulian Bodescu gewesen. Oder besser: Er war nicht da gewesen! Denn so sehr sie sich auch bemühten, Roberts und Layard hatten es einfach nicht vermocht, Bodescus Spur wieder aufzunehmen. Es war, als sei er aus dieser Welt verschwunden. Es gab in und um Birmingham keinen mentalen Nebel, noch nicht einmal irgendwo anders im Land, soweit das die britischen PSI-Agenten feststellen konnten. Nachdem sie eine Weile darüber nachgegrübelt hatten, kamen sie allerdings auf eine offensichtliche Lösung. Bodescu wußte ja, daß sie seine Spur mental witterten, und auch er besaß einige Gaben. Auf irgendeine Weise schirmte er sich ab, machte sich für die mentale Suche ›unsichtbar‹.

Totenwache

Endlich, gegen halb sieben Uhr morgens, hatte Layard ihn wieder ausgemacht. Ganz kurz hatte er einen stinkenden, sich windenden mentalen Nebel gefühlt, ein böses Etwas, das ihn sofort bemerkt hatte und ihn geistig wütend anknurrte, bevor es erneut verschwand. Und Layard hatte festgestellt, daß er sich in der Umgebung von York befand.

Das hatte Roberts gereicht. Wenn noch irgendein Zweifel daran geblieben war, wohin Bodescu wollte, war er damit ausgeräumt. Er ließ das INTESP-Hauptquartier in den fähigen Händen John Grieves' zurück, der ständig dort Dienst hatte, und machte sich nach Norden auf.

Erst, als er gerade im Aufbruch befindlich war, erreichte ihn die Nachricht bezüglich Harvey Newtons, daß nämlich sein Auto in einem überwucherten Straßengraben an der Autobahn in der Nähe von Doncaster aufgefunden worden war, und daß man im Kofferraum die verstümmelte Leiche Harveys mit dem Bolzen einer Armbrust im Kopf entdeckt hatte. Das hatte das Maß voll gemacht, nicht nur für Roberts, sondern für alle Beteiligten. Sie dachten nicht einmal entfernt darüber nach, ob es eine andere Erklärung als Bodescu dafür gebe.

Von jetzt an herrschte offener Kriegszustand. Keine Gnade, kein Mitleid mehr, bis der Feind den Bolzen in der Brust hatte, geköpft, verbrannt und definitiv tot war!

An diesem Dreh- und Angelpunkt in Roberts' Gedanken räusperte sich jemand und trat über seine ausgestreckten Füße hinweg. Er öffnete kurz die Augen und sah einen schlanken Mann in Hut und Mantel, der sich auf dem Sitz neben ihm niederließ. Der Fremde nahm den Hut ab, zog den Mantel aus und setzte sich. Dann zog er ein Taschenbuch aus der Manteltasche, und Roberts sah, daß es sich um Bram Stokers Roman *Dracula* handelte. Er konnte sich nicht helfen und mußte grinsen.

Der Fremde bemerkte seinen Gesichtausdruck und zuckte fast entschuldigend die Achseln. »Ein bißchen Phantasie kann doch nicht schaden«, sagte er mit dünner und schriller Stimme.

»Nein«, grollte Roberts zustimmend, bevor er die Augen wieder schloß. »Phantasie tut niemandem weh.« Und zu sich selbst sagte er: *Aber die Wirklichkeit ist etwas ganz anderes!*

Vier Uhr nachmittags auf der russischen Seite der Karpaten

Theo Dolgikh war völlig erschöpft und bezog seine Kraft nur noch aus der Gewißheit, daß seine Aufgabe beinahe erledigt war. Und danach würde er eine Woche lang schlafen und sich anschließend in jegliche Art von Vergnügen stürzen, bevor er einen neuen Auftrag annahm. Zumindest dann, wenn nicht bereits eine neue Aufgabe auf ihn wartete. Aber das Vergnügen kam in vielen Formen und auf viele Arten, immer von demjenigen abhängig, der es suchte, und auch Theo Dolgikhs Arbeit hatte ihre Vorzüge. Seine Aufträge waren oftmals sehr ... befriedigend? Auf jeden Fall würde er das Ende dieser Mission in vollen Zügen genießen.

Er beobachtete von seinem Standpunkt aus in einem Kiefernwäldchen am Nordhang, wo sich die Felswand unten im tiefen Schatten der Kluft verlor, mit Hilfe seines Feldstechers die vier Männer, die vorsichtig die letzten hundert Meter eines steinübersäten Felsvorsprungs bewältigten, der sich quer über die fast senkrechte Südwand hinzog. Sie befanden sich nur etwas weniger als dreihundert Meter entfernt, aber trotzdem benutzte er den Feldstecher, um sie genauer mustern zu können.

Er genoß den Anblick ihrer schweißüberströmten Gesichter, stellte sich vor, wie weh ihnen alle Muskeln taten und versuchte, ihre Gedanken zu erraten, ihre Erleichterung bei diesem letzten Anstieg hinauf zu der moosbewachsenen Ruine über dem engen Ausgang der Kluft, durch die von dort aus unsichtbar ein Bach rauschte und gurgelte. Sie waren bestimmt glücklich darüber, daß ihre Suche, ihre Mission, nun bald ihr Ende finden würde, aber sie stellten sich bestimmt nicht vor, daß auch sie selbst ihrem Ende nahe waren!

Diesen Teil seines Auftrags würde Dolgikh genießen, wenn er ihr Ende herbeiführte und sie wissen ließ, daß *er* ihr Henker war.

Die meiste Zeit über bewegten sich die vier im hellen Tageslicht und mieden die Schatten: Krakovic und sein Mann, der britische PSI-Agent und dieser große Bauarbeiter. Dort, wo die Felswand ein Stück überhing, verschmolzen sie mit dem Braun und Grün des Hintergrundes und gelegentlich mit tiefer, schwarzer Dunkelheit. Dolgikh blinzelte zum Himmel hoch. Die Sonne hatte den Zenith längst überschritten und sank rasch der dunklen, dräuenden Masse der Karpaten entgegen. In zwei Stunden würde die Dämmerung anbrechen, eine typische Gebirgsdämmerung, wenn die Sonne mit einem Schlag hinter den Gipfeln und Kämmen verschwand. Und dann würde der ›Unfall‹ passieren.

Wieder richtete er den Feldstecher auf sie. Der riesige russische Vorarbeiter trug eine Proviantasche an einem Lederriemen über der Schulter. Ein T-förmiger Metallgriff ragte heraus: ein Stutzen, durch den Gelatine-Dynamit-Ladungen abgefeuert werden konnten. Dolgikh nickte in sich hinein. Um die Mittagszeit hatte er beobachtet, wie sie Sprengsätze in und um die alte Ruine herum verteilten. Jetzt hatten sie also vor, die Ruine und das, was sie enthielt – den Aussagen des verdrehten, häßlichen Zwergs Gerenko nach offensichtlich eine legendäre Waffe – in die Luft zu jagen. Das wollten sie, doch Dolgikh war anwesend, um dies zu verhindern.

Er steckte den Feldstecher weg und wartete ungeduldig ab, bis sie den Vorsprung verlassen hatten und sich im Wald an dem überwucherten Hang gegenüber befanden, und dann folgte er ihnen schnell zum letzten Mal. Das Katz-und-Maus-Spiel war vorüber, und es wurde Zeit, tödlich zuzuschlagen. Die vier Männer befanden sich nun im Wald außer Sicht und hatten etwa noch eineinhalb Kilometer bis zur Ruine zurückzulegen, also mußte er sich nun beeilen.

Er überprüfte schnell noch einmal seine kurzläufige, stahlblaue Tokarev-Automatik, ließ das Magazin mit den freundlichen Stupsnasen der Patronen genüßlich einrasten und schob die schwere Waffe wieder in das Holster unter seinem Arm. Dann trat er aus der Deckung hervor. Genau gegenüber, über die schmale Kluft hinweg, endete die neue Straße abrupt. Dies war der Punkt, an dem jemand beschlossen hatte, daß eine Fortsetzung des Baus sich nicht lohnen würde. Schutt von der gesprengten Klippe füllte die Mulde und bildete einen Damm für den Bergbach. Dahinter lag nun die spiegelglatte Oberfläche eines kleinen Sees. Das Wasser hatte an einer Stelle den Damm unterspült und sprudelte heftig heraus. Von da aus bahnte sich ein allerdings viel schmalerer Bach seinen Weg weiter nach unten ins Tal.

Dolgikh kletterte hinab zu dem festgekeilten Geröll, das die Dammkrone bildete, sprang gelenkig darüber und eilte die Straße hinauf. Eine

Minute später hatte er den glatten Straßenbelag verlassen und befand sich auf dem trügerischen, mit Steinen übersäten Felsvorsprung. Ohne seinen Schritt zu verlangsamen, folgte er den Spuren der Gruppe vor ihm. Und dabei ließ er die Geschehnisse dieses Tages noch einmal vor seinem geistigen Auge Revue passieren ...

An diesem Morgen war er ihnen ebenfalls gefolgt, als sie das erste Mal heraufstiegen. Ihren Wagen hatten sie an der Straße geparkt, und so hatte er den Fiat an der Seite in einem dichten Gestrüpp einigermaßen geschickt verborgen und war ihnen zu Fuß bis zu diesem Felsvorsprung hinterhergestiegen. Am engsten Punkt der Kluft, wo man beinahe hinüberspringen konnte, lag die verfallene Ruine. Die Vier hatten sie untersucht, während Dolgikh in Deckung geblieben war und sie lediglich beobachtet hatte. Ungefähr zwei Stunden lang waren sie damit beschäftigt gewesen, in der Ruine herumzugraben. In auffällig gedrückter Stimmung hatten sie schließlich den Rückweg angetreten. Dolgikh hatte keine Ahnung, was sie gefunden oder auch nicht gefunden hatten, doch man hatte ihm ja auf jeden Fall gesagt, es sei höchst gefährlich und er solle sich davon fernhalten.

Als er bemerkt hatte, daß sie sich zum Aufbruch rüsteten, war er schnell zu seinem Wagen zurückgeeilt und hatte dort auf sie gewartet. Und im Vorbeigehen hatte er zur Sicherheit noch einen kleinen Magnetsender an ihr Auto geklebt. Sie waren in Richtung Kolomyja gefahren, und er hatte sie außer Sichtweite verfolgt. Beinahe wäre er ihnen einmal zu nahe gekommen, und zwar auf halbem Weg zur Hauptstraße, als sie angehalten hatten, um sich mit einigen Zigeunern zu unterhalten, die dort ihr Lager aufgeschlagen hatten. Doch nach wenigen Minuten fuhren sie weiter, ohne ihn gesehen zu haben.

Kolomyja war Endstation der Eisenbahn aus den Karpaten und Knotenpunkt der Straßen aus vier Richtungen: von Chust her, von Ivano-Frankivs'k, Cernivci und Ternopil'. Jedes zweite Gebäude schien ein Lagerhaus zu sein. Es war nicht schwierig, sich zurechtzufinden, denn man hatte das Industriegebiet ein ganzes Stück entfernt vom Stadtzentrum erbaut. Die vier Männer, denen Dolgikh folgte, waren zur Hauptpost gefahren, hatten dort geparkt und sich hineinbegeben.

Dolgikh stellte also den Fiat ab, hielt einen Passanten an und fragte, ob es öffentliche Telefonzellen gebe. »Drei!« sagte der Mann kurz angebunden und offensichtlich frustriert. »Nur drei Telefonzellen in einer Stadt dieser Größe! Und alle sind andauernd besetzt. Falls Sie es also eilig haben, gehen Sie am besten in die Poststelle und rufen Sie von dort an. Da werden Sie sofort verbunden.«

Nach etwa zehn Minuten hatten Krakovic und seine Leute die Post wieder verlassen und waren abgefahren. Ihr Verfolger war unschlüssig, ob er ihnen hinterherfahren sollte, oder erst einmal feststellen, mit wem und warum sie Kontakt aufgenommen hatten. Da er allerdings den Sender an ihrem Auto befestigt hatte, konnte er sie später immer noch aufspüren, und so hatte er beschlossen, das Letztere zu tun. In dem kleinen, betriebsamen Postamt hatte er keine Zeit verschwendet, sondern gleich nach dem Vorsteher gefragt. Sein KGB-Ausweis hatte für sofortige Kooperation gesorgt. Es stellte sich heraus, daß Krakovic in Moskau angerufen hatte, aber keine Nummer, die Dolgikh etwas sagte. Wie es schien, hatte der Chef des E-Dezernats eine höhere Genehmigung für irgendetwas verlangt. Es war die Rede von einer Sprengung gewesen, und der große Mann im Overall war mehrmals konsultiert worden. Krakovic hatte ihm sogar gestattet, ebenfalls einen Anruf zu tätigen. Mehr wußten die Beamten in der Post nicht. Daraufhin hatte Dolgikh verlangt, zu Gerenko im Schloß Bronnitsy durchgestellt zu werden, und diesem hatte er alles Erfahrene berichtet.

Zuerst hatte Gerenko einen verwirrten Eindruck gemacht, doch dann: »Sie gehen direkt über Breschnews Mittelsmann vor!« hatte er gefaucht. »Und nicht über mich! Das kann nur bedeuten, sie haben mich in Verdacht. Theo, gehen Sie sicher, daß sie alle ausschalten! Ja, einschließlich dieses Straßenarbeiters. Und wenn es erledigt ist, verständigen Sie mich sofort!«

Als er dann dem Signal des Minisenders folgte, war Dolgikh zu einem Depot einer örtlichen Straßenbaufirma gelangt, und er kam gerade rechtzeitig, um zu beobachten, wie Gulharov und Volkonsky eine Kiste Sprengstoff in den Kofferraum ihres Wagens luden, während Krakovic und Quint zusahen. Offensichtlich gehörte der kräftige Vorarbeiter mittlerweile zu ihrem Team. Und genauso offensichtlich war es, daß ihr Kontaktmann in Moskau den Gebrauch des Sprengstoffs genehmigt hatte. Während Dolgikh noch immer keine Ahnung hatte, *was* sie zu zerstören vorhatten, wußte er zumindest, *wo* das Betreffende lag. Und darüber hinaus war das ein ausgesprochen diskreter Ort, um die Vier ihrem verdienten Tod zuzuführen!

Während Theo Dolgikh über die Ereignisse dieses Tages nachsann, war Carl Quint gedanklich am gleichen Punkt angekommen, und nun, da die zerbrochenen Fangzähne der Burg Faethor Ferenczys noch einmal hinter den dunklen, regungslosen Kiefern auftauchten, rief ihm sein Verstand fast automatisch das ins Gedächtnis zurück, was er und Felix Krakovic bei ihrem ersten Besuch an diesem Morgen hier vorgefunden hatten. Alle vier Männer waren wohl zugegen gewesen, aber nur er und Krakovic hatten gewußt, wo sie nachsehen mußten.

Der Ort hatte sie mit ihren psychosensitiven Eigenschaften fast magnetisch angezogen, und der *genaue Punkt* schließlich, das Ziel ihrer Suche, hatte sie wie Eisenfeilspäne zum Pol des Magneten gezerrt. Doch sie waren eben keine Eisenfeilspäne, und sie wollten ganz gewiß hier nicht hängen bleiben. Quint erinnerte sich, wie sie das erlebt hatten ...

»Faethors Burg«, hatte er gehaucht, als sie am Rand des Ruinenfeldes stehen geblieben waren. »Die Bergfeste eines Vampirs!« Und in seiner Vorstellung hatte er die Burg so gesehen, wie sie vor tausend Jahren ausgesehen haben mochte.

Volkonsky wäre am liebsten zwischen den verwitterten Steinblöcken umhergeklettert, doch Krakovic hatte ihn davon abgehalten. Der Vorarbeiter hatte absolut keine Ahnung, was hier begraben lag, und Krakovic hatte auch nicht vor, es ihm zu erzählen. Volkonsky war ein durch und durch pragmatischer Mann. Im Augenblick fühlte er sich verpflichtet, ihnen zu helfen, doch das mochte sich ändern, falls sie ihm berichteten, was sie hier wirklich suchten. Und so hatte ihn Krakovic lediglich gewarnt: »Seien Sie vorsichtig! Lassen Sie alles so, wie es ist, bitte!« Daraufhin hatte der bärenhafte Russe die Achseln gezuckt und war von einem Haufen umgestürzter, zersprungener Steinblöcke herabgeklettert.

Dann hatten Quint und Krakovic einfach den gesamten Platz genau gemustert, ein paar Steine berührt und die Aura des Alters und des seit lange vergangenen Zeiten hier lauernden Bösen auf sich einströmen lassen. Sie hatten sein Wesen eingeatmet, von seinem Mysterium gekostet und sich von ihren psychischen Gaben zu seinem innersten Geheimnis hinführen lassen. Als sie vorsichtig, ja beinahe zaghaft, durch das Gewirr von Schutt und zersplittertem Gebälk schritten, war Quint mit einem Mal abrupt stehengeblieben und hatte heiser geflüstert: »Oh ja, es war wirklich hier. Es lauert immer noch hier. Das ist der genaue Punkt.«

Und Krakovic hatte zugestimmt: »Ja, ich können es fühlen ebenfalls. Aber ich spüren es nur und fürchten es nicht! Nichts mich warnen, diesen Ort schnell verlassen. Ich sicher, daß hier das Böse einst herrschte, doch das lange her und jetzt es weg, abgestorben, ohne jegliches Leben.«

Quint hatte genickt und erleichtert geseufzt: »Ich bin der gleichen Ansicht. Es ist noch da, aber nicht mehr aktiv. Es ist zu lange her. Es konnte sich nicht ohne Nahrung am Leben halten.«

Dann hatten sie sich gegenseitig angeblickt, und beide hatten das Gleiche gedacht.

Schließlich drückte Krakovic diesen Gedanken so aus: »Wagen wir, es aufspüren und möglich aufstöbern?«

Einen Augenblick lang hatte die blanke Angst Quint durchzuckt, doch dann antwortete er: »Wenn ich nicht wenigstens herausfinde, wie es aussah, werde ich den Rest meines Lebens darüber herumrätseln. Und da wir uns einig sind, daß es jetzt harmlos ist ...?«

Und so hatten sie Gulharov und Volkonsky zu sich heraufgerufen und sich an die Arbeit gemacht. Zuerst war es relativ leicht gewesen. Sie hatten kaum Geräte verwenden müssen und zum Teil sogar den Schutt mit bloßen Händen beiseite geräumt. Bald hatten sie den Innenteil einer alten steinernen Wendeltreppe freigelegt. Die Stufen waren von Feuer geschwärzt und wiesen Risse auf, als seien sie unter großer Hitzeeinwirkung gesprungen. Offensichtlich hatte Thibors Plan funktioniert: Die Wendeltreppe nach unten war verschüttet worden und hatte die Vampirfrauen und den unglücklichen Ehrig ›lebendig‹ begraben. Ja, und das Proto-Lebewesen unter der Erde gleich mit. Alle also lebendig – oder besser

›untot‹ – begraben! Und tausend Jahre sind eine lange, lange Zeit, innerhalb derer sogar die Untoten sterben mochten.

Dann hatte Volkonsky mit seinen mächtigen Armen einen großen, teilweise zersprungenen Steinblock umfaßt und aus dem Schutt, der das Treppenhaus fast vollständig füllte, emporgewuchtet. Mit einem Mal war er freigekommen, und dann hatte auch der überraschte Gulharov mit zugepackt. Er war ebenfalls recht kräftig. Zu zweit hatten sie den Block weit genug angehoben, um ihn über den Rand des von ihnen aufgehäuften Schutthaufens zu kippen. In diesem Moment hatten Erde und Trümmer vor ihren Füßen aufgeseufzt und sich gesenkt wie ein Grab, wenn der darunterliegende Sarg einbricht. Ein Schwall stinkender, modriger Luft war zugleich entwichen.

Sie sprangen überrascht zurück, aber es machte sich dennoch keine Bedrohung bemerkbar, sie spürten keine Gefahr. Nachdem er Gulharovs Arm ergriffen hatte, um sein Gleichgewicht halten zu können, war der bullige Vorarbeiter einen Schritt von der untersten freiliegenden Stufe herab auf die möglicherweise trügerische Schuttoberfläche getreten. Immer noch an Gulharov geklammert, hatte er zuerst mit dem einen und dann mit dem anderen Fuß kräftig aufgestampft und war prompt unter einem erschrockenen Aufschrei bis zur Hüfte eingesackt, als das lose Geröll unter seinem Gewicht nachgab!

Dann hatte es in der Erde ein wenig gegrollt und der Boden hatte gebebt. Volkonsky bekam es mit der Angst und klammerte sich noch fester an Gulharov, während Quint und Krakovic sich zu Boden warfen und von oben her den Russen zusätzlich an den Oberarmen packten. Doch das erwies sich als überflüssig, denn mittlerweile hatten seine Füße auf darunterliegenden Stufen neuen Halt gefunden.

Und während sie erstaunt zusahen, war der Schutthaufen um Volkonskys Hüften weiter abgesackt, in sich zusammengefallen und schließlich wie Treibsand in die hohlen Tiefen des Treppenhauses geströmt. Die Treppe war nicht komplett verschüttet gewesen, sondern lediglich auf dieser Höhe verstopft, und nun hatten sie den Stöpsel herausgezogen.

»Jetzt sind wir dran«, hatte Quint gesagt, als sich der Staub wieder gesetzt hatte und sie frei atmen konnten. »Sie und ich, Felix. Wir können

Mikhail vor uns dort hinunterlassen, doch er hat keine Ahnung, was dort lauern könnte. Falls immer noch ein Hauch von Gefahr damit verbunden ist, sollten wie beide die ersten sein, die hinuntergehen.«

Sie kletterten zu Volkonsky hinab, blieben dort stehen und blickten sich an. »Wir unbewaffnet!« hatte Krakovic eingewandt.

Über ihnen hatte Sergei Gulharov eine automatische Pistole gezogen und zu ihnen heruntergereicht. Volkonsky beobachtete das und lachte. Er sprach mit Krakovic, der nun ebenfalls lächelte.

Quint fragte: »Was hat er gesagt?«

»Er gesagt, wozu wir brauchen Kanone, wenn wir suchen Schatz«, antwortete Krakovic.

»Sagen Sie ihm, wir fürchten uns vor Spinnen!« sagte Quint, nahm die Waffe an sich und begann, die mit Schutt übersäte Treppe hinabzusteigen. Was ihnen Kugeln wohl helfen mochten, falls die Vampire noch immer aktiv waren, wußte er nicht zu sagen, aber das Gefühl, die Waffe in der Hand zu halten, beruhigte ihn wenigstens.

Rußgeschwärzte Steinbrocken, große wie kleine, lagen so dicht auf den Stufen, daß Quint häufig darüber hinwegsteigen mußte, doch nachdem sie eine weitere Windung hinter sich gelassen hatten, war schließlich die Treppe frei bis auf ein paar kleinere Brocken und Sand, der nach wie vor von oben herabregnete. Und endlich war er am Fuß angelangt, mit Krakovic und den anderen auf den Fersen. Ein wenig Licht drang noch schwach von oben herein.

»Es hat keinen Zweck«, klagte Quint kopfschüttelnd. »Wir können da nicht rein, nicht ohne richtige Beleuchtung.« Seine Stimme warf ein dumpfes Echo wie in einer Gruft, und das war dieser Ort ja wohl auch. Der Raum, von dem er gesprochen hatte, war ein Kerker – *der* Kerker, denn es konnte sich nur um das Gefängnis Thibors handeln – unter einem niedrigen gemauerten Türsturz. Vielleicht war Quints Zögern nur ein letzter Versuch, sich vor diesem ... Ding ... zurückzuziehen, vielleicht auch nicht, aber jedenfalls hatte Gulharov die richtige Antwort darauf. Er zog eine kleine, flache Taschenlampe hervor und gab sie Quint, der daraufhin ihren weiteren Weg beleuchtete. Unter dem Türsturz lag ein wirrer Haufen beinahe versteinerter Bohlen, vom Alter geschwärzter, gesplitterter Eichenbretter. Rote Flecken kennzeichneten durchgerostete Nägel und Eisenscharniere. Mehr war von der einst so massiven Kerkertür nicht übrig. Dahinter gähnte Dunkelheit.

Dann duckte sich Quint ein bißchen, um nicht am Türsturz anzustoßen, der sich im Laufe der Jahrhunderte etwas abgesenkt hatte, und trat in den Kerker ein. Gleich hinter der Tür blieb er stehen und leuchtete in einem weiten Kreis um sich herum. Die Zelle war recht geräumig, größer als er erwartet hatte, und wies Ecken, Nischen und Vorsprünge auf, in die kein Licht fiel, so daß sich alles Mögliche darin verbergen mochte. Der Raum schien ganz aus dem Grundgestein herausgehauen worden zu sein.

Quint beleuchtete den Boden. Staub, der gefilterte Staub ganzer Zeitalter, lag gleichmäßig dick verteilt überall im Raum. Keinerlei Fußstapfen, die diese Schicht unterbrochen hätten. Ungefähr in der Raummitte ragte eine niedrige Steinsäule, möglicherweise Muttergestein, in grotesker Verzerrung auf. Hier schien sich nichts weiter zu befinden, doch Quints durch seine psychische Gabe verstärken Sinne sagten ihm etwas anderes. Bei Krakovic verhielt es sich genauso.

»Wir recht hatten!« Krakovics Stimme hallte dumpf in dem Gewölbe wider. Er trat vor und stellte sich neben Quint. »Sie erledigt. Sie haben hier befunden, und wir spüren Existenz sogar jetzt immer noch, aber die Zeit hat ihnen bereitet Ende!« Er trat weiter vor und stützte sich dann auf jenen bizarren Felsklumpen – *der unter seiner Hand augenblicklich zerbröckelte!*

Im nächsten Moment sprang er erschrocken und mit einem Angstschrei zurück, stieß mit Quint zusammen, packte diesen und hielt sich an ihm fest. »Oh Gott! Carl – *Carl!* Das nicht ... nicht aus Stein!«

Gulharov und Volkonsky waren wie elektrisiert zu den beiden gesprungen und hatten den taumelnden Krakovic gehalten, während Quint die geduckte Masse beleuchtete. Dann hatte er mit offenem Mund und rasendem Herz gehaucht: »Haben Sie etwas ... gefühlt?«

Der andere schüttelte den Kopf und atmete tief durch. »Njet, njet! Meine Reaktion, das waren nur Schock, nicht Warnung. Zum Glück! Mein Talent arbeiten, aber kein Ergebnis. Ich waren Schock, nur Schock!«

»Aber sehen Sie das ... das Ding nur einmal an!« Quint stand noch ganz unter dem Eindruck von Krakovics Erschrecken. Er trat heran, blies vorsichtig Staub von der unförmigen Masse und benützte sogar ein Taschentuch, um sie freizulegen. Teile davon jedenfalls. Denn selbst dieses flüchtige Abstauben hatte ... blankes Entsetzen enthüllt!

Das Ding lag in sich zusammengefallen dort, wo es sich vor ungezählten Jahren noch einmal suchend aus der dicht zusammengebackenen Erde des Fußbodens herausgeschoben hatte. Es war nur noch *eine* unförmige Masse – die mumifizierten Überreste eines Geschöpfes – und doch setzte es sich offensichtlich aus den Überresten von mehr als einem Wesen, einer Person, zusammen! Hunger und möglicherweise Wahnsinn hatten zu diesem Ergebnis geführt: der Hunger des Protofleisches unter der Erde, und der Wahnsinn Ehrigs und der Frauen. Es hatte keinen Weg nach draußen gegeben, und vom Hunger geschwächt waren die Vampire nicht in der Lage gewesen, der Annäherung der hirnlosen unterirdischen ›Ranke‹ zu widerstehen. Es hatte sie möglicherweise einen nach dem anderen in sich aufgenommen, seiner Körpermasse hinzugefügt. Und nun lag diese hier am Boden, an diesem Fleck gefallen und ›verstorben‹. Am Ende, nur noch von vagem Instinkt und einem schwachen Antrieb gesteuert, hatte es vielleicht sogar noch versucht, die anderen wieder aus der eigenen ungeformten Masse herauszubilden. Es gab klare Anzeichen für einen solchen Versuch.

Es besaß die Brüste einer Frau, einen halb geformten Männerkopf und viele Pseudohände! Augen, die sich hinter geschlossenen Lidern wölbten, waren überall zu sehen. Und Münder, manche menschlich, andere nicht. Ja, und dann gab es da noch viel schrecklichere Aspekte ...

Durch das Beispiel Quints ermutigt, waren auch Gulharov und Volkonsky herangetreten. Der Letztere hatte, bevor ihn einer warnen konnte, die Hand ausgestreckt und auf eine kalte, verschrumpelte Brust gelegt, wo sie sich neben einem Mund mit wulstigen Lippen aus der Masse hervorwölbte. Alles war graubraun wie Leder und wirkte fest genug, doch kaum hatte der Russe die Brust berührt, zerbröckelte sie zu Staub. Volkonsky riß seine Hand fluchend zurück und tat unwillkürlich einen Schritt nach hinten.

Aber Sergei Gulharov war viel weniger scheu. Er wußte einiges über diese Schrecken, und der bloße Gedanke daran ließ Zorn in ihm aufsteigen.

Ebenfalls fluchend trat er gegen den unteren Teil des Dings, wo es aus dem Boden ragte. Er trat immer wieder zu. Die anderen machten keinen Versuch, ihn davon abzuhalten; es war seine Art, mit den Ereignissen fertigzuwerden. Er watete in die zerbröckelnde Monstrosität hinein und trat und schlug darauf ein. Nach kurzer Zeit blieben nichts als eine Staubwolke und ein paar zerbrochene Knochen von dem Ding übrig.

»Hinaus!« hatte Krakovic gekeucht. »Wir hier hinaus, bevor ersticken! Carl.« Er packte den anderen am Arm. »Danken Gott, es sein tot!« Und mit den Händen schützend über die Münder gehalten, stolperten sie die Wendeltreppe hinauf ins saubere, gesunde Tageslicht.

»Das ... was es auch war, sollte beerdigt werden«, hatte Volkonsky Gulharov zugeraunt, als sie sich von der Ruine entfernten.

»Genau!« hatte Krakovic ihm zugestimmt. »Um absolut sicher zu sein, muß es endgültig begraben werden. Und dazu benötigen wir Sie.«

* * *

Nach diesem ersten Besuch waren sie später schwer beladen zur Ruine zurückgekehrt, und Volkonsky hatte Sprenglöcher gebohrt, Ladungen gelegt und dazu mehr als hundert Meter Zündkabel ausgerollt und angeschlossen. Und nun waren sie ein drittes Mal heraufgestiegen – das letzte Mal! Wie zuvor, war ihnen Theo Dolgikh gefolgt und beabsichtigte, dafür zu sorgen, daß es wirklich ihr letztes Mal war ...

Jetzt stand Dolgikh wieder an seinem Beobachtungspunkt im Schutz einiger Büsche unweit des hier noch überwucherten Pfads, der ein paar Schritte weiter auf den Felsvorsprung an der beinahe senkrechten Wand führte. Der KGB-Mann sah, wie Volkonsky den Zündkasten an das vorbereitete Kabel anschloß. Dann stiegen die Vier noch einmal zu der Ruine hinauf, wohl, um einen letzten Blick auf alles zu werfen.

Das war Dolgikhs Chance, der Augenblick, auf den der Russe gewartet hatte. Er überprüfte seine Waffe noch einmal, entsicherte sie und steckte sie ins Holster zurück. Dann kletterte er nach links über den Geröllhang bis zu einem kleinen Kieferngehölz, das sich nach hinten bis zum Rand der kahlen Klippe erstreckte und vorn bis hinunter zum Burgpfad. Wenn er diese Deckung so lange wie möglich ausnutzte, könnten sie ihn erst in letzter Minute entdecken. Behende kletterte und rutschte er zwischen den Bäumen herab und holte stetig seinen zukünftigen Opfern gegenüber auf, die langsam der Ruine entgegenstrebten.

Um den Schutz der Deckung nicht verlassen zu müssen, mußte Dolgikh gelegentlich riskieren, ein paar Augenblicke lang seine Opfer aus den Augen zu verlieren, aber schließlich erreichte er die letzten Bäume auf dieser Seite, die sich mit ihren Wurzeln an der Klippe festgeklammert hatten, und von nun an hatte er nur noch niedriges Strauchwerk am alten Pfad als Sichtschutz. Er hatte die Gruppe vor den eingestürzten Burgmauern direkt im Sichtbereich, und falls sie zufällig zurückblickten, mußten sie auch ihn deutlich sehen. Aber nein, sie standen hundert Meter von ihm entfernt und blickten lediglich gedankenverloren auf das, was sie zu zerstören gedachten. Alle drei waren tief in ihre Gedanken versunken.

Alle drei? Dolgikh blinzelte, runzelte die Stirn und sah sich hastig um. Er entdeckte nichts Ungewöhnliches. Wahrscheinlich hatte der vierte Mann – dieser junge Narr, der Verräter Gulharov – durch eine der Lücken in der Außenmauer die Ruine betreten und war daher nicht mehr zu sehen. Wie auch immer, Dolgikh hatte die vier Männer in der Falle. Es gab keinen Fluchtweg am Ende der Kluft, und schließlich mußten sie ohnehin wieder zum Pfad zurückkehren, wenn sie die Sprengung auslösten. Dolgikh lächelte grimmig. Eben war ihm eine besonders sadistische Idee gekommen.

Sein usprünglicher Plan war simpel gewesen: sie überraschen, ihnen sagen, er müsse sie im Namen des KGB festhalten und untersuchen, sie mußten sich anschließend gegenseitig fesseln und er den letzten – und dann würde er sie einen nach dem anderen über die Burgmauer den Steilhang hinabstürzen. Es war ein ziemlich langer Fall. Er würde sichergehen, daß auch ein Teil der brüchigen Mauer herausbrach und abstürzte, damit es überzeugender wirkte. Dann wäre er hinabgeklettert zu ihren Leichen und hätte ihnen die Fesseln wieder abgenommen. Einfach nur ein ›Unfall‹ Für sie hätte es kein Entrinnen gegeben, denn die Nylonschnur in

Dolgikhs Tasche hatte eine Belastungsgrenze von mehr als 80 kg. Wahrscheinlich hätte man sie wochen-, ja monatelang nicht gefunden, vielleicht auch überhaupt nicht.

Doch Dolgikh war auch so etwas wie ein Vampir, wenngleich auf andere Art, denn er genoß es in vollen Zügen, anderen Menschen Angst einzujagen. Ja, und nun sah er eine Möglichkeit, seinem Plan noch eine besondere Note zu verleihen. Ein kleines Schmankerl zu seinem eigenen Vergnügen.

Er kniete hastig nieder und benützte seine starken Zähne, um den Gummibelag vom Zündkabel abzuziehen, daß der Kupferdraht blank lag. Dann war er in der Lage, die Zündung kurzzuschließen und auch ohne den erforderlichen Schlüssel den Zündimpuls auszulösen, ähnlich wie bei einem geknackten Auto. Immer noch auf einem Knie ruhend rief er sodann laut den Pfad hinauf: »Meine Herren!«

Die drei drehten sich um und erblickten ihn. Quint und Krakovic erkannten ihn sofort, was er ihren überraschten Mienen ansah.

»Was haben wir denn hier?« Er lachte und hob den Zündkasten hoch, damit sie ihn sehen konnten. »Sehen Sie? Jemand hat vergessen, daß die Zündung aktiviert werden muß, wenn sie funktionieren soll, aber ich habe das Versäumte nachgeholt!« Er stellte den Kasten ab und legte die Hand auf den Einschalthebel.

»Um Gottes Willen, geben Sie acht mit dem Ding!« Carl Quint hob dabei warnend beide Arme und begann, den Weg hinabzustolpern.

»Bleiben Sie, wo Sie sind, Mr. Quint!« rief Dolgikh. Und dann auf russisch: »Krakovic, Sie und dieser dumme Ochse von Vorarbeiter kommen zu mir her. Und keine Tricks, sonst lasse ich Ihren englischen Freund und Gulharov hochgehen!« Er drehte deutlich sichtbar mit aller Kraft den Zündhebel zweimal nach rechts. Damit war er entsichert; er mußte nur einmal zudrücken, und ...

»Dolgikh, spinnen Sie?« schrie Krakovic zurück. »Ich bin hier in offizieller Mission! Der Parteivorsitzende selbst ...«

»... ist ein alter Tattergreis!« beendete der KGB-Mann den Satz für ihn. »Genauso ein Narr wie Sie! Und wenn Sie nicht genau machen, was ich sage, werden Sie bald ein sehr toter Narr sein! Kommen Sie jetzt und

Totenwache

bringen Sie dieses Tier dort mit! Quint, Mr. englischer PSI-Spion, Sie bleiben stehen!« Er stand auf, zog seine Waffe und holte die Nylonschnur aus der Tasche. Krakovic und Volkonsky hoben die Hände und verließen langsamen Schrittes das Gebiet der Ruine.

Im nächsten Sekundenbruchteil spürte Dolgikh, daß etwas nicht stimmte. Heißes Metall zupfte an seinem Ärmel, bevor er noch das Knallen von Sergei Gulharovs Automatik hörte. Denn während die anderen zur Ruine gegangen waren, hatte sich Gulharov hinter ein dichtes Gebüsch begeben, um dem Ruf der Natur zu folgen, und von dort aus hatte er alles beobachtet und mit angehört.

»Knarre hoch!« schrie er nun und rannte auf Dolgikh zu. »Der nächste Schuß sitzt in Ihrem Bauch!«

Gulharov hatte wohl eine Kampfausbildung genossen, aber keine annähernd so intensive wie Dolgikh, und außerdem fehlte ihm der Killer-Instinkt des KGB-Agenten. Dolgikh ließ sich wieder auf die Knie fallen, streckte Gulharov seine Schußhand entgegen, zielte und drückte ab. Gulharov hatte ihn schon fast erreicht. Auch er hatte erneut geschossen, doch weit vorbei. Im Gegensatz zu Dolgikh. Sein Geschoß mit der abgestumpften Spitze ließ Gulharovs halben Kopf zerplatzen. Der junge Mann wurde im Vorwärtsrennen abrupt aufgehalten, trat, vom Schwung getrieben, noch einen Schritt vor und stürzte dann tot wie ein gefällter Baum nach vorn – genau auf den Zündkasten und dessen entsicherten Hebel!

Dolgikh warf sich platt auf den Boden und spürte, wie ein heißer Wind über ihn hinwegfegte, als habe sich in hundert Metern Entfernung das Tor zur Hölle geöffnet. Ein Donnerschlag betäubte seine Ohren und ließ sie klingeln. Er sah die eigentliche Explosion nicht, oder genauer die Serie gleichzeitiger Explosionen, doch als der Regen aus Dreck und Steinen nachließ und die Erde zu beben aufhörte, blickte er auf und sah das Ergebnis. Die Teile der Ruine von Faethors Burg, die auf der gegenüberliegenden Seite der Kluft lagen, wirkten fast unverändert, doch auf seiner Seite waren sie zu bloßem Schutt zerschmettert.

Krater qualmten, wo die Fundamente der Burg in den Mutterfelsen eingebettet waren. Immer noch rutschte Schutt und Gestein über die

Kante der Klippe auf den breiten Felsvorsprung darunter herab und begrub alle Geheimnisse, die dort noch der Entdeckung geharrt hatten. Und was Krakovic, Quint und Volkonsky betraf – keine Spur. Menschliches Fleisch ist weniger widerstandsfähig als Fels ...

Dolgikh stand auf, klopfte sich Staub und Schmutz von der Kleidung und schob Gulharovs Leiche vom Zündkasten. Dann packte er sie an den Beinen, zerrte Gulharovs schlaffen Körper bis zu der qualmenden Ruine und wuchtete ihn über die Kante der Klippe. Er hörte den dumpfen Aufprall und grinste. Ein ›Unfall‹, wirklich nur ein Unfall!

Auf dem Weg den Pfad hinab rollte der KGB-Mann die Reste des Zündkabels auf, nahm den Zündkasten und auch Gulharovs Pistole mit. Auf halbem Weg den Felsvorsprung hinab warf er diese Gegenstände in die Schlucht hinein, wo das Wasser des Baches gurgelte. Nun war endlich alles vorbei. Bevor er nach Moskau zurückkehrte, würde er sich noch eine Ausrede einfallen lassen, warum Gerenkos angebliche ›Waffe‹, was es auch gewesen sein mochte, nicht mehr existierte. Schade drum!

Doch andererseits konnte sich Dolgikh glücklich schätzen, daß zumindest die Hälfte seiner Mission erfolgreich abgeschlossen war. Und äußerst befriedigend dazu!

20:00 Uhr im Schloß Bronnitsy

Ivan Gerenko schlief unruhig auf einem Feldbett in seinem inneren Büroraum. Weiter unten im Haus schlief auch Alec Kyle in der Sterilität des Gehirnwäsche-Laboratoriums. Jedenfalls schlief sein Körper. Da sich allerdings kein Verstand, keine Persönlichkeit mehr darin befand, konnte man eigentlich nicht mehr von Alec Kyle sprechen. Er war mental bis auf weniger als eine leere Hülle reduziert worden. Die Informationen, die Zek Föener auf diese Art gewonnen hatte, waren ungeheuerlich. Dieser Harry Keogh wäre, hätte er überlebt, ein übermächtiger Gegner gewesen. Doch im Geist seines eigenen Kindes eingeschlossen, stellte er kein Problem mehr dar. Vielleicht später wieder, wenn das Kind zum Mann herangewachsen war ...

Was INTESP betraf, war Föener nun mit der gesamten Maschinerie dieser Organisation bestens vertraut. Es blieb kein Geheimnis übrig. Kyle war der Chef gewesen, und was er wußte, wußte nun Zek Föener. Als die Techniker ihre Instrumente abbauten und Kyles Körper nackt und sogar bar jeden Instinkts zurückließen, eilte sie zu Ivan Gerenko, um ihm von alledem zu berichten, und insbesondere von einer ganz bestimmten Angelegenheit.

Zekintha Föeners Vater war Ostdeutscher, ihre Mutter war Griechin gewesen, von der Insel Zakinthos im Ionischen Meer. Als ihre Mutter starb, zog Zek zu ihrem Vater nach Posen, wo er an der Universität Parapsychologie lehrte. Ihre psychischen Fähigkeiten, die er bereits erahnt hatte, als sie noch ein Kind gewesen war, fielen ihm nun sofort auf. Er hatte dem Kolleg für Parapsychologische Studien am Brasov Prospekt in Moskau von ihren telepathischen Gaben berichtet, und man hatte ihn und seine Tochter dorthin beordert, um sie ausführlich zu testen. Auf diese Weise war sie zum E-Dezernat gekommen, wo sie schnell unentbehrlich wurde.

Sie war einen Meter siebzig groß, schlank, blond und hatte blaue Augen. Ihr schulterlanges Haar schimmerte golden. Die Uniform des Dezernats paßte ihr wie eine zweite Haut und betonte ihre perfekt gerundete Figur. Sie erklomm nun die steile Wendeltreppe hinauf zu Krakovics Büro (nein – korrigierte sie sich – zu Gerenkos Büro), betrat das Vorzimmer und klopfte energisch an die geschlossene Zwischentür.

Gerenko hörte das Klopfen in seinem leichten Schlaf, zwang sich dazu, die Augen zu öffnen und setzte sich auf. In seiner verschrumpelten Körperhülle ermüdete er schnell und schlief oft, wenn auch für gewöhnlich schlecht. Der Schlaf half ihm, ein Leben zu verlängern, von dem ihm die Ärzte versicherten, es werde früh enden. Das war die ultimative Ironie: Menschen vermochten nicht, ihn zu töten, doch seine eigene Zerbrechlichkeit würde dafür sorgen. Mit nur siebenunddreißig Jahren sah er aus wie sechzig: ein verschrumpelter Affe. Doch trotzdem ein Mann.

»Herein!« schnaufte er mühsam, als er Luft in die empfindliche Lunge sog.

Vor der Tür, während Gerenko mühsam den Schlaf abschüttelte, hatte Zek Föener eine Regel gebrochen. Es war ungeschriebenes Gesetz im

Schloß, daß Telepathen niemals ungebeten in die Gedanken eines ihrer Kollegen eindrangen. Das war auch gut so und anständig, zumindest unter normalen Umständen. Doch diesmal waren derart ungewöhnliche und abnorme Dinge geschehen, daß Föener sich gezwungen sah, auf eigene Faust nachzuforschen.

Es ging ihr zum Einen dabei um die Art, wie Gerenko die Aufgaben Krakovics richtiggehend *übernommen* hatte. Es war nicht so, als erledige er all das nur stellvertretend, nein, es machte eher den Eindruck, er habe seine Nachfolge angetreten! Föener hatte Krakovic gut leiden können. Von Kyle hatte sie erfahren, wie Theo Dolgikh die Gruppe in Genua observiert hatte. Kyle und Krakovic hatten an einer Sache zusammengearbeitet ...

»Herein!« wiederholte Gerenko und unterbrach damit ihren Gedankengang. Sie hatte allerdings bereits die richtigen Schlüsse gezogen. Gerenkos Ehrgeiz loderte hell in ihrem Verstand, leuchtend und häßlich. Und seine Absicht, diese ... diese Bestien zu benützen, die Krakovic zurecht vernichten wollte ...

Sie holte tief Luft, trat in das Allerheiligste und sah Gerenko an, der im Halbdunkel auf einen Ellbogen gestützt auf seinem Feldbett lag.

Er knipste eine Nachttischlampe an und blinzelte, während sich seine schwachen Augen an das hellere Licht gewöhnten. »Ja? Was ist los, Zek?«

»Wo befindet sich Theo Dolgikh?« fragte sie geradeheraus. Keine Vorankündigung, keine Formalitäten.

»Was?« Nun blinzelte er sie an. »Stimmt was nicht, Zek?«

»Möglicherweise stimmt sehr viel nicht. Ich fragte ...«

»Ich habe deine Frage gehört!« fuhr er sie an. »Und was hat das mit dir zu tun? Ich meine, wo Dolgikh sich aufhält?«

»Ich habe ihn zum ersten Mal in deiner Gesellschaft gesehen, an dem Morgen, als Felix Krakovic nach Italien abreiste – *nachdem* er abgereist war«, antwortete sie. »Dann war er weg, bis er Alec Kyle hierher mitbrachte. Aber Kyle hat nicht gegen uns gearbeitet. Er arbeitete mit Krakovic zusammen! Zum Besten der gesamten Welt!«

Gerenko schwang seine Beine vorsichtig vom Feldbett und stellte die Füße auf den Boden.

»Er hätte lediglich zum Besten der Sowjetunion arbeiten sollen«, kommentierte er bissig.

»So wie du?« schoß sie sofort in einem so scharfen Tonfall zurück, daß ihre Stimme wie eine Glasscherbe klang, die tief in ihn hineinschnitt. »Ich weiß mittlerweile, was Sie unternommen haben, Genosse. Etwas, das getan werden mußte – aus Sicherheitsgründen, und um nicht überschnappen zu müssen. Die gesamte Menschheit, meine ich damit!«

Gerenko glitt von dem Feldbett und stand vor ihr, in einen Kinderpyjama gekleidet. Er ging zum Schreibtisch, wobei er zerbrechlicher denn je wirkte. »Beschuldigst du mich, Zek?«

»Ja!« Sie war unbarmherzig in ihrer Empörung. »Kyle war unser Gegenspieler, aber er hat uns nie den Krieg erklärt! Wir befinden uns *nicht* im Kriegszustand, Genosse! Und wir haben ihn ermordet! Nein, *du* hast ihn ermordet, weil dein eigener Ehrgeiz es verlangte!«

Gerenko setzte sich an den Schreibtisch, knipste die darauf stehende Lampe an und richtete ihren breitgefächerten Lichtstrahl auf sie. Dann faltete er die Hände und schüttelte fast traurig den Kopf. »Du beschuldigst mich? Und doch hattest du Anteil daran. Es warst du, die ihm den Verstand entleert hat!«

»Habe ich nicht!« Sie trat vor ihn hin. Ihre Gesichtsmuskeln zuckten, und ihr Zorn trat noch deutlicher hervor. »Ich habe lediglich seine Gedanken gelesen, als sie aus ihm herausflossen. Deine Techniker haben ihm den Verstand genommen!«

Es schien unglaublich, doch Gerenko schmunzelte tatsächlich. »Mechanische Nekromantie, jawohl!«

Sie schlug mit der flachen Hand auf die Tischfläche vor ihm. »Aber er war keineswegs tot!«

Gerenkos faltige Lippen verzogen sich zu einem höhnischen Lächeln. »Jetzt ist er es aber, oder so gut wie ...«

»Krakovic ist ein loyaler Mann, und er ist ebenfalls Russe!« Sie ließ sich nicht aufhalten. »Und dennoch willst du auch ihn ermorden! Und das wäre wirklich *Mord!* Du mußt wahnsinnig sein!« Was durchaus den Tatsachen entsprach, denn Gerenko war nicht nur körperlich verkrüppelt.

»Das reicht jetzt!« schrie er sie an. »Höre mir gefälligst zu, Genossin!

Du sprichst von meinem Ehrgeiz. Aber wenn *ich* stark werde, wird auch Rußland damit stärker! Ja, denn wir sind eins, mein Land und ich! Und du? Du bist nicht lange genug Russin, um das zu empfinden, was ich empfinde. Die Kraft dieses Landes liegt in seinen Menschen! Krakovic war schwach, und deshalb ...«

»War?« Ihre Hände, die sie auf den Schreibtisch vor ihm stützten, zitterten, und die Knöchel waren weiß vor Anstrengung.

Er hatte mit einem Mal das Gefühl, sie stelle eine Gefahr für ihn dar. So unternahm er einen letzten Versuch: »Hör zu, Zek! Der Parteivorsitzende ist ein schwacher, alter Mann. Er wird nicht mehr lange regieren. Der *nächste* Führer aber ...«

»Andropov?« Sie riß die Augen weit auf. »Ich kann es in deinem Hirn lesen, Genosse! Wird es so kommen? Dieser KGB-Mörder? *Der Mann, den du bereits jetzt deinen Herrn und Meister nennst?*«

Gerenkos blasse Augen zogen sich zu schmalen Schlitzen zusammen und funkelten nun ebenfalls vor Zorn. »Wenn Breschnew weg ist ...«

»Aber das ist er nicht, noch nicht!« schrie sie ihn an. »Und wenn er von dieser ... dieser Verschwörung erfährt ...«

Das war ein Fehler, und ein schwerwiegender noch dazu. Selbst Breschnew konnte Gerenko nichts antun, nicht ihm persönlich jedenfalls, und schon gar nicht physisch. Aber er konnte es auf die Entfernung veranlassen. Er konnte beispielsweise in Gerenkos Wohnung in Moskau eine Bombe legen lassen, und sobald einmal eine solche Falle vorbereitet war, wäre keines Menschen Hand mehr daran beteiligt. Alles liefe dann automatisch ab. Oder aber Gerenko würde eines Tages erwachen und sich hinter Gittern wiederfinden. Und es mochte sein, daß seine Wächter ihn vergaßen, ihm nichts mehr zu essen und zu trinken brachten ... Auch seine Gabe litt unter gewissen Einschränkungen.

Er erhob sich. In seiner Kinderhand lag plötzlich eine automatische Pistole, der er einem Schubfach des Schreibtisches entnommen hatte. Seine Stimme hatte er zum bloßen Flüstern gesenkt: »Jetzt wirst du mir genau zuhören«, sagte er. »Und ich sage dir, was jetzt geschehen wird. Zuerst einmal wirst du diese Angelegenheit niemandem gegenüber und überhaupt niemals mehr erwähnen! Du hast im Schloß Bronnitsy einen

Eid zur Geheimhaltung abgelegt. Brichst du ihn, werde ich dich zerbrechen! Dann behauptest du, wir befänden uns nicht in einem Kriegszustand. Dein Gedächtnis scheint nicht weit zurück zu reichen. Vor neun Monaten haben die britischen Psycho-Spione dem E-Dezernat den Krieg erklärt! Und beinahe hätten sie unsere gesamte Organisation dabei zerschlagen! Du warst damals noch neu bei uns und hast dich gerade mit deinem Vater irgendwo auf Urlaub befunden. Also hast du es nicht miterlebt. Aber ich sage dir, wenn dieser Harry Keogh noch am Leben wäre ...«

Er mußte erst einmal Luft holen, und Zek Föener biß sich auf die Lippen, um nicht damit herauszuplatzen, daß Harry Keogh tatsächlich noch am Leben war, wenn auch reichlich hilflos.

»Drittens«, fuhr er sodann fort, »sollte dir klar sein, daß ich dich auf der Stelle erschießen könnte, und niemand würde das in Frage stellen! Falls Fragen kämen, würde ich einfach sagen, daß ich dich schon eine Weile lang in Verdacht hatte. Ich würde ihnen sagen, daß dich deine Arbeit in den Wahnsinn getrieben hat, daß du mich und das gesamte Dezernat bedroht hättest. Du hast durchaus Recht, Zek: Der Parteivorsitzende hält große Stücke auf unser E-Dezernat! Es ist ihm lieb und wert. Unter dem alten Gregor Borowitz hat es ihm gute Dienste geleistet. Was, eine Frau, noch dazu eine Verrückte, die hier frei herumrennt und irreparable Schäden verursacht? Selbstverständlich hätte ich das Recht, sie zu erschießen! Und das werde ich auch, falls du dir künftig nicht jedes Wort genau überlegst, das du sprichst! Glaubst du, irgend jemand würde deine Anschuldigungen ernst nehmen? Wo ist der Beweis? In deinem Kopf? In deinem *verwirrten* Verstand? Oh ja, jemand könnte dir vielleicht Glauben schenken, mag sein, aber was ist, wenn sie dir nicht vertrauen? Und ich würde auch nicht gerade still sitzen und dich machen lassen, was dir gefällt. Und Theo Dolgikh – glaubst du, *der* würde still sitzen? Zek, du hast es hier ziemlich gut. Ja, es gibt in der Sowjetunion bestimmt auch andere Aufgaben für eine kräftige junge Frau. Nach deiner – Rehabilitation? – würde man bestimmt eine für dich finden ...« Er brach ab und steckte die Pistole weg. Es war ihm klar, daß er sie ›überzeugt‹ hatte.

»Geh jetzt hinaus, aber verlasse das Schloß nicht! Ich will einen Bericht über alles haben, was du von Kyle erfahren hast. Alles! Der Vorbericht kann ruhig kurz sein, lediglich eine Zusammenfassung. Den will ich morgen Mittag vorliegen haben! Der endgültige Bericht wird dann jedes noch so kleine und unwichtig erscheinende Detail umfassen. Verstanden?«

Sie stand da, blickte ihn an und biß sich unentschlossen auf die Unterlippe.

»Also?«

Schließlich nickte sie und blinzelte dabei Tränen der Frustration und Hilflosigkeit weg. Sie drehte sich ab und ging zur Tür. Noch einmal sagte er leise: »Zek«, und sie blieb stehen, blickte jedoch nicht zurück. »Zek, du hast eine große Zukunft vor dir. Vergiß das nicht! Und das ist auch die einzige Wahl, die dir bleibt. Eine große Zukunft oder gar keine mehr.«

Sie trat hinaus und schloß die Tür hinter sich.

Sie ging hinunter in ihre kleine Wohnung, mehr ein schlichtes Quartier, in dem sie sich aufhielt, wenn sie dienstfrei hatte, und ließ sich auf das Bett fallen. Zum Teufel mit seinem Bericht! Wenn überhaupt, würde sie den anfertigen, wenn *sie* soweit war. Denn was wäre sie für Gerenko noch wert, sobald er einmal wußte, was sie wirklich alles erfahren hatte?

Nach einer Weile hatte sie ihre Nerven wieder im Griff und bemühte sich, einzuschlafen. Doch das Bemühen blieb erfolglos, obwohl sie todmüde war.

FÜNFTES KAPITEL

Mittwoch, 23:45 Uhr in Hartlepool an der englischen Nordostküste

Dünner Nieselregen färbte die leeren Straßen glänzend schwarz. Der letzte Bus in die Bergarbeiterdörfer an der Küste hatte die Stadt vor einer halben Stunde verlassen. Die Pubs und Kinos waren geschlossen. Graue Katzen schlichen durch die Gassen, und eine letzte Handvoll von Kneipenhockern hatte sich in dieser Nacht, die ein Nachtleben nicht lohnte, auf den Heimweg begeben.

In einem Haus an der Blackhall Road herrschte jedoch ein gewisses Maß an Aktivität. In der Mansardenwohnung hatte Brenda Keogh ihren kleinen Sohn gefüttert und zu Bett gebracht, und nun war auch sie dabei, ins Bett zu gehen. In der zuvor leerstehenden Wohnung im ersten Stock saßen Darcy Clarke und Guy Roberts in nahezu vollständiger Dunkelheit. Roberts war dabei, einzunicken, und Clarke lauschte in nervöser Anspannung dem Knacken der alten Bohlen, als sich nun auch das Haus selbst für die Nacht niederließ. Unten im Erdgeschoß spielten dessen ›ständige Bewohner‹, zwei Geheimdienstleute, Karten, während ein uniformierter Polizist Kaffee kochte und ihnen zusah. Ein zweiter uniformierter Wachtmeister saß auf einem unbequemen Holzstuhl im Flur gleich hinter der Tür, rauchte eine etwas feuchte und schlecht gerollte Zigarette und fragte sich zum wiederholten Mal, was er hier eigentlich sollte.

Für die Geheimdienstleute war es ein alter Hut: Sie sollten die Frau und ihr Baby im obersten Stock beschützen. Brenda ahnte nichts davon, doch die beiden waren nicht nur gute Nachbarn, sondern eben auch ihre Beschützer. Sie hatten sie und den kleinen Harry Junior bereits mehr als ein halbes Jahr lang bewacht, und diese ganze Zeit über hatte ihr keiner auch nur zugeblinzelt. Sie schienen den gemütlichsten und am besten bezahlten Job im gesamten Sicherheitsdienst-Gewerbe weit und breit zu haben! Was die beiden Uniformierten betraf, leisteten sie hier Überstunden ab. Man hatte sie aus der mittleren Schicht zur ›besonderen Verwendung‹ dabehalten. Normalerweise wären sie um 22:00 Uhr nach Hause gegangen, doch wie es schien, war ein verdammter Psychopath unterwegs, und man hielt die Frau oben für eines seiner möglichen Opfer. Mehr hatte man ihnen nicht mitgeteilt. Alles äußerst geheimnisvoll.

Andererseits wußten Clarke und Roberts einen Stock darüber sehr genau, warum sie sich hier befanden und wem sie gegenüberstanden. Roberts' Kopf hing schief und er schnarchte leise an seinem Platz neben dem Wohnzimmerfenster. Er grunzte leicht, richtete sich ein wenig auf und schlief im nächsten Moment wieder. Clarke blickte ihn finster, doch ohne jede Bösartigkeit an, schlug seinen Kragen hoch und rieb sich wärmend die Hände. Im Zimmer war es feucht und kalt.

Clarke hätte gern das Licht eingeschaltet, wagte es jedoch nicht. Die Wohnung sollte angeblich leer stehen, und so mußte es eben auch wirken. Kein Feuer im Kamin, kein Licht, so wenig Bewegung wie möglich. Alles, was sie sich an Annehmlichkeiten gestatteten, waren ein Tauchsieder und ein Glas löslicher Kaffee. Na ja, und noch ein bißchen mehr, denn eine Tatsache trug noch zu ihrem Wohlbefinden bei: Heute hatte man Roberts einen Flammenwerfer überbracht, und beide Männer verfügten über Armbrüste.

Clarke nahm nun seine Armbrust in die Hand und betrachtete sie versonnen. Sie war geladen, doch er hatte den Sicherheitsbolzen vorgeschoben. Wie gern würde er damit auf Yulian Bodescus schwarzes Herz zielen! Wieder runzelte er die Stirn, legte die Waffe hin, zündete sich eine seiner seltenen Zigaretten an und zog kräftig daran. Er war hundemüde, fühlte sich miserabel und dazu noch ziemlich nervös. Das war wohl auch zu erwarten gewesen, aber er führte es vor allem darauf zurück, daß er zuviel schwarzen Kaffee getrunken und mittlerweile das Gefühl hatte, mindestens fünfundsiebzig Prozent seines Blutes bestünden aus Koffein! Er hatte seit dem frühen Morgen hier gesessen, und bislang war absolut nichts geschehen. Nun, er war auf gewisse Art ja dankbar dafür ...

Drunten im Flur öffnete Konstabler Dave Collins leise die Tür und blickte ins Wohnzimmer. »Löse mich bitte mal ab, Joe«, sagte er zu seinem Kollegen. »Fünf Minuten, damit ich frische Luft schnappen kann. Ich werde ein wenig die Straße entlang gehen und mir die Beine vertreten.«

Der andere sah noch einmal zu den Geheimdienstmännern hinüber, die immer noch Karten spielten, stand auf und begann, seine Jacke zuzuknöpfen. Dann nahm er seinen Helm auf und folgte seinem Kollegen auf den Flur. Er schloß die Tür auf und ließ ihn auf die Straße hinaus. »Frische Luft?« rief er ihm nach. »Du machst wohl Witze! Sieht für mich so aus, als käme Nebel auf.«

Joe Baker sah seinem Kollegen nach, wie er die Straße hinabschritt. Dann ging er ins Haus zurück und schloß die Tür. Eigentlich hätte er sie richtig und fest abschließen müssen, aber er begnügte sich damit, den Schlüssel nur einmal herumzudrehen und abzuziehen. Er setzte sich an einen kleinen Tisch, auf dem einige Postwurfsendungen und mehrere alte Zeitungen lagen, und dazu eine Dose Zigarettentabak und die dazugehörigen Papiere. Joe grinste und rollte sich eine Zigarette, die ihn diesmal nichts kostete. Er hatte sie kaum zuende geraucht, als er Schritte vor der Tür hörte und jemand einmal kurz und leise anklopfte.

Er stand auf, schloß die Tür auf, öffnete sie und blickte hinaus. Sein Kollege stand mit dem Rücken zu ihm gekehrt, rieb sich die Hände und sah die Straße hinauf und hinunter. Feuchtigkeit glänzte auf seinem Regenmantel und dem Helm. Joe schnippte den Zigarettenstummel aus der offenen Tür in die Nacht hinaus und sagte: »Das waren aber lange fünf ...«

Und das war alles, was er noch sagen konnte. Im nächsten Augenblick fuhr die Gestalt auf der Schwelle herum und packte ihn mit mächtigen Pranken und eisernem Griff an der Kehle. Mit seinem letzten Blick stellte er fest, daß dieses Gesicht unter dem Helm nicht das von Dave Collins war! Es war überhaupt nicht menschlich!

Das waren seine letzten Gedanken, als Yulian Bodescu mühelos seinen Kopf nach hinten zog und seine unglaublichen Zähne in den entblößten Hals schlug. Sie schlossen sich wie eine Stahlfalle um die Halsschlagader und durchtrennten sie. Der Polizist war innerhalb eines Moments tot. Die Kehle war zerrissen und das Genick gebrochen.

Yulian ließ ihn zu Boden gleiten, wandte sich um und schloß die Tür zur Straße. Er drehte den Schlüssel einmal um – das würde genügen. Alles, dieser gesamte effiziente Mord, war das Werk weniger Sekunden gewesen. Blut klebte an Bodescus Mund, als er lautlos die Tür zur Erdgeschoßwohnung anfauchte. Er faßte mit seinen vampirischen Sinnen in das Zimmer jenseits dieser Tür. Zwei Männer dort drinnen, nahe beieinander, mit irgend etwas beschäftigt und sich der nahenden Gefahr überhaupt nicht bewußt. Aber nicht mehr lange.

Yulian öffnete die Tür und schritt ohne zu zögern in den Raum. Er sah die Geheimdienstler an ihrem Kartentisch sitzen. Sie blickten lächelnd auf, sahen ihn, den Helm und den Regenmantel, wandten sich wieder ihrem Spiel zu – und dann sahen sie noch einmal hin! Doch zu spät.

Yulian sprang in das Zimmer hinein und faßte mit einer Krallenhand nach einer automatischen Pistole, deren Schalldämpfer bereits aufgeschraubt war. Er hätte lieber auf seine eigene Art getötet, aber die hier war auch nicht schlecht. Die Beamten hatten kaum Luft holen und aufspringen können, da jagte er bereits das halbe Magazin auf kurze Entfernung in ihre zuckenden Körper.

Darcy Clarke war mittlerweile ebenfalls beinahe eingenickt. Vielleicht hatte er sogar sekundenlang geschlafen, doch dann hatte ihn etwas aufgeweckt. Er hob den Kopf. Alle Sinne waren mit einem Schlag hellwach. Etwas drunten im Treppenhaus? Eine Tür, die sich schloß? Flüchtige Schritte auf der Treppe? Es konnte all dies gewesen sein. Und wie lange war das her? Sekunden oder bereits Minuten?

Das Telefon klingelte und riß ihn hoch. Steif und angespannt saß er auf seinem Stuhl. Mit pochendem Herz faßte er nach dem Hörer, doch Guy Roberts' Hand erreichte ihn zuerst. »Ich bin kurz vor dir aufgewacht«, flüsterte Roberts mit heiserer Stimme. »Darcy, ich glaube, es ist etwas passiert!«

Er hob ab und sagte knapp: »Roberts?«

Clarke hörte eine dünne, blecherne Stimme, konnte aber nicht verstehen, was sie sagte. Doch er beobachtete, wie Roberts zusammenzuckte, und hörte, wie er scharf und langgezogen Luft einsog.

»Himmel hilf!« Roberts erwachte zu hektischer Aktivität. Er knallte den Hörer auf die Gabel und sprang ein wenig schwankend auf. »Das war Layard«, schnaufte er. »Er hat den Bastard wiedergefunden *und rate mal, wo er sich befindet!*«

Clarke mußte nicht raten, denn seine Gabe hatte ihm das Weitere bereits verraten. Sie sagte ihm, er solle gefälligst wie ein geölter Blitz aus diesem Haus verschwinden, und sie *schubste* ihn regelrecht auf die Tür zu! Doch nur einen Augenblick lang, denn seine psychosensitiven Kräfte ließen ihn ahnen, daß sich die Gefahr bereits auf der Treppe befand. Nun drängte es ihn mit Macht zum Fenster!

Clarke war sonnenklar, was mit ihm geschah. Er kämpfte dagegen an, schnappte sich die Armbrust und zwang sich dazu, hinter der massigen Gestalt Roberts' zur Wohnungstür zu gehen.

Draußen auf dem Treppenabsatz hatte Yulian die verhaßten ESPer in der Wohnung schon gespürt. Er wußte, wer und wie gefährlich sie für ihn waren. Ein altes Klavier stand auf zerbrochenen Beinen mit der Rückwand zum Treppengeländer auf dem Absatz. Es mußte mindestens ein Fünftel einer Tonne wiegen, doch das stellte für den Vampir keinerlei Problem dar. Er packte es, ächzte ein wenig, und schleifte es bis vor die Wohnungstür. Die Beine brachen endgültig ab und die Stummel rissen den Teppichboden auf, aber schließlich befand es sich genau dort, wo Yulian es haben wollte.

Er war kaum fertig, als Roberts auch schon an der Innenseite der Tür stand und sich bemühte, sie zu öffnen. »Scheiße!« fauchte er nach einigen vergeblichen Versuchen. »Das kann nur er gewesen sein, und jetzt hat er uns hier in der Falle! Darcy ... die Tür geht nach außen auf ... hilf mir mal!«

Zu zweit stemmten sie sich mit den Schultern gegen die Tür und hörten schließlich, wie draußen die abgebrochenen Klavierbeine über den Boden schrammten. Ein schmaler Spalt tat sich auf, und Roberts schob mühevoll seinen Arm hindurch, bekam den oberen Teil des Klaviers zu packen und schob weiter mit aller Kraft. Schließlich war der Spalt breit genug, daß er sich hindurchzwängen und mit dem Oberkörper auf das alte Instrument ziehen konnte. Die Armbrust zog er nach, während Clarke von hinten her kräftig schob.

»Wo zum Teufel bleiben diese Idioten von unten?« keuchte Roberts.

»Beeil dich, um Himmels Willen!« feuerte ihn Clarke an. »Er ist jetzt bestimmt dort oben ...« Doch das war er nicht. Das Licht im Treppenhaus ging an.

Roberts lag oben auf dem Klavier, und seine Augen hoben sich wie schimmernde Kiesel von seinem bleichen Gesicht ab, als er mit dem plötzlichen hellen Lichtschein direkt in die fürchterliche Fratze von Yulian Bodescu blickte. Der Vampir entwand die Armbrust den vom Schreck wie gelähmten Fingern Roberts'. Er drehte die Waffe um und schoß den Bolzen geradewegs durch den offenen Türspalt hinter dem Klavier. Dann gurgelte er etwas aus einer von Blut gefüllten Kehle und begann, kräftig und methodisch mit der Waffe auf Roberts' Kopf einzuprügeln. Die Sehne der Armbrust summte vernehmlich unter der Wucht und Schnelligkeit seiner Schläge.

Roberts hatte nur einmal geschrien, einen hohen, schrillen Schrei ausgestoßen, bevor er von Bodescus Schlägen zum Schweigen gebracht wurde. Schlag um Schlag ließ der Vampir auf ihn niederprasseln, bis Roberts' Kopf nur noch eine blutige Masse war, aus der das Hirn auf die Klaviertasten herabtriefte. Dann erst ließ er von seinem Opfer ab.

Im Flur der Wohnung hörte Clarke den heftigen Einschlag des Bolzens, der ihn um Haaresbreite verfehlt hatte. Und als er – vom Licht geblendet – durch den Spalt nach draußen blickte, sah er, was dieses Alptraumgeschöpf mit Roberts anstellte. Vor Schrecken starr bemühte er sich, die eigene Waffe anzuheben, um durch den Spalt auf Bodescu zu schießen, doch der wuchtete Roberts' Leiche in die Wohnung zurück, und bis sich Clarke von der toten Masse befreit hatte, stand das Klavier bereits wieder vor dem Eingang. Und in diesem Augenblick brach Clarke zusammen. Er konnte einfach nicht gleichzeitig gegen das Ding dort draußen und gegen den Druck seiner eigenen psychischen Gabe ankämpfen! Das ließ sie nicht zu! Und so entfiel die Armbrust seinen klammen Fingern, er stolperte in das Wohnzimmer zurück und hin an das Fenster zur Straße.

Folgerichtiges Handeln war ihm nicht mehr möglich. Alles was sein Instinkt von ihm verlangte, war ein schnelles Entkommen. So schnell wie überhaupt möglich ...

Oben in der Mansardenwohnung hatte Brenda Keogh nur etwa zwanzig Minuten lang geschlafen. Ein Schrei wie der eines gequälten Tieres hatte sie aus dem Schlaf gerissen und aus dem Bett taumeln lassen. Zuerst

Totenwache

hatte sie geglaubt, es sei Harry gewesen, doch dann hörte sie dumpfe Geräusche und etwas wie das Zuschlagen einer Tür von unten her. Was zum Teufel war denn da unten los?

Sie ging unsicher zur Tür, öffnete sie und streckte den Kopf hinaus, um zu lauschen, ob sich die Geräusche wiederholten. Aber nun blieb alles still, und der Treppenabsatz lag in tiefer Dunkelheit – einer Dunkelheit, die mit einem Mal auf sie zuschoß und sie hart zurück in ihre Wohnung schleuderte!

Und nun sah Yulian die ersehnte Rache vor Augen, und sein tiefes Grollen war voller Triumph, als er mit seinen Wolfsaugen die junge Frau musterte, die vor ihm auf dem Boden lag.

Brenda erblickte ihn und glaubte, sich in einem Alptraum zu befinden. So *mußte* es einfach sein, denn nichts von dieser Art konnte und durfte in der vernünftigen, wachen Welt atmen und leben! Diese Kreatur war sichtlich einmal ein Mensch gewesen, ging noch immer mehr oder weniger aufrecht. Die Arme waren ... lang! Und die Hände an ihren Enden waren riesengroß und wirkten wie Klauen mit langen, krallenartigen Nägeln. Das Gesicht war geradezu unglaublich! Es hätte sich um eine Wolfsfratze handeln können, wäre sie nicht unbehaart. Und dazu wies sie noch typische Charakteristika einer Fledermaus auf! Die Ohren lagen platt an den Seiten des Kopfes an, und außerdem waren sie lang und spitz und ragten über den langgezogenen Kopf nach oben hinaus. Die Nase – nein: *Schnauze* – war runzlig, verzerrt und hatte schwarze, weit geblähte Nüstern. Die Haut war schuppig, und die gelben Augen mit den scharlachroten Pupillen lagen tief in schwarzen Höhlen. Und die Kiefer ... diese entsetzlichen *Zähne!*

Yulian Bodescu war ein Wamphyri, und er gab sich keinerlei Mühe, das zu verbergen. Dieses Vampirwesen in seinem Inneren hatte mit ihm den perfekten Wirt gefunden und in ihm gearbeitet wie Alkohol bei der Gärung im Fruchtsaft. Er war auf der Höhe seiner Kräfte und seiner Macht, und das war ihm durchaus bewußt. Bei allem, was er auf dem Weg nach Norden unternommen hatte, hatte er keine Spur hinterlassen, die eindeutig auf ihn als Täter hingewiesen hätte. INTESP würde natürlich Bescheid wissen, aber damit konnten sie niemals ein Gericht überzeugen.

Und, wie Yulian festgestellt hatte, war INTESP keineswegs allmächtig. Eher im Augenblick sogar ohnmächtig! Seine Mitarbeiter waren bloße Menschen, und sie hatten Angst. Er würde einen nach dem anderen aufspüren und töten, bis die gesamte Organisation zerschlagen war! Er war bereit, sich sogar ein klares Ziel zu setzen: einen Monat beispielsweise, um sie für alle Zeiten loszuwerden.

Doch zuerst kam das Kind dieser Frau an die Reihe, dieser armselige Fetzen Leben, der den einzigen gleichwertigen oder möglicherweise überlegenen Gegner für ihn enthielt – vollkommen hilflos im Kinderkörper gefangen!

Yulian fuhr auf die junge Frau los, die sich am Boden wand, packte mit seiner mächtigen Tatze ihr Haar und zerrte sie hoch. »Woooo?« gurgelte und grollte er. »Das Kind – wo?«

Brenda blieb der Mund offen stehen. Harry? Dieses Monster wollte Harry? Sie riß die Augen weit auf, unwillkürlich huschte ihr Blick hinüber zur Tür des winzigen Kinderzimmers – und die Augen des Vampirs funkelten triumphierend, als sie ihrem Blick folgten. »*Nein!*« weinte sie und holte tief Luft, um zu schreien wie noch nie in ihrem Leben. Doch zu diesem Schrei kam sie nicht mehr.

Yulian schleuderte sie zu Boden, und dabei schlug ihr Hinterkopf auf das harte, glänzende Parkett. Sie verlor augenblicklich das Bewußtsein, und er trat über sie hinweg und schritt zur offenen Kinderzimmertür.

Im mittleren Stockwerk plagte sich Darcy Clarke mit einem Fenster ab, das wohl verklemmt war und sich nicht öffnen ließ. Plötzlich spürte er, wie all seine Angst mit einem Mal verflog, oder vielleicht nicht so sehr seine Angst, als vielmehr der Drang zu fliehen! Seine Gabe ließ mehr und mehr locker, was nur bedeuten konnte, daß die Gefahr sich zurückzog. Aber wie? Yulian Bodescu befand sich doch nach wie vor im Haus, oder? Als die klare Überlegung endlich obsiegte, hörte Clarkes Zittern auf und er fand den Lichtschalter. Adrenalin durchströmte seinen Blutkreislauf. Nun war er wieder in der Lage, klar und bewußt zu sehen, und er entdeckte auch sogleich die Sperren, mit denen das Fenster gesichert war. Sie öffneten sich quietschend, und das Fenster glitt lautlos in seinen Schienen nach oben. Clarke seufzte erleichtert; jetzt hatte er wenigstens einen Notausstieg. Er blickte hinaus auf die mitternächtliche Straße – und erstarrte.

Zuerst weigerte sich sein Verstand, das zu akzeptieren, was seine Augen sahen. Dann keuchte er vor Schreck auf und spürte, wie eine Gänsehaut seinen Oberkörper überzog. Die Straße vor dem Haus füllte sich immer mehr mit Menschen! Schweigend strömten wahre Menschenmengen heran. Sie traten aus dem Tor des Friedhofs oder kletterten über dessen Mauer: Männer, Frauen und Kinder. Noch schlimmer als ihr Anblick war die völlige Lautlosigkeit, mit der alles geschah. Alle überquerten schweigend die Straße und stellten sich vor dem Haus auf. Sie schwiegen wie die Gräber, aus denen sie gestiegen waren!

Ihr Gestank trieb mit der feuchten Nachtluft zu Clarke herauf. Es war der überwältigend starke, übelkeiterregende Gestank nach Moder, Verfall und verwesendem Fleisch. Mit großen Augen beobachtete er sie. Sie trugen ihre Grabgewänder. Manche waren offensichtlich erst kürzlich verstorben, und andere ... es mußte schon lange her sein. Sie schoben sich zuckend über die Mauer, quollen aus dem Tor, schlurften über die Straße. Und nun klopfte einer von ihnen hallend an die Tür und begehrte Einlaß.

Clarke fragte sich einen Moment lang, ob er ernsthaft übergeschnappt sei, doch irgendwo in seinem Hinterkopf schlummerte die Erinnerung daran, daß Harry Keogh ja ein Nekromant war – *der* Necroscope. Er kannte Keoghs Vorgeschichte: ein Mann, der mit den Toten zu sprechen vermochte, den die Toten respektierten, ja, sogar liebten. Und darüber hinaus war Keogh in der Lage, die Toten aus ihren Gräbern zu rufen, wenn er ihre Hilfe benötigte. Und die benötigte er jetzt wohl dringender als je zuvor! Was da draußen vorging, mußte Harrys Werk sein. Es gab keine andere Möglichkeit.

Die Menge vor der Haustür hob die Köpfe und wandte die grauen, zerfallenen Gesichter Clarke zu. Sie sahen ihn an und deuteten auf die Tür. Sie wollten von ihm eingelassen werden, und Clarke wußte, warum. *Vielleicht bin ich ja doch übergeschnappt,* dachte er, als er wieder zur Wohnungstür rannte. *Es ist nach Mitternacht, im Haus treibt sich ein Vampir herum und ich gehe runter, um eine Horde von Toten einzulassen!*

Doch die Wohnungstür ließ sich nach wie vor nicht aufdrücken, da das

Klavier davor sie total blockierte. Clarke stemmte sich mit der Schulter gegen die Tür und drückte, bis er das Gefühl hatte, sein Herz müsse zerspringen. Die Tür gab zwar ein wenig nach, aber nur um Zentimeter. Er hatte einfach nicht die nötige Körpermasse ...

... im Gegensatz zu Guy Roberts.

Clarke hatte keine Ahnung, daß sich sein toter Freund erhoben hatte, bis er ihn plötzlich an seiner Seite entdeckte, wie er half, die Tür zu öffnen. Der Kopf eine rote, schwabbelige Masse, durch die zerbrochene Schädelknochen an einigen Stellen bleich hervortraten, so drückte Roberts gegen die Tür – von einer Kraft erfüllt, die von jenseits des Grabes stammte.

Da verlor Clarke das Bewußtsein.

Die beiden Harrys blickten durch die Augen des Kindes direkt in die Fratze der Angst, in das Gesicht Yulian Bodescus. Er stand über das Kinderbettchen gebückt da, und die höhnische Bösartigkeit in seinem Blick zeugte eindeutig von seinen Absichten.

Verloren! dachte Harry Keogh. *Alles getan, und doch endet es jetzt auf diese Weise!*

Nein! sagte eine andere Stimme in seinem Kopf. *Nein, es endet nicht! Durch dich habe ich gelernt, was ich nur lernen konnte. Dafür benötige ich dich jetzt nicht mehr. Aber ich brauche dich als Vater! Also geh und rette dich!*

Es konnte nur *einer* gewesen sein, der so mit ihm sprach, zum ersten Mal überhaupt, da sie nun keine Zeit mehr hatten, alles Notwendige auszudiskutieren. Und Harry spürte, wie die Fesseln, die sein Kind ihm angelegt hatte, mit einem Mal von ihm abfielen wie zerbrochene Ketten und ihn freigaben. Frei, um seine körperlose Persönlichkeit in die Sicherheit des Möbius-Kontinuums zu retten. Er hätte sich auf der Stelle dorthin begeben können und seinen kleinen Sohn dem überlassen, was auf ihn zukam. Hätte er – aber das konnte er nicht!

Bodescus Kiefer öffneten sich wie eine Falle und enthüllten eine Schlangenzunge, die hinter dolchartigen Zähnen hin und her huschte.

Geh! sagte der kleine Harry erneut, diesmal noch eindringlicher.

Du bist mein Sohn! rief Harry. *Verdammt noch mal, ich kann nicht weg! Ich kann dich nicht dem überlassen!*

Mich dem überlassen? Es klang, als könne das Kind seinem Gedankengang nicht folgen. Aber dann begriff es und fragte: *Hast du etwa geglaubt, ich würde hier bleiben?*

Die Klauenhände der schrecklichen Kreatur griffen langsam und genüßlich nach dem Baby in seinem Bettchen.

Nun bemerkte Yulian, daß Harry Junior mehr als nur irgend ein Baby war. Natürlich befand sich Harry Keogh in seinem Kind, aber es war dennoch mehr als das.

Der kleine Junge blickte ihn an, starrte ihn mit großen, feuchten, unschuldigen Augen an – und zeigte überhaupt keine Spur von Angst! Waren diese Augen wirklich so unschuldig? Und zum ersten Mal seit den Ereignissen um das Harkley House verspürte Yulian etwas wie Angst. Er wich eine Spur zurück, riß sich dann jedoch wieder zusammen. Er war dieses Kindes wegen gekommen, oder? Also am besten, es jetzt erledigen, und zwar schnell. Noch einmal griff er nach dem Baby.

Der kleine Harry hatte auf der Suche nach einem Tor in den Möbiusraum seinen Kopf hierhin und dorthin gedreht. Dann entdeckte er eines direkt neben sich. Es schwebte aus seinen Kissen hoch. Es war alles so leicht für ihn und lief völlig instinktiv ab. Es hatte sich die ganze Zeit über schon dort befunden. Die geistige Beherrschung, die das Kind bereits zeigte, war beeindruckend. Seinen Körper beherrschte es naturgemäß sehr viel weniger. Aber immerhin wußte es sich zu helfen. Mit seinen ungeübten Muskeln zog sich der kleine Körper zusammen und rollte direkt in das Möbiustor hinein und hindurch! Die Hände des Vampirs schlossen sich – um nichts als Luft!

Yulian zuckte von dem Kinderbett zurück, als sei es plötzlich in Flammen aufgegangen. Er schnappte nach Luft, und dann schlug er voller Wut auf die Kissen ein und zerfetzte sie mit seinen Klauen. Nichts! Das Kind war einfach verschwunden! Einer von Harry Keoghs Tricks, das Werk eines Necroscopes.

Ich war es nicht, Yulian! sagte Harry leise hinter ihm. *Diesmal nicht. Das hat er selbst fertig gebracht. Und es ist keineswegs alles, was er vollbringen kann!*

Yulian wirbelte herum und sah Harrys nackte Gestalt, deren Umrisse wie blaues Neonfeuer leuchteten, die drohend auf ihn zukam. Er sprang vorwärts und durch sie hindurch, griff wiederum ins Nichts! »Was?« gurgelte er. »Was?«

Harry befand sich wieder hinter ihm. *Du bist erledigt, Yulian,* sagte er mit tiefer Befriedigung in der Geisterstimme. *Was du auch an Bösem vollbracht hast, werden wir wieder ungeschehen machen. Wir können jenen, die du getötet hast, ihr Leben nicht zurückgeben, aber einigen von ihnen verschaffen wir die Gelegenheit, sich zu rächen.*

»Wir?« sagte der Vampir um die Schlange in seinem Mund herum. Seine Worte klangen ätzend. »Es gibt kein ›Wir‹, denn du stehst allein! Und wenn ich alle Ewigkeit dafür benötige, werde ich ...«

Du hast aber keine Ewigkeit. Harry schüttelte den Kopf. *Genauer gesagt, hast du überhaupt keine Zeit mehr!*

Auf dem Treppenabsatz und der Treppe selbst waren nun leise, schlurfende Schritte hörbar. Etwas – nein, viele Gestalten näherten sich der Wohnung und traten ein. Das Gedränge war so groß, daß Yulian aus dem winzigen Kinderzimmer hinaus ins Wohnzimmer geschoben wurde, wo er mit fest aufgestemmten Füßen zum Stehen kam. Brenda Keogh lag nicht mehr dort, wo er sie zurückgelassen hatte, doch das fiel Yulian nicht auf.

Die Keogh-Erscheinung schwebte durch die Luft hinter dem Vampir her und beobachtete die Konfrontation.

Ein Polizist mit zerschmettertem und aufgerissenem Kehlkopf führte sie an. Und mit langsamen, taumelnden aber zielbewußten Schritten traten sie heran. *Du kannst die Lebenden töten, Yulian,* sagte Harry zu dem unbewußt leise winselnden Vampir, *aber die Toten kannst du nicht mehr umbringen!*

»Du ...« wandte sich Yulian ihm erneut und anschuldigend zu, »du hast sie gerufen!«

Nein. Harrys Erscheinung schüttelte den Kopf. *Mein Sohn hat sie herbeigeholt. Er muß schon eine ganze Weile mit ihnen gesprochen haben. Und ihnen liegt mittlerweile genauso viel an ihm wie an mir.*

»Nein!« Bodescu drängte sich zum Fenster durch, sah aber schnell, daß es alt war, verklemmt, und sich nicht mehr öffnen ließ. Eine der Leichen, ein Ding, von dem bei jedem Schritt Würmer herabfielen, schlurfte ihm hinterher, während die anderen zurückwichen. In einer Knochenhand hielt es Darcy Clarkes Armbrust. Andere hielten lange Holzlatten, die sie aus dem Friedhofszaun gerissen hatten. Lebende Verwesung drang in das Zimmer wie Eiter aus einem Geschwür.

Es ist alles vorüber, Yulian, sagte Harry.

Bodescu wandte sich den Versammelten zu und fauchte sie an. Nein, es war noch keineswegs vorüber! Was waren sie denn? Nichts als ein Trugbild und ein Haufen toter Leute! »Keogh, du körperloser Bastard!« knurrte Yulian. »Hast du geglaubt, du wärst der Einzige mit solchen Kräften?«

Er duckte sich, spannte seine mächtigen Schultermuskeln und lachte ihnen ins Gesicht. Sein Hals verlängerte sich. Das Fleisch bebte, als besitze es ein Eigenleben. Sein schreckenerregender Kopf wirkte nun wie der eines urweltlichen Pterodaktylus. Sein gesamter Körper schien zu flattern, verdünnte sich einerseits und wurde gleichzeitig breiter, bis seine Kleidung zu Fetzen zerriß. Er streckte die Arme aus, und sie wurden immer länger. Wie ein gotteslästerliches Kreuz hielt er sie. An den Seiten seines Körpers entlang wuchsen hautige Flügel. Viel leichter und schneller als selbst Faethor Ferenczy es vermocht hatte, verformte er seinen Vampirkörper. Und wo bloße Augenblicke zuvor ein menschengleiches Geschöpf gestanden hatte, stand nun eine riesenhafte Fledermaus vor ihren Jägern.

Dann wandte sich das Ding, das Yulian Bodescu war, dem Erkerfenster mit den vielen kleinen Scheiben zu und warf sich dagegen. *Laßt ihn nicht entkommen!* rief Harry den Toten zu, doch das war überflüssig.

Yulian krachte durch die Verstrebungen; Glasscherben und lackierte Holzfragmente prasselten auf die Straße hinab. Nun war sein Körper wie das Gerät eines Drachenfliegers. Er krümmte und bog sich, um wie ein Drache auf dem Westwind fortzureiten. Doch der Rächer mit der Armbrust stand in der Fensterlücke und zielte sorgfältig. Eine Leiche ohne Augen sollte nicht sehen können, doch in diesem eigenartigen Zustand des Pseudolebens verfügten diese verwesenden Gestalten über alle Sinne, die ihnen einst, im wahren Leben, gedient hatten. Und dieser hier war Scharfschütze gewesen!

Er schoß, und der Bolzen traf Yulian ins Rückgrat in halber Höhe des Rückens. *Sein Herz!* tadelte Harry. *Du hättest auf sein Herz zielen sollen!* Aber schließlich kam es dann auf das Gleiche heraus.

Yulian schrie auf. Es war der rauhe, entsetzte Aufschrei einer todwunden Kreatur. Er krümmte sich schmerzerfüllt zusammen, verlor die Kontrolle über seinen Körper und sank wie ein verletzter Vogel auf den Friedhof herab. Er bemühte sich verzweifelt, seine gerade erst erreichte Flughöhe zu halten, doch der Bolzen hatte seine Wirbelsäule zerfetzt, und die brauchte viel Zeit, um wieder zu heilen. Er hatte jedoch keine Zeit mehr. Yulian fiel in den Friedhof hinein, mitten in feuchte Sträucher und Hecken, und augenblicklich wandten sich die zerfallenden Toten zurück, verließen die Mansardenwohnung und schlurften hinter ihm drein.

Sie stampften die Treppe hinunter. Bei manchen schälte sich das Fleisch im Gehen von den Knochen. Sie ließen Teile ihrer Körper hinter sich zurück, und diese Fleischbrocken suchten sich ihren Weg allein und folgten ihnen. Harry ging mit. Es waren Tote, mit denen er vor langer, langer Zeit schon Freundschaft geschlossen hatte, als er noch an diesem Ort lebte, und auch neue Freunde, mit denen er noch nicht einmal gesprochen hatte.

Unter ihnen befanden sich zwei junge Polizisten, die niemals mehr zu ihren Frauen zurückkehren würden, und zwei Geheimdienstmänner mit Einschußlöchern, die wie rote Blumen aus ihrer Kleidung erblühten. Und da war noch ein fetter Mann namens Guy Roberts, dessen Kopf nicht mehr wie ein solcher wirkte, der jedoch immer noch das Herz am rechten Fleck hatte. Roberts war im Zuge seiner Aufgaben nach Hartlepool gekommen, und er hatte vor, diese auch zu erfüllen, obwohl er mittlerweile nicht mehr am Leben war.

Die Treppe hinunter, durch die Haustür, über die Straße und in den Friedhof hinein – sie alle schritten oder schlurften oder hinkten diesen Weg, um Yulian, den Vampir, sterben zu sehen. Es gab eine Menge, die nicht in der Lage gewesen waren, hinüber zum Haus zu gehen, weil ihre Gliedmaßen nicht mehr dazu imstande waren. Sie waren die ersten, die nun Yulian umringten, die ihn mit ihren Latten und Sargholzsplittern auf ihre beinahe lautlose Weise bedrohten.

Durch das Herz! sagte ihnen Harry, als er bei Yulian anlangte.

Verdammt, Harry, er hält einfach nicht still! beklagte sich einer. *Außerdem sind unsere Stöcke stumpf und er hat eine Haut wie aus Gummi!*

Vielleicht habe ich die richtige Lösung! Eine andere, noch recht ›junge‹ Leiche trat vor. Es war Konstabler Dave Collins, der ganz schief einherschritt, weil Yulian ihm in einer kaum hundert Meter entfernten Gasse das Rückgrat gebrochen hatte. In Händen trug er die Sichel des Friedhofsgärtners, die schon ein wenig rostig war, weil sie eine Weile vergessen im langen Gras unterhalb der Mauer gelegen hatte.

Das könnte klappen, stellte Harry fest. Er ignorierte Yulians heisere Schreie. *Der Pflock, das Schwert und das Feuer.*

Das Letztere habe ich hier! Jemand, dessen Kopf völlig in sich zusammengefallen war, Guy Roberts nämlich, stolperte nach vorn, wobei er einen schweren Tornister mit zwei Tanks und einem Schlauch hinter sich her schleifte – einen Flammenwerfer! Und wenn Yulian nicht schon geschrien hätte, dann hätte er jetzt ernsthaft damit angefangen! Die Toten beachteten seine Schreie jedoch gar nicht. Sie warfen sich auf ihn und hielten ihn fest, und in seiner fürchterlichen Angst – selbst ein Yulian Bodescu konnte also Angst empfinden – verwandelte er seinen Vampirkörper wieder in den eines Menschen. Das war ein Fehler, denn nun fanden sie sein Herz umso leichter. Einer von ihnen brachte ein abgebrochenes Stück von einem Grabstein als Hammer, und nun endlich wurde ein spitzer Pflock durch seinen Körper getrieben. Aufgespießt wie ein häßlicher Falter, so wand sich Yulian und schrie, doch es war beinahe schon alles vorüber.

Dave Collins sah zu und seufzte schließlich: *Vor einer Stunde war ich noch Polizist, und nun scheint es, bin ich zum Henker geworden.*

Das Urteil ist einstimmig, Dave, mahnte ihn Harry.

Und wie der leibhaftige Sensenmann trat Dave Collins vor und schlug Yulian den Kopf so sauber und glatt wie möglich ab, wenn er auch mehrmals zuschlagen mußte. Danach kam die Zeit des Guy Roberts. Er besprühte den endlich verstummten Vampir mit tosenden, sengenden, reinigenden Flammen, bis nicht mehr viel von ihm übrig war. Er hörte jedoch erst auf, als die Tanks leer waren. Da zerstreuten sich die Toten bereits wieder und kehrten zu ihren aufgerissenen Gräbern zurück.

Nun war es an der Zeit, daß sich auch Harry fort begab. Der Wind hatte Yulians Nebel genauso wie den Verwesungsgestank weggetrieben, und am Nachthimmel funkelten die Sterne. Harrys Werk hier war vollbracht, doch anderswo gab es noch eine Menge zu tun.

So dankte er all den hilfreichen Toten und suchte ein Tor ins Möbius-Kontinuum ...

Harry hatte sich einigermaßen an den Möbiusraum gewöhnt, aber er vermutete, daß die meisten menschlichen Hirne ihn absolut unerträglich finden würden. Denn es war immer Nirgendwo und Irgendwann auf dem Raum-Zeit-Möbiusstreifen. Doch ein Mensch, der die richtigen Formeln in der richtigen Art von Gedächtnis hatte, mochte ihn dazu benützen, um überallhin und in alle Zeiten zu reisen. Vorher allerdings mußte er seine Furcht vor dem Dunkel überwinden.

Denn im physischen Universum gibt es Abstufungen der Dunkelheit, und die Natur scheint sie alle zu verabscheuen, genau wie sie das Vakuum haßt. Das metaphysische Möbius-Kontinuum jedoch besteht aus Dunkelheit. Sie ist sein Grundstoff. Jenseits der Möbius-Tore liegt die Ur-Dunkelheit selbst, die schon existierte, bevor das Universum der Materie entstand.

Harry hätte sich auch im Mantel eines Schwarzen Lochs befinden können, aber ein solches verfügt über enorme Gravitationskräfte, während es hier überhaupt keine gab. Es besaß keine Schwerkraft, weil es keine Masse enthielt. So war es immateriell wie der Gedanke selbst, doch genau wie dieser stellte es eine Macht dar. Es verfügte über Kräfte, die auf Harrys Anwesenheit reagierten und sich bemühten, ihn aus sich auszustoßen, als sei er ein Staubkorn im Auge dieses Universums. Er war ein Fremdkörper, den der Möbiusraum abstoßen mußte.

So hatte es sich jedenfalls bisher verhalten. Doch diesmal fühlte Harry, daß sich etwas geändert hatte.

Zuvor hatte er immer gespürt, wie körperlose Kräfte auf ihn eingewirkt und versucht hatten, ihn vom Unwirklichen zum Wirklichen zurückzutreiben. Und er hatte niemals gewagt, dem einfach nachzugeben, damit er nicht an einem unerwünschten Ort und in einer unerwünschten Zeit herauskam. *Er* hatte bestimmt, wo und wann er zurückkehren wollte. Aber nun wirkte es auf ihn, als gäben diese gleichen Kräfte ein wenig nach, als wollten sie ihn auffangen und nicht abstoßen. Und in seinem uneingeschränkten, körperlosen Verstand glaubte er, den Grund dafür zu kennen. Die Intuition sagte ihm, daß – ja, seine Metamorphose – bevorstehe.

Vom Realen zum Irrealen, von einem Wesen aus Fleisch und Blut zu einem körperlosen Bewußtsein, von einer lebenden Person zu – einem Geist? Harry hatte sich immer geweigert, diese Möglichkeit in Betracht zu ziehen, hatte sich nicht als wirklich und endgültig tot betrachtet, doch nun begann er zu fürchten, es könne tatsächlich so sein. Und würde das nicht auch erklären, warum ihn die Toten so liebten? Weil er einer der Ihren war?

Zornig wies er den Gedanken zurück. Der Zorn richtete sich gegen ihn selbst. Denn die Toten hatten ihn bereits geliebt, als er noch ein Mann aus Fleisch und Blut gewesen war! Doch sogar dieser Gedankengang ließ seinen Zorn anwachsen. *Ich bin noch immer ein Mann!* sagte er sich, doch keineswegs mehr so sicher. Denn nun, nachdem er ihn heraufbeschworen hatte, ließ ihn der Gedanke an eine langsame, unmerkliche Verwandlung nicht mehr los.

Vor etwas weniger als einem Jahr hatte er mit August Ferdinand Möbius über eine mögliche Wechselbeziehung zwischen dem physischen und dem metaphysischen Universum diskutiert. Möbius, in seinem Grab auf einem Leipziger Friedhof, hatte darauf bestanden, daß die beiden Universen vollständig unabhängig voneinander existierten und keine Wechselbeziehungen möglich seien. Sie rieben sich möglicherweise gelegentlich aneinander wie Erdschollen und riefen damit auch Reaktionen auf beiden Seiten hervor – wie ›Geistererscheinungen‹ oder ›psychische Erfahrungen‹ auf der stofflichen Ebene – aber es könne keine Überschneidungen geben und sie könnten ihre Schwingungen niemals einander angleichen.

Also konnte es auch nicht sein, daß man von einem zum anderen sprang und wieder zurück ...

Doch Harry hatte genau das getan, war die Abweichung von der Norm gewesen, das Haar in Möbius' Suppe, der Querschläger. Oder vielleicht die sprichwörtliche Ausnahme, die eine Regel bestätigt?

All das war jedoch zu jener Zeit gewesen, als er noch einen Körper, eine äußere Form besaß. Und jetzt? Vielleicht wollte sich die Regel nun selbst bestätigen und die Abweichung ausbügeln? Harry *gehörte* hierher. Er existierte nicht mehr physisch, sondern nur noch metaphysisch und sollte deshalb hier verbleiben! Für alle Zeiten auf dem unvorstellbaren und wissenschaftlich unmöglichen Strom von Kräften im abstrakten Möbius-Kontinuum schwimmen! Vielleicht wurde er nun eins mit diesem Universum?

Eine Wort-Assoziation kam ihm in den Sinn: Energiefluß – Energiefelder – Feldlinien – Lebenslinien. Die leuchtend blauen Lebenslinien, die sich jenseits der Tore bis in die ferne Zukunft hinzogen! Und mit einem Mal erinnerte sich Harry an etwas und fragte sich gleichzeitig, wie ihm das hatte entschlüpfen können. Der Möbiusstreifen konnte ihn gar nicht festhalten, jedenfalls jetzt noch nicht, denn er hatte ja eine Zukunft vor sich! Hatte er seine Lebenslinie nicht selbst beobachtet?

Er konnte sie jederzeit wieder verfolgen, indem er einfach ein Tor in die Zukunft suchte. Vielleicht war das aber diesmal doch nicht so einfach! Was würde geschehen, wenn ihn das Möbius-Kontinuum an sich zog, während er sich gerade durch die Zeiten bewegte? Das war ein unerträglicher Gedanke: unendlich lang durch die Weiten der Zukunft zu fliegen! Aber es war ohnehin nicht notwendig, dieses Risiko einzugehen, denn er erinnerte sich nun klar genug daran: *Die rote Lebenslinie trieb näher heran; jeden Moment mußte sie seine und die seines Kindes berühren.* Das war bestimmt die Yulian Bodescus gewesen!

Dann kurvte die Lebenslinie Harry Juniors mit einem Mal scharf nach der Seite weg. Das mußte seine Flucht vor dem Vampir gewesen sein, der Augenblick, in dem er zum ersten Mal selbständig das Möbius-Kontinuum betrat. Danach war es zu diesem unmöglichen Zusammenstoß gekommen:

Eine andere blaue Lebenslinie, die bereits trübe erschien und sich aufzulösen begann, prallte aus dem Nichts heraus auf seine. Wie voneinander angezogen bogen sie sich aufeinander zu und vereinigten sich in einer blendenden Neon-Explosion, um danach als eine einzige Linie weiter zu verlaufen. Ganz kurz spürte Harry die Gegenwart oder eher das schwache Echo der Gegenwart – eines anderen menschlichen Geistes in seinem eigenen. Dann war er verschwunden, und er war wieder allein in seinem Verstand.

So hatte er das erlebt, und dieses Erlebnis stand nun wieder deutlich vor seinem geistigen Auge. Ja, und er hatte dieses ersterbende Echo einer anderen Persönlichkeit erkannt!

Nun wußte er mit absoluter Sicherheit, wohin er sich begeben mußte, wen er zu suchen hatte. Und mit etwas gedämpftem Eifer machte er sich auf den Weg nach London ins INTESP-Hauptquartier.

Im obersten Stockwerk, dem INTESP-Hauptquartier mit seinen Büros, Labors, Privatzimmern und dem gemeinsamen Wohn- und Partyraum, herrschte heller Aufruhr. Vor einer Viertelstunde war etwas geschehen, das trotz der Natur dieses Hauptquartiers und der darin Arbeitenden und trotz der unterschiedlichen und außergewöhnlichen Gaben der INTESP-Agenten etwas Nie-Dagewesenes darstellte. Es hatte keine Vorwarnung gegeben, die Telepathen, Hellseher und anderen Psychosensitiven der Organisation hatten nichts kommen gefühlt. Es war einfach geschehen, und nun liefen die ESPer herum wie aufgescheuchte Hühner.

Harry Keogh Junior war zusammen mit seiner Mutter eingetroffen.

Bemerkt hatte man das im Hauptquartier zuerst, als plötzlich die Alarmanlage in voller Lautstärke losgeheult hatte. Die Anlage hatte gemeldet, daß sich der Eindringling oder die Eindringlinge im Chefbüro Alec Kyles befanden. Diesen Raum hatte seit Kyles Abflug nach Italien nur John Grieve betreten, und er war streng abgesichert. Es konnte sich theoretisch niemand dort drinnen befinden!

Natürlich mochte es ein Fehlalarm sein, aber ... dann erhielten sie die erste Andeutung dessen, was wirklich dahintersteckte. Alle Psychosensitiven INTESPS spürten es zur gleichen Zeit: eine ungeheuer starke Ausstrahlung, ein mentaler Riese in ihrer Mitte, und das hier im Hauptquartier! Harry Keogh?

Endlich hatten sie es geschafft, die Tür zu Kyles Büro zu öffnen – und fanden Mutter und Kind mitten auf dem Teppich friedlich zusammengerollt. Nichts Physisches hatte sich bisher je auf solche Weise manifestiert; jedenfalls nicht hier bei INTESP. Als Keogh selbst Kyle besucht hatte, war er körperlos gewesen, ohne Substanz, lediglich ein Abbild des Mannes, der Keogh gewesen war. Aber diese beiden Menschen hier waren real, solide, lebendig. Sie waren hierher teleportiert worden!

Der Grund war offensichtlich: um Bodescu zu entkommen. Die Methode – das festzustellen würde warten müssen. Mutter und Kind – und damit INTESP selbst – befanden sich jedenfalls in Sicherheit, und das war die Hauptsache!

Zuerst hatte man geglaubt, Brenda Keogh schlafe lediglich, doch als Grieve sie untersuchte, fand er die dicke Beule an ihrem Hinterkopf und nahm an, daß sie an einer Gehirnerschütterung leide. Was das Baby betraf, so hatte es sich aufmerksam und mit großen Augen umgesehen, ein wenig überrascht, aber keineswegs verängstigt, und dann hatte es sich in die Arme seiner Mutter gekuschelt und am Daumen gelutscht. Alles in Ordnung also.

Mit größter Vorsicht und so sanft wie möglich hatten die Mitarbeiter die beiden in die Wohnquartiere getragen und zu Bett gebracht. Außerdem war ein Arzt gerufen worden. Danach hatten sich die INTESP-Mitarbeiter in den Konferenzraum begeben, um die Ereignisse zu besprechen. Und da kam Harry endlich auch ins Spiel.

Seine Ankunft kam wohl überraschend, aber sie stellte nach dem Vorhergegangenen doch keine Sensation mehr dar und löste auch keinen Schock aus. Man hätte fast sagen können, er sei erwartet worden. John Grieve hatte gerade den Vorsitz übernommen und das Licht ein wenig heruntergedimmt, als Harry erschien. Er kam in der Form, von der alle bereits gehört, die aber nur wenige und auf jeden Fall keiner der Anwesenden erlebt hatten: ein schwach schimmerndes Netz blauer Schlieren – beinahe wie ein Hologramm – die das Abbild eines Mannes formten. Und wieder rollte diese psychische Woge über sie hinweg und sagte ihnen, daß sie sich in Gegenwart einer metaphysischen Kraftquelle ersten Ranges befanden.

Auch John Grieve spürte das, doch er war der letzte von allen, der Harry zu sehen bekam, denn dieser erschien auf dem Podium ein Stück hinter Grieve. Dann hörte der diensthabende Offizier ein allgemeines Nach-Luft-Schnappen von den Anwesenden her, die vor ihm Platz genommen hatten, und er drehte sich um. »Mein Gott!« brachte er heraus, wobei er ein klein wenig taumelte.

Nein, sagte Harry, *nur Harry Keogh. Geht's Ihnen gut?*

Totenwache

Grieve war beinahe vom Podium gefallen und fing sich nur im letzten Augenblick. Er riß sich zusammen und sagte: »Ja, ich glaube schon.« Dann hob er eine Hand, und das erregte und erwartungsvolle Stimmengewirr im Raum erstarb allmählich. »Was ist geschehen, Harry?« Er trat vom Podium herab und ein paar Schritte zurück.

Sie müssen sich nicht fürchten, sagte Harry zu den Versammelten. An dieses Ritual gewöhnte er sich nun langsam. *Denkt daran, ich bin einer von euch!*

»Wir haben keine Angst, Harry«, sagte Ken Layard mit noch etwas zittriger Stimme. »Wir sind nur ... vorsichtig.«

Ich suche Alec Kyle, sagte Harry. *Ist er noch nicht zurück?*

»Nein!« Grieve schüttelte den Kopf und wandte das Gesicht ein wenig ab. »Und er wird wahrscheinlich auch nicht zurückkehren. Aber Ihre Frau und Ihr Sohn sind heil bei uns angekommen.«

Die Keogh-Erscheinung seufzte und entspannte sich sichtlich. Es wurde ihm immer klarer vor Augen geführt, wie tief das Baby in seinen Geist eingedrungen war.

Gut! sagte er. *Ich meine, was Brenda und das Baby betrifft. Ich wußte, daß sie sich irgendwo in Sicherheit gebracht hatten, aber dieser Ort hier ist wohl der sicherste überhaupt.*

Die Handvoll von Psychosensitiven war nun aufgestanden und drängte sich um das Podium. »Aber haben Sie die beiden nicht ... hergeschickt?« fragte Grieve verblüfft.

Harry schüttelte den Neonkopf. *Das hat das Baby getan. Er hat sie beide durch das Möbius-Kontinuum hierher gebracht. Sie sollten sich um ihn kümmern und höllisch aufpassen, denn er wird schlimmer zu hüten sein als ein Sack Flöhe! Aber es gibt Dinge, die im Moment wichtiger sind und geklärt werden müssen. Berichten Sie mir von Alec!*

Grieve übernahm das, und Layard fügte hinzu: »Ich weiß, daß er sich im Schloß befindet, aber was ich von ihm spüre, könnte darauf schließen lassen, daß er ... tot ist.«

Das traf Harry hart. Diese eigenartige blaue Lebenslinie, die sich verdunkelt und aufgelöst hatte! Alec Kyle! *Es gibt Dinge, die Sie wissen müssen,* sagte er zu ihnen, und nun hatte er es sichtlich eilig. *Sie haben ein Recht darauf, das zu erfahren. Zuerst: Yulian Bodescu ist tot.*

Irgendjemand pfiff anerkennend, und Layard rief: »Mein Gott, ist das eine gute Nachricht!«

Jetzt war es Harry, der sein Gesicht abwandte. *Auch Guy Roberts ist tot,* fügte er hinzu.

Einen Augenblick lang herrschte Schweigen, und dann fragte jemand: »Und Darcy Clarke?«

Ihm geht es gut, antwortete Harry, *jedenfalls soweit mir bekannt ist. Hört mal, alles andere wird warten müssen. Ich muß jetzt weg. Aber ich habe das Gefühl, wir alle werden uns bald wiedersehen.*

Die Erscheinung fiel in sich zusammen, wurde zum strahlend blauen Lichtpunkt und verschwand

* * *

Harry kannte den Weg zum Schloß Bronnitsy sehr gut, doch das Möbius-Kontinuum kämpfte diesmal die ganze Zeit gegen ihn an. Es schien ihn in sich selbst zurückhalten zu wollen. Je länger er ohne Körper blieb, desto schwieriger würde es für ihn werden, bis er schließlich in der endlosen Nacht einer fremden Dimension gefangen sein würde. Aber soweit war es noch nicht.

Alec Kyle war nicht tot. Soviel wußte Harry mit Bestimmtheit. Wäre er tot gewesen, hätte sich Harry einfach mit ihm unterhalten können, so, wie er mit allen Toten sprach. Aber so sehr er sich bemühte – wenn auch anfangs zögernd und fast zurückschreckend – bekam er doch keinen Kontakt mit ihm. So wurde er kühner, verstärkte seine Bemühungen, legte alle Kraft hinein, um Kyles Geist zu berühren, wobei er allerdings hoffte, keinen Erfolg zu haben. Doch diesmal ...

... überschwemmte eine Welle des Schreckens Harry, als er nun doch ein schwaches, versagendes Echo des Mannes auffing, den er so gut gekannt hatte. Ein Echo, nicht mehr: ein verzweifelter Aufschrei, der augenblicklich verflog und mit dem Nichts verschmolz. Es reichte gerade für Harry, die Richtung festzustellen, und einen Augenblick später befand er sich an Ort und Stelle.

Dann ... war es, als falle er in einen Maelstrom! Es war wie bei Harry

Junior, nur zehnmal schlimmer, und diesmal konnte er dem Sog nicht mehr entrinnen. Harry mußte sich nicht von der Anziehung des Möbius-Kontinuums befreien, nein, er wurde einfach herausgerissen! Aus dieser Dimension heraus und geradewegs hinein in ...

Es war ihr nicht leicht gefallen, doch endlich war Zek Föener eingeschlafen. Allerdings hatte sie sich stundenlang mit Alpträumen abgequält und schweißgebadet herumgewälzt. Am frühen Morgen war sie schließlich hochgeschreckt und hatte sich verwirrt in der Dunkelheit ihres spartanisch eingerichteten Zimmers umgeblickt. Zum ersten Mal, seit sie ins Schloß Bronnitsy gezogen war, kam ihr dies alles fremd vor. Ihre Aufgabe hier füllte sie nicht mehr aus. Unter diesen Umständen konnte sie die junge Frau einfach nicht befriedigen. Sie war zu einem Alptraum geworden, denn die Menschen, für die sie arbeitete, waren abgrundtief böse. Das war unter Felix Krakovic anders gewesen, aber seit Ivan Gerenko die Führung an sich gerissen hatte ... Sein Name allein rief bereits einen schlechten Geschmack in ihrem Mund hervor. Sollte er an der Macht bleiben, war ein Weiterleben hier nicht länger möglich für sie. Und was diese untersetzte, mörderische Kröte Theo Dolgikh betraf ...

Zek war aufgestanden, hatte sich kaltes Wasser ins Gesicht gespritzt und war hinunter in den Keller gegangen, wo sich die verschiedenen experimentellen Labors des Schlosses befanden. Auf dem Weg die Treppe hinab und durch den Korridor traf sie einen Techniker, der Nachtdienst hatte, und einen Psychosensitiven. Beide hatten ihr zum Gruß genickt, doch sie hatte sie kaum bemerkt, war einfach vorbeigerauscht und weitergegangen. Auch sie mußte jemandem Ehre bezeugen – einem Mann, der so gut wie tot war.

Sie schloß das Hirnlabor auf, schnappte sich einen Metallstuhl und setzte sich neben Alec Kyle, berührte seine bleiche Haut. Sein Puls war unregelmäßig, das Heben und Senken seiner Brust schwach und abnormal. Er war ganz und gar hirntot, und in weniger als vierundzwanzig Stunden ... Die Behörden in Westberlin würden nicht wissen, wer er war und was ihn getötet hatte. Aber es war ganz einfach Mord gewesen.

Und sie hatte sich mitschuldig gemacht. Man hatte sie getäuscht, hatte ihr versichert, Kyle sei ein Spion, ein Feind, dessen Wissen von größter Bedeutung für die Sowjetunion sei, während es in Wirklichkeit nur für Ivan Gerenko lebenswichtig gewesen war. Sie hatte sich vor dieser kranken Person gerechtfertigt, hatte Ausflüchte gebraucht, als er ihr die Mitschuld vor Augen geführt hatte – aber gegen ihr eigenes Gewissen konnte sie sich nicht zur Wehr setzen.

Oh, es war bequem für Gerenko und Tausende, die ihm ähnlich waren. Sie lasen nur die Berichte. Zek dagegen las die *Gedanken*, und das war eine ganz andere Angelegenheit. Eine Persönlichkeit ist kein Buch. Bücher beschreiben lediglich Gefühle, aber nur selten kann man diese nachvollziehen. Doch für einen Telepathen ist das Gefühl real, unverfälscht und kraftvoll. Sie hatte nicht einfach Alec Kyles gestohlenes Tagebuch gelesen! Sie hatte sein Leben miterlebt! Und dabei geholfen, es ihm zu rauben.

Ein Feind – nun das kam darauf an, wie man es betrachtete. Er hatte natürlich einem anderen Land und einem anderen System die Gefolgschaft geschworen. Aber eine Bedrohung? Sicher gab es ganz oben in seiner Regierung auch Personen, die es gern gesehen hätten, wenn Rußland unterworfen worden wäre. Doch Kyle war kein Militarist gewesen und kein subversiver Stratege, der an den Fundamenten der kommunistischen Identität und Gesellschaft sägte. Nein, er war Humanist gewesen, hatte einen überwältigenden Glauben daran gehegt, daß alle Menschen Brüder sind oder zumindest sein sollten. Und sein einziger Wunsch war es gewesen, ein Gleichgewicht der Kräfte zu erhalten. Bei seiner Arbeit für das britische E-Dezernat war er benutzt worden, genau wie sie benutzt wurde, obwohl sie beide für größere und wichtigere Ziele hätten arbeiten müssen.

Und wohin hatte das Alec Kyle geführt? Nirgendwohin. Sein Körper lag hier, und sein Geist, sein scharfer und guter Verstand, war für immer verloren.

Mit tränenverhangenen Augen blickte Zek auf und warf der Maschinerie vor diesen sterilen Wänden einen haßerfüllten Blick zu. Vampire? Die Welt war voll von ihnen. Was sonst waren denn diese Maschinen, die sein Wissen aus ihm herausgesaugt und ihn leergewaschen hatten? Aber eine Maschine kann keine Schuldgefühle entwickeln, denn das ist ein ausschließlich menschliches Gefühl.

Sie kam zu einem Entschluß: Wenn möglich, würde sie einen Weg finden, sich vom E-Dezernat zu lösen. Es hatte auch früher schon Fälle gegeben, in denen ein Telepath seine Kräfte verlor oder ausbrannte. Warum sollte ihr das nicht passieren? Wenn sie das vortäuschen könnte und Gerenko davon überzeugen, daß sie seiner finsteren Organisation nicht mehr nützen konnte, dann ...

Zeks Gedankengang wurde an diesem Punkt unterbrochen. Ihre Fingerspitzen lagen noch auf Kyles Handgelenk, und mit einem Mal schlug sein Puls regelmäßig und kräftig. Seine Brust hob und senkte sich nun wieder rhythmisch, und sein Verstand ... *sein Gehirn?*

Nein, es war der Verstand eines anderen! Eine erstaunliche Woge psychischer Kräfte ging von ihm aus und überspülte sie. Es war keine Telepathie, war überhaupt nichts, was Zek jemals zuvor gespürt hatte, aber was es auch sein mochte, *stark* war es jedenfalls! Sie riß ihre Hand zurück und sprang auf. Ihre Knie waren weich und sie stand nach Luft schnappend und mit weit aufgerissenen Augen da und starrte diesen Mann an, der auf dem Operationstisch lag, der eigentlich sein Totenbett sein sollte. Seine Gedanken, die zuerst völlig wirr und unkoordiniert gewesen waren, fanden nun ihren eigenen Rhythmus.

Es ist nicht mein eigener Körper, sagte sich Harry, ohne zu ahnen, daß jemand seinen Gedanken lauschte, *aber er ist gut und unbesetzt! Von dir ist nichts mehr übrig, mein Freund Alec, aber für mich gibt es eine Chance – eine sehr gute Chance für Harry Keogh. Mein Gott, Alec, wo immer du jetzt auch sein magst: Vergib mir!*

Seine Identität erschien klar und deutlich in Zeks Geist, und sie wußte, daß sie sich nicht geirrt hatte. Ihre Beine begannen nachzugeben. Dann öffnete die Gestalt auf dem Tisch – wer immer und warum immer sie auch sein mochte – die Augen und setzte sich auf. Das gab ihr den Rest. Einen Moment lang verlor sie das Bewußtsein, vielleicht für drei oder vier Sekunden, und dabei sackte sie zu Boden. Er schwang derweil die Beine vom OP-Tisch und kniete neben ihr nieder. Energisch rieb er ihre Handgelenke, und sie spürte es nur zu deutlich, fühlte die Wärme seiner Hände auf ihrer mit einem Mal kalten Haut. Seiner warmen, lebendigen, kräftigen Hände!

»Ich bin Harry Keogh«, sagte er, als sie die Augen aufschlug.

Zek hatte von englischen Touristen auf Zakinthos ein wenig ihrer Sprache gelernt.

»Ich ... ich weiß«, stotterte sie. »Und ich bin ... verrückt!«

Er sah sie an, musterte die graue Schloßuniform mit dem einzelnen gelben Diagonalstreifen über dem Herzen, sah sich im Raum um, betrachtete die Instrumente und endlich – staunend – auch seinen eigenen nackten Körper. Ja, es war nun *sein* Körper! Und sie fragte er anschuldigend: »Hatten Sie etwas *damit* zu tun?«

Zek stand auf und wandte ihr Gesicht ab. Sie war nach wie vor zittrig und zweifelte ein wenig an ihrem Verstand. Es war, als lese er in ihren Gedanken, doch tatsächlich erriet er lediglich ihre Gefühle. »Nein«, sagte er, »Sie sind nicht verrückt geworden. Ich bin derjenige, für den Sie mich halten. Und ich habe Ihnen eine Frage gestellt: Haben Sie Alec Kyles Verstand zerstört?«

»Ich war daran beteiligt«, gab sie schließlich zu. »Aber nicht mit ... dem da.« Ihre blauen Augen wiesen auf die Maschinerie und blickten dann Harry wieder an. »Ich bin Telepathin. Ich habe seine Gedanken gelesen, während sie ...«

»Während sie seinen Verstand auslöschten?«

Sie ließ den Kopf hängen, hob ihn dann aber und blinzelte die Tränen weg. »Warum sind Sie hierher gekommen? Sie werden Sie auch umbringen!«

Harry blickte an sich herunter. Er wurde sich seiner Nacktheit bewußt. Zuerst war es gewesen, als habe er einen neuen Anzug an, doch nun sah er, daß es nur Fleisch war. Sein Fleisch. »Sie haben keinen Alarm gegeben?« stellte er fragend fest.

»Ich habe ... noch ... gar nichts unternommen«, erwiderte sie und zuckte hilflos die Achseln. »Vielleicht haben Sie doch nicht recht und ich bin wirklich verrückt ...«

»Wie heißen Sie?«

Sie sagte es ihm.

»Hören Sie zu, Zek«, sagte er daraufhin. »Ich bin schon einmal hier gewesen, wußten Sie das?«

Sie nickte. Oh ja, das war ihr bewußt gewesen. Und auch die Zerstörungen, die er dabei angerichtet hatte.

»Also, ich gehe jetzt. Aber ich werde wiederkommen. Vielleicht schon bald. Zu bald für Sie, um irgend etwas dagegen zu unternehmen. Sollten Sie wissen, was bei meinem letzten Besuch hier geschah, werden Sie meine Warnung beachten: Bleiben Sie nicht hier! Halten Sie sich irgendwo anders auf, aber nicht hier! Nicht, wenn ich zurück komme. Haben Sie das verstanden?«

»Sie gehen?« Hysterie stieg in ihr auf, und mit ihr ein unbeherrschtes Lachen. Es drängte mit aller Macht aus ihr heraus. »Glauben Sie, Sie könnten hier einfach hinausspazieren, Harry Keogh? Sie wissen doch wohl, daß Sie sich im Herzen Rußlands befinden!« Sie drehte sich halb um, wandte sich ihm aber noch einmal zu. »Sie haben keinerlei Chance ...«

Vielleicht hatte er doch eine? Denn Harry war verschwunden!

Harry rief Carl Quints Namen ins Möbius-Kontinuum hinein und erhielt augenblicklich eine Antwort. *Wir sind hier, Harry! Wir haben dich früher oder später erwartet.*

Wir? Harry hatte schlimme Vorahnungen.

Ich, Felix Krakovic, Sergei Gulharov und Mikhail Volkonsky. Theo Dolgikh hat uns alle erwischt. Felix und Sergei kennst du natürlich bereits, aber Mikhail hast du noch nicht kennengelernt. Er wird dir gefallen. Er ist eine echte Type. He – wie steht's eigentlich mit Alec. Wie ist es ihm ergangen?

»Nicht besser als euch«, sagte Harry, während er sein Ziel ansteuerte.

Er trat aus dem unendlichen Möbiusraum in die zerfetzten Ruinen des Karpatenschlosses von Faethor Ferenczy. Es war kurz nach drei Uhr morgens; die rasch einherziehenden Wolken und der Mondschein verwandelten die Hochfläche in ein düsteres Land voll fliehender Schatten. Der Wind aus der Ebene der Ukraine ließ Harrys Körper erschauern.

Also hat es Alec auch nicht geschafft, oder? Quints tote Stimme klang nun enttäuscht. Doch dann kam wieder Leben in sie. *Vielleicht können wir ihn besuchen?*

»Nein«, sagte Harry. »Das geht leider nicht. Ich glaube jedenfalls nicht, daß du ihn je finden wirst.« Und dann erklärte er ihnen den Grund.

Dann mußt du die Sache zu Ende bringen, Harry, sagte Quint, als Keogh mit seinem Bericht am Ende war.

»Man kann es nicht mehr ändern«, stellte Harry fest. »Aber rächen kann man ihn. Das letzte Mal habe ich sie gewarnt, und jetzt muß ich sie auslöschen. Vollständig! Deshalb bin ich hergekommen. Ich wollte versuchen, mich selbst zu motivieren. Leben zu nehmen, ist nicht mein Ding. Ich habe es getan, aber es ist und bleibt etwas Schlimmes für mich. Mir wäre es lieber, wenn die Toten mich gern haben und nicht hassen.«

Die meisten von uns werden dich immer lieben, Harry, tröstete ihn Quint.

»Nach all dem, was ich beim letzten Mal in Bronnitsy angerichtet habe«, fuhr Harry fort, »war ich mir nicht sicher, ob ich so etwas noch einmal tun könne. Jetzt weiß ich jedoch, daß ich es kann – können muß!«

Felix Krakovic hatte bisher geschwiegen. *Ich habe nicht das Recht, zu versuchen, dich davon abzubringen, Harry,* sagte er nun. *Aber es gibt ein paar gute Leute dort!*

»Wie Zek Föener beispielsweise?«

Ja, sie gehört gewiß dazu.

»Ich habe ihr bereits gesagt, daß sie sich absetzen soll. Ich denke, sie wird es machen.«

Na ja, (Harry nahm wahr, wie Krakovic seufzte. Er sah sein Kopfnicken beinahe greifbar vor sich.) *wenigstens das ist schon ein Trost ...*

»Jetzt ist es an der Zeit, daß ich etwas unternehme«, sagte Harry. »Carl, vielleicht kannst du mir weiterhelfen. Hat das E-Dezernat Zugang zu Plastiksprengstoffen?«

Quint antwortete ohne zu zögern: *Aber ja. Das Dezernat kann so ziemlich alles bekommen, vorausgesetzt, man hat genug Zeit, es zu besorgen!*

»Hmm«, brummte Harry nachdenklich. »Ich hatte gehofft, sehr schnell an das Zeug herankommen zu können. Am liebsten noch heute Abend.«

Nun mischte sich Mikhail Volkonsky ins Gespräch ein: *Harry, soll das heißen, daß du hinter diesem Verrückten her bist, der uns umgebracht hat? Dann kann ich dir möglicherweise helfen. Ich habe schon eine Menge Sprengungen durchgeführt, vor allem mit Gelatine-Dynamit, aber auch mit dem anderen Zeugs. In Kolomyja gibt es ein Lager dafür. Dort haben sie auch Zünder, und ich kann dir erklären, wie man sie gebraucht.*

Harry nickte, setzte sich auf den Rest einer zerfallenden Mauer am Rand der Kluft und gestattete sich ein eher grimmiges, humorloses Lächeln. »Sprich nur weiter, Mikhail«, sagte er. »Ich bin ganz Ohr ...«

Irgend etwas ließ Ivan Gerenko aufwachen. Er wußte nicht, was es gewesen war, hatte einfach nur das Gefühl, daß etwas nicht stimmte. Er zog sich so schnell wie möglich an, schaltete die Haussprechanlage durch, um den diensthabenden Offizier zu sprechen und fragte ihn, ob etwas passiert sei. Offensichtlich war jedoch alles ruhig. Und jeden Moment konnte Theo Doligkh zurückkehren.

Als Gerenko die Sprechanlage abschaltete, fiel sein Blick aus dem großen, kugelsicheren Fenster. Und dann hielt er die Luft an. In der Nacht dort draußen schlich eine Gestalt, von silbrigem Mondschein umhüllt, vom Hauptgebäude des Schlosses weg. Eine weibliche Gestalt. Über die Uniform hatte sie einen Mantel gezogen, aber Gerenko erkannte sie trotzdem: Zek Föener.

Sie benutzte die schmale, asphaltierte Fahrspur, und das war ja auch notwendig, denn die Wiesen und Felder waren vermint und mit Stolperdrähten versehen. Sie bemühte sich, ganz locker und selbstverständlich zu gehen, doch es war etwas an ihrem Schritt, das ihn mehr zu einem heimlichen Schleichen machte. Sie mußte an der Wache vorbeigekommen sein! Wahrscheinlich hatte sie denen erzählt, sie leide an Schlaflosigkeit. Oder konnte sie wirklich nicht schlafen und war deshalb spazieren gegangen, um ein wenig frische Nachtluft zu schnappen? Gerenko schnaubte. Ha, Luft schnappen! Ihr Spaziergang führte möglicherweise direkt nach Moskau zu Leonid Breschnew!

Er eilte die Wendeltreppe hinab, ließ sich vom Wachmann an der Tür den Schlüssel zu seinem Dienstfahrzeug geben und machte sich an die Verfolgung. Aus dem Westen kündeten am dunklen Himmel heranschwebende Positionslichter von der Ankunft eines Hubschraubers. Das mußte Theo Dolgikh sein. Hoffentlich hatte er eine stichhaltige Begründung für das, was er dem eigenen Telefonbericht nach angerichtet hatte!

Nach zwei Dritteln des Weges zur massiven Außenmauer des Geländes holte Gerenko die junge Frau ein und hielt neben ihr an. Sie lächelte, schirmte die Augen gegen das helle Scheinwerferlicht ab und – dann sah sie, wer hinter dem Steuer saß. Das Lächeln auf ihrer Miene erstarb.

Gerenko kurbelte das Fenster herunter. »Wollen Sie irgendwo hin, Fräulein Föener, meine Liebe?« fragte er.

Zehn Minuten zuvor war Harry aus dem Möbiusraum direkt in einen der kleinen Gefechtsstände des Schlosses getreten. Er war ja bereits früher hier gewesen und kannte die Lage aller sechs Gefechtsstände sehr genau. Er hatte sich gedacht, daß sie nur im Falle eines Alarms besetzt sein würden. Falls man Kyles Fehlen allerdings schon bemerkt hatte, mochte es sein, daß Alarm gegeben worden war, und so trug er eine geladene Automatik in der Tasche eines Mantels, den er von einem Kleiderhaken im Sprengstofflager in Kolomyja gestohlen hatte.

Über die Schultern hatte er sich einen dicken, wurstförmigen Sack gelegt, der bestimmt an die fünfzig Kilo wog. Den ließ er nun erleichtert herabgleiten und nahm das erste von einem Dutzend mit Stoff umwickelter Käsepäckchen heraus. So nannte er das Zeug, das ähnlich weich war, aber viel strenger roch als Käse. Er drückte den ultrahochexplosiven Plastiksprengstoff auf eine verschlossene Munitionskiste, wie man einen Kaugummi anklebt, steckte einen Zeitzünder hinein und stellte die Uhr auf zehn Minuten von diesem Zeitpunkt an. Für dies alles hatte er ungefähr dreißig Sekunden benötigt. Sicher war er da allerdings nicht, weil er keine Uhr dabei hatte. Dann begab er sich per Möbiusraum weiter zum zweiten Gefechtsstand, wo er den Zünder auf neun Minuten einstellte, und immer so weiter bis zum letzten ...

Weniger als fünf Minuten später begann er, den gleichen Vorgang im Schloß selbst zu wiederholen. Zuerst sprang er in das Hirn-Labor, wo er neben dem OP-Tisch materialisierte. Es erschien ihm eigenartig, daß er (ja, *er selbst*) vor weniger als einer dreiviertel Stunde noch auf diesem Tisch gelegen hatte! Schwitzend stopfte er einen Sprengsatz in die Lücke zwischen zwei dieser schmutzigen Maschinen, die sie benützt hatten, um Kyles Gehirn leerzusaugen, stellte den Zünder ein, nahm den nunmehr sehr viel leichteren Sack auf und trat durch ein Möbius-Tor.

Als er im Korridor vor den Wohnquartieren herauskam, stand er plötzlich vor einem Wachmann des Sicherheitsdienstes, der seine Runden drehte. Der Mann wirkte müde. Seine Schultern sackten herab, während er diese Nacht zum fünften Mal den Korridor abschritt. Als er aufblickte und Harry sah, fuhr seine Hand geradewegs zur Pistole an seiner Hüfte.

Harry hatte keine Ahnung, wie sein neuer Körper auf physische Gewaltanwendung reagieren würde – nun fand er es heraus. Gelernt hatte er den waffenlosen Nahkampf natürlich schon von einem seiner ersten Freunde unter den Toten: von ›Sergeant‹ Graham Lane, einem Ex-Offizier und Lehrer an seiner Schule, der bei einem Unfall in den Klippen nahe dem Strand ums Leben gekommen war. Der ›Sergeant‹ hatte ihm eine Menge beigebracht, und Harry hatte diese Lektionen nicht vergessen.

Seine Hand schoß vor und fing die des Wachmannes ab, die nach der Waffe griff. Er stieß die Pistole ins Holster zurück. Gleichzeitig rammte er sein Knie in den Unterleib des Mannes und knallte ihm eine rechte Gerade ans Kinn. Der Mann verursachte nur wenige Geräusche, als er sich zuerst vorwärts krümmte und anschließend wie ein gefällter Baum umstürzte.

Harry brachte gleich im Korridor eine weitere Sprengladung an, aber ihm fiel dabei auf, daß seine Hände zitterten und er stark schwitzte. Er fragte sich, wieviel Zeit er noch habe, denn er schreckte vor dem Gedanken zurück, hier eingeschlossen zu sein, wenn seine Explosionen losgingen.

Er sprang nur noch einmal, und zwar geradewegs in den zentralen Dienstraum des Schlosses. In dem Augenblick, als er dort auftauchte, knallte er auch schon dem diensthabenden Offizier die Faust an den Kopf, daß dieser mit einem Satz aus seinem Drehstuhl fiel. Der Mann hatte nicht einmal genug Zeit gehabt, um aufzublicken. Harry klebte die letzte Ladung auf das Schaltpult zwischen Funkanlage und Tastatur, brachte den Zünder an, richtete sich auf – und blickte direkt in die Mündung einer Kalaschnikov!

Auf der anderen Seite der Reihe von Aktenschränken hatte unbemerkt ein junger Sicherheitsbeamter auf einem Stuhl gedöst. Das war offensichtlich, wenn Harry seinen offenstehenden Mund und den leicht betäubten Gesichtsausdruck ansah. Das Geräusch, als der diensthabende

Offizier auf den Boden geplumpst war, mußte ihn geweckt haben. Harry wußte nicht, wie wach er in diesem Augenblick schon war, wieviel er gesehen oder begriffen hatte, aber zumindest war ihm klar, daß er sich in großen Schwierigkeiten befand. Er hatte den letzten Zünder nämlich auf eine Minute eingestellt!

Als der Wachmann in atemlosem Russisch eine überraschte Frage stellte, zuckte Harry die Achseln, zog eine mürrische Miene und deutete auf einen Fleck hinter dem jungen Mann. Es war ein uraltes Ablenkungsmanöver, klar, aber die alten Hüte sind manchmal die besten. Außerdem fiel ihm nichts Besseres ein. Und tatsächlich – es funktionierte! Der Mann riß den Kopf herum; auch die Mündung des Gewehrs schwenkte ein Stück mit ...

Und als er sich wieder umdrehte, war Harry nicht mehr da. Das war auch gut so, denn die zehn Minuten, die er sich selbst gegeben hatte, waren um ...

Die Gefechtsstände gingen hoch wie Feuerwerksraketen. Ihre Decken wurden abgesprengt und die Wände barsten. Die erste Explosion – vor allem die Lichtblitze und das Knallen, denn die Explosion selbst war auf diese Entfernung nicht mehr sehr wirksam – brachten Zek Föener ins Straucheln. Sie hatte gerade in Gerenkos Jeep steigen wollen, doch nun duckte sie sich unwillkürlich. Der Boden unter ihren Füßen bebte zunächst leicht, doch dann immer stärker und anhaltender, denn die in den umliegenden Feldern verteilten Landminen gingen nun, durch die Erschütterungen ausgelöst, ebenfalls hoch. Es war wie im Bombenhagel eines Luftangriffs.

»Was?« Gerenko wandte sich auf dem Fahrersitz um, starrte nach hinten und konnte kaum glauben, was er sah. »Die Gefechtsstände?« Er schützte seine Augen gegen die blendenden Lichtblitze.

»Harry Keogh«, hauchte Zek beeindruckt.

Dann ging es im Schloßgebäude los. Die massiven Tragemauern schienen Luft einzusaugen – immer und immer mehr. Sie beulten sich nach außen und schließlich platzten sie wie ein zu stark aufgeblasener Ballon. In weißem Lichtschein und goldenem Feuer verging das Schloß. Diesmal spürte Zek auch die Wucht der Explosion. Sie wurde auf die Straße geschleudert und erlitt Prellungen und Aufschürfungen an den Händen, die sie schnell vor das Gesicht geschlagen hatte.

Schloß Bronnitsy sank langsam in sich zusammen wie eine Sandburg unter der schwellenden Meeresflut. Vulkanisches Feuer tobte in seinen Gedärmen und quoll in dem neu entstandenen Krater hoch. Als die Wände der oberen Stockwerke und Türme zusammenbrachen, ertönten neue Explosionen, und die Trümmer wurden sofort wieder emporgeschleudert. Als die große Ladung im Dienstraum ihre Stimme der Kakophonie der Zerstörung hinzufügte, war bereits nur noch eine Ruine übrig.

Zu diesem Zeitpunkt hatte sich Zek soweit emporgerappelt, daß sie neben Gerenko in den Jeep steigen konnte. Sie spürte, wie eine mächtige Faust das Heck des Wagens packte und ihn vorwärts schob. Ihr Gehör wurde von einer ungeheuren Detonation mißhandelt, und sie mußte die Augen schließen, um ihre Netzhaut vor dem Ausbrennen zu bewahren. Ein leuchtender Feuerball wie ein Atemhauch der Hölle ließ alles wie auf einem Foto-Negativ erscheinen, überstrahlte die gesamte Szenerie und machte aus der Nacht einen grellen Tag. Dann verblasste der Lichtschein und enthüllte die Wirklichkeit: Schloß Bronnitsy existierte nicht mehr. Bruchstücke, von kleinen Steinbrocken bis hin zu großen Betontrümmern, regneten nach wie vor zur Erde nieder. Schwarzer Qualm verdunkelte den Mond. Weißes und gelbes Feuer quoll und tobte in den ausgebombten Ruinen. Eine bloße Handvoll verlorener Gestalten stolperte taumelnd wie gerupfte Fliegen vom Zentrum des Infernos weg nach außen zu.

Gerenko, der völlig betäubt schien, hatte den Motor des Jeeps abgewürgt und brachte ihn nicht mehr in Gang. Jetzt stieg er hinaus und befahl Zek, ebenfalls auszusteigen.

Der herannahende Hubschrauber war bei der ersten Explosion ganz kurz ins Trudeln gekommen, dann jedoch abgefangen worden, und nun landete er hart auf der Straße, ein kleines Stück innerhalb der Mauer. Theo Dolgikh gab dem Piloten schnell eine Anweisung und kletterte dann hinaus. Er rannte herbei, während Zek Föener und Ivan Gerenko ihm taumelnd entgegenkamen.

»Das war für dich, Alec«, sagte Harry Keogh leise zu sich selbst.

Er stand im Schatten der Außenmauer und beobachtete die drei Personen, die auf den Hubschrauber zu stolperten. Er bemerkte sehr wohl, wie die beiden männlichen Gestalten – der eine wie ein verkleinertes Zerrbild eines Mannes, der andere wie ein massiges Raubtier wirkend – die Frau grob und fast mit Gewalt in den Hubschrauber zerrten. Dann hob die Maschine ab und ließ Harry allein mit der Nacht und seinem Werk der Zerstörung. Doch wie ein Nachbild überlagerte der Anblick dieser beiden Männer selbst die lodernden Flammen.

Harry wußte nicht, wer sie waren, aber seine Intuition sagte ihm, daß gerade diese beiden dem Holocaust am allerwenigsten hätten entrinnen dürfen! Er mußte sich mit Carl Quint und Felix Krakovic über sie unterhalten ...

EPILOG

Drei Tage später standen Ivan Gerenko, Theo Dolgikh und Zek Föener an der zerklüfteten Klippe über jener Kluft in den Karpaten, und sie blickten betrübt den großen Schuttberg an, aus dem nur noch die Fundamente der alten Burgmauern herausragten. Die Szenerie wirkte so desolat, wie es typisch für diese Berge war: Überall sah man zerrissene Kämme und Gipfel, der Wind von der Ebene her heulte und klagte, und Raubvögel kreisten langsam an einem mit Wolkenstreifen durchsetzten Himmel. Es war Abend und das Tageslicht wurde bereits schwächer, aber Gerenko hatte darauf bestanden, den Ort noch zu besichtigen. Sie konnten wohl an diesem Abend nichts mehr unternehmen, aber zumindest würde er einen Eindruck davon gewinnen, was am kommenden Tag getan werden mußte.

Gerenko befand sich hier, weil Leonid Breschnew ihm eine Woche gegeben hatte, um eine definitive Antwort auf die Frage zu finden, was hinter der vollständigen Zerstörung von Schloß Bronnitsy steckte. Yuri Andropov wollte ebenfalls Bescheid wissen, und so befand sich auch Theo Dolgikh hier. Und Zek war dabei, damit Gerenko sie im Auge behalten konnte. Sie *behauptete*, ihre Gabe im nächtlichen Inferno am Schloß eingebüßt zu haben, und, was noch schlimmer war, sie habe auch keinerlei Erinnerungen mehr an alles, was sie von Alec Kyle in Erfahrung gebracht hatte. Alles sei ausgebrannt und verloren. Gerenko zweifelte jedoch daran. Deshalb konnte er auch nicht sicher sein, daß sie – hätte er sie allein in Moskau gelassen – den Mund gehalten hätte.

Aber noch wichtiger war ihm, natürlich nur für den Fall, daß sie wirklich log, daß er die in der Welt führende Nahbereichstelepathin dabei hatte. Falls ihnen von irgendwo her Gefahr drohte, würde Zek Föener das wahrscheinlich als erste wissen. Wenn er sie im Auge behielt, würde er an ihrer Handlungsweise ablesen können, ob alles in Ordnung war – oder nicht. Nach den Ereignissen am Schloß Bronnitsy mußte man die persönliche Sicherheit über alles stellen, und ein Verstand wie der Zek Föeners mochte dabei von größter Wichtigkeit sein.

»Nichts«, sagte sie gerade, wobei sie die grauen Ruinen mit finsterer Miene und gerunzelter Stirn anblickte. »Gar nichts! Aber selbst wenn es hier etwas zu belauschen gäbe, könnte ich es im Moment nicht wahrnehmen. Jetzt nicht. Ich habe Ihnen ja gesagt, Ivan, daß meine Gabe zerstört ist. Ich bin in jenem Inferno geistig ausgebrannt, und jetzt ... kann ich mich nicht einmal mehr daran erinnern, wie es war.«

Sie sagte wenigstens zum Teil die Wahrheit; ihre Gabe funktionierte wohl sehr gut, was sie an dem kochenden Aufruhr in Gerenkos Verstand und dem stinkenden Pfuhl der Gedanken Theo Dolgikhs merkte, aber sonst konnte sie tatsächlich nichts feststellen. Nur ein Necroscope kann mit den Toten sprechen oder ihren Gesprächen untereinander lauschen.

»Nichts«, wiederholte Gerenko mit rauher Stimme. Er trat heftig in den Schuttberg, so daß Sand und Steinchen wegspritzten. »Dann ist dies ein schwarzer Tag für uns.«

»Vielleicht für Sie, Genosse«, warf Dolgikh ein, der den Mantelkragen hochgeschlagen hatte. »Aber Sie stehen immerhin gegen den Parteivorsitzenden, der eine Menge verloren zu haben scheint. Andropov hat vielleicht nichts gewonnen, aber sicherlich auch nicht viel verloren. Er wird es wohl kaum bemerken. Und er wird es auch nicht an mir auslassen, denn das ergäbe keinen Sinn. Was das E-Dezernat angeht: Er hat sich jahrelang mit euch ESPern herumgeschlagen, und nun seid ihr am Ende. Er hat sich nicht einmal bemühen müssen. Also wird er keine Träne vergießen, darauf haben Sie mein Wort!«

Gerenko wandte sich ihm zu. »Sie Narr! Also werden Sie jetzt wieder als einfacher Killer arbeiten, ja? Und wohin wird Sie das bringen? Mit mir wären Sie aufgestiegen, Theo. Bis an die absolute Spitze! Und nun das.«

Im hinteren Teil der Ruinen, zwischen den Schuttbergen, rührte sich etwas. Ein kleiner Maulwurfshügel schien sich aus dem Schutt herauszuschieben, brach auf, und faulig stinkende Gase quollen in die Abendluf. Eine blutige Hand – die einer Leiche – rutschte heraus und klammerte sich haltsuchend an einen Steinbrocken. Die beiden Männer und die Frau hörten nichts davon.

Dolgikh blickte den kleineren Mann böse an. »Genosse, ich weiß nicht, ob ich mit Ihnen überhaupt irgendwohin gehen würde«, sagte er gehässig.

»Ich ziehe die Gesellschaft richtiger Männer vor – und manchmal die von Frauen.« Damit sah er zu Zek Föener hinüber und leckte sich die Lippen. »Aber ich warne Sie: Hüten Sie sich, jemanden als Narren zu bezeichnen! Chef des E-Dezernats? Jetzt sind Sie der Chef von gar nichts! Nur ein einfacher Bürger, und was für ein armes Würstchen!«

»Idiot!« knurrte Gerenko und wandte sich von Dolgikh ab. »Tölpel! Also, wenn Sie sich in jener Nacht im Schloß befunden hätten, läge der Verdacht nahe, daß Sie in den Angriff verwickelt gewesen wären. Sie sind zu verdammt schnell damit bei der Hand, Leute in die Luft zu jagen, Theo!«

Dolgikh packte ihn an einem dünnen Ärmchen und riß ihn herum. Gerenkos Gabe arbeitete, doch bislang hatte ihm der KGB-Mann noch keinen ernsthaften Schaden zufügen wollen. »Hören Sie zu, Sie spindeldürres Männchen!« fuhr ihn Dolgikh an. »Sie glauben, Sie wären so wichtig und mächtig, aber dabei vergessen Sie ganz, daß ich genug über Sie weiß, um Sie für den Rest Ihres erbärmlichen Lebens hinter Gitter zu bringen!«

Hinten in der Ruine und durch ihre Streiterei völlig unbemerkt, richtete sich Mikhail Volkonsky auf den Knien auf und stand Momente später unsicher schwankend auf den Füßen. Er hatte einen Arm und die dazugehörige Schulter, sowie den größten Teil seines Gesichts verloren, aber das Übrige funktionierte einigermaßen. Er schlurfte unbeholfen in den Schatten unter der Klippe und rückte näher an die drei Lebenden heran.

»Oh, Theo, das trifft für mich auch zu. Ich weiß auch genug über Sie!« verspottete Gerenko den KGB-Agenten. »Und ich kann nicht nur Ihnen Schaden zufügen, sondern vor allem auch Ihrem Chef! Wie würde es Andropov wohl ergehen, wenn ich herausließe, daß er sich schon wieder in die Angelegenheiten anderer Dezernate eingemischt hat? Und wie würde es *Ihnen* danach ergehen? Aufseher in einer Salzmine wäre vermutlich Ihr nächster Auftrag, Theo!«

»Sie lächerlicher Zwerg!« plusterte sich Dolgikh auf. Er hob die geballte Faust ... und mit einem Mal herrschte zwischen den Ruinen eine eigenartig erwartungsvolle Atmosphäre. So grob er auch wirkte: Dolgikh fühlte es ebenfalls. »Ich könnte ...«

Gerenko stellte sich vor ihn. »Aber das ist es doch gerade, Theo. Sie könnten eben nicht! Weder Sie, noch irgend ein anderer Mensch. Versuchen Sie es, und Sie werden ja sehen. Es *wartet darauf*, daß Sie einen Versuch machen, Theo. Los, schlagen Sie mich, wenn Sie es wagen! Wenn Sie Glück haben, schlagen Sie nur einfach vorbei, stürzen auf diese Steine herunter und brechen sich den Arm. Doch wenn Sie Pech haben, stürzt diese Mauer ein und zerquetscht Sie! Ihre überlegene physische Kraft? Pah! Ich ...« Er unterbrach sich und der spöttische Gesichtsausdruck verflog. »Was war das?«

Dolgikh ließ seine drohende Faust sinken und lauschte ebenfalls. Nur das leise Heulen des Windes war zu vernehmen. »Ich habe nichts gehört«, sagte er nach einer Weile.

»Aber ich«, bemerkte Zek Föener schaudernd. »Felsbrocken, die in die Kluft hinuntergepoltert sind. Kommen Sie, gehen wir weg von hier! Die Schatten werden bereits lang, und der Felsabsatz dort hinten war schon bei vollem Tageslicht schlimm genug! Warum streiten Sie sich überhaupt? Was geschehen ist, ist geschehen!«

»*Schhhh*«, machte Dolgikh, der plötzlich die Augen weit aufriß. Er beugte sich ein wenig vor und deutete mit einem Finger. »Jetzt habe ich's auch gehört. Von dort drüben! Vielleicht Schutt, der nachgibt und in die Tiefe abrutscht?«

Am Rand des Abgrunds, ein Stück wegabwärts und vom Gestrüpp verborgen, schoben sich graue Finger herauf und klammerten sich fest. Langsam und steif hob sich dahinter Sergei Gulharovs zerschmetterter Kopf. Eine Schulter folgte, und dann griff ein nachgezogener Arm nach einer Wurzel, um dort Halt zu finden. Lautlos wie ein Schatten zog sich Gulharov schließlich auf den festen, ebenen Boden.

»Es wird aber schnell kalt!« bemerkte Gerenko schaudernd. »Ich habe genug für heute. Morgen sehen wir genauer nach, und wenn wir auch dann nichts entdecken, entscheiden wir, was zu tun ist.« Er ächzte leicht und knirschte mit den Zähnen, weil jede seiner Bewegungen dem kleinen Körper Schmerzen zufügte. Dennoch begann er, den Pfad zurückzugehen. »Aber es wäre jammerschade. Ich hatte wirklich gehofft, noch etwas bergen zu können ...«

Dolgikh grinste ihm hinterher. Er rief: »Wir sind der Grenze ziemlich nahe, Genosse. Haben Sie jemals daran gedacht, einfach überzulaufen?« Als Gerenko nicht antwortete, knurrte er leise: »Du verschrumpeltes Stück Scheiße!« Dann legte er Zek eine Hand auf die Schulter, und sie spürte, wie seine Finger hart zupackten. »Nun, Zek, sollen wir uns ihm anschließen, oder wollen wir lieber noch einen kleinen Mondscheinspaziergang unternehmen?«

Sie sah ihn zuerst erstaunt an, und dann kam mit dem Begreifen der Zorn: »Mein *Gott!*« rief sie. »Ich würde die Gesellschaft von Schweinen Ihrer vorziehen!«

Bevor er etwas Passendes antworten konnte, hatte sie sich abgewandt. Sie wollte hinter Gerenko hergehen, doch mit einem Mal blieb sie wie angewurzelt stehen. Jemand kam den Pfad herauf auf Gerenko zu. Und selbst im trüben Dämmerlicht des Abends war es offensichtlich, daß dieser Jemand ein toter Mann war! Er hatte nur einen halben Kopf.

Auch Dolgikh sah ihn, und er erkannte die Gestalt: die verdreckte Kleidung, den Schaden, den ein Dum-Dum-Geschoß seinem Kopf zugefügt hatte. »Mutter!« stieß er hervor. »Oh, Mutter!«

Zek schrie. Und schrie noch schriller, als eine mächtige blutige Hand über ihre Schulter hinweg zugriff, Theo Dolgikh am Kragen packte und herumdrehte. Dolgikhs Augen quollen beinahe heraus. Hinter der jungen Frau erblickte er nämlich eine zweite wandelnde Leiche: Mikhail Volkonsky. Und Volkonsky hatte ihn mit seinem einen verbliebenen Arm gepackt!

Wie eine aufgescheuchte Katze sprang Zek zwischen den beiden durch und rannte Gerenko hinterher. Sie hörte die Stimmen der Toten nicht, vernahm nicht, was sie sagten: *Oh ja, das sind die Richtigen, Harry!*

Aber seine Antwort hörte sie mit ihren telepathischen Sinnen: *Dann kann ich euch nicht davon abhalten, Rache zu nehmen.* Und sie wußte, wessen mentale Stimme sie hörte, und ahnte auch, mit wem er sprach.

»Harry Keogh!« kreischte sie und machte Anstalten, sich verzweifelt zu Boden zu werfen. »Gott, oh Gott, Sie sind ja schlimmer als wir alle zusammen!«

Noch einen Augenblick zuvor hatte sich Harry außerhalb von Zeks mentaler und physischer Reichweite befunden, verborgen im metaphysischen Möbius-Kontinuum. Nun trat er aus dem Schatten vor ihr auf den Pfad, und sie fiel ihm direkt in die Arme. Einen Moment lang zuckte die Angst in ihr empor, er sei ebenfalls eine dieser zerfallenden Leichen, und sie trommelte mit beiden Fäusten auf seine Brust ein. Doch dann spürte sie seine Wärme und das kräftige Schlagen seines Herzens an ihrer Brust, und sie hörte seine beruhigende Stimme: »Ist schon gut, Zek, ist ja gut!«

Mit wildem Blick schubste sie ihn von sich. Er hielt sie an den Armen fest. »Ist schon gut, habe ich doch gesagt! Wenn Sie so wild losrennen, werden Sie sich wehtun!«

»Sie ... Sie haben sie *geschickt!*« beschuldigte sie ihn.

Er schüttelte den Kopf. »Nein, ich habe sie lediglich gerufen. Ich befehle ihnen aber gar nichts. Wenn sie etwas tun, dann nur für sich allein.«

»Wenn sie etwas tun?« Atemlos blickte sie zu den Ruinen zurück, wo Schatten wie wahnsinnig aufeinander einschlugen und rissen und zerrten. Dann den Pfad entlang nach der anderen Richtung ... Gerenko hatte irgendwie – natürlich seine Gabe – die Angriffe Gulharovs gemieden, aber der tote Mann humpelte hinter ihm her. Der Wind riß an ihm und drohte, ihn in die Kluft zurückzustürzen, und Dornen rissen an seinen Beinen, um ihn zu Fall zu bringen – und dennoch torkelte er weiter auf seiner Verfolgung.

»Den kann nichts verletzen«, keuchte Zek. »Tot oder lebendig – Menschen sind und bleiben Menschen. Keiner kann ihm etwas anhaben.«

»Oh doch, man kann ihn verletzen!« sagte Harry. »Man kann ihm Angst einjagen, so daß er unvorsichtig wird. Und es wird dunkel. Das Felsband dort hinten ist schmal und gefährlich. Es könnte leicht zu einem Unfall kommen. Darauf hoffen meine Freunde: daß er einen Unfall erleidet!«

»Ihre ... Freunde?« Hysterie kennzeichnete ihre Stimme.

Aus den Ruinen erklangen Schüsse und Dolgikhs heisere Schreie. Er schrie allerdings nicht einfach nur, sondern kreischte voller Todesangst, denn er hatte soeben herausgefunden, daß man die Toten nicht mehr umbringen kann. Harry bedeckte Zeks Ohren mit seinen Händen, zog sie an sich, und sie vergrub den Kopf an seiner Schulter. Er wollte nicht, daß sie sah und hörte, was nun geschah. *Er selbst* wollte es lieber auch nicht mitbekommen, und so blickte er statt dessen über die Kluft hinweg zur anderen Seite.

Schwächer als er sich je in seinem Leben gefühlt hatte, schwach vor Todesangst, wurde Theo Dolgikh zum Rand des Steilhanges hin geschleift. Mikhail Volkonsky dagegen war genauso kräftig wie zu seinen Lebzeiten, und Schmerz spürte er nicht mehr. Seinen übriggebliebenen Arm hatte er um Dolgikhs Kopf geschlungen, und so hatte ihn der mächtige Bauarbeiter in einem Schwitzkasten, den er nicht mehr lösen würde, bevor der Mann tot war. Nun befanden sie sich fast an der Abbruchkante und rangen direkt über dem Abgrund. In diesem Augenblick tauchten Felix Krakovic und Carl Quint auf.

Bisher hatten diese beiden nicht viel unternehmen können, da sie von der Explosion in Stücke zerrissen worden waren. Nun zogen sich Quints Arme – *nur* seine Arme – über die Kante, und Felix' der Gliedmaßen beraubter Oberkörper hatte sich aus dem Schutt der Ruinen zuckend herangewunden. Als Quints Arme auftauchten und Dolgikh packten, und als der abgerissene Oberkörper Krakovics zu ihm gerutscht kam und sich in seine Beine verbiß, gab der KGB-Mann auf. Er holte ein letztes Mal tief Luft, um zu schreien, füllte seine Lunge fast bis zum Platzen – und dann erstarb ihm der Schrei auf den Lippen. Nur ein Gurgeln entrang sich seiner Kehle. Dann schloß er die Augen, seufzte, und alle Luft entwich aus ihm.

Sie gingen allerdings kein Risiko ein und zogen ihn mit einer letzten Gewaltanstrengung über die Kante hinweg. Sein Körper stürzte sich überschlagend in die Tiefe, schlug mehrmals auf Vorsprüngen auf und wurde von dort weitergeschleudert bis hinunter auf den Grund des Tales.

Harry ließ Zek los und sagte: »Er ist erledigt – also, Dolgikh meine ich damit.«

»Ich weiß«, antwortete sie halb schluchzend. »Ich habe es in Ihren Gedanken gelesen. Und, Harry, es ist so kalt dort drinnen ...«

Er nickte grimmig.

Haaarrry? erklang jetzt eine ferne Stimme in seinem Kopf. Nur er und die Toten allein konnten sie vernehmen. Er kannte diese Stimme und hatte geglaubt, er werde sie nie mehr zu hören bekommen.

Hörst du mich, Haaarrry?

Ich höre dich, Faethor von den Wamphyri, antwortete er. *Was wünscht du?*

Neeeeiin – was wünscht DU, Haaarry? Willst du, daß Ivan Gerenko stirbt? Nun, dann gebe ich sein Leben in deine Hände!

Harry war überrascht. *Ich habe dich nicht um einen Gefallen gebeten, diesmal nicht.*

Aber SIE haben es! In Faethors Gedankenstimme schwang ein grimmiges Schmunzeln mit. *Die Toten!*

Nun mischte sich Felix Krakovic vom Grund der Schlucht her ein: *Ich habe ihn um Hilfe gebeten, Harry. Ich wußte, daß du genau wie wir nicht in der Lage sein würdest, Gerenko zu töten. Nicht direkt jedenfalls. Aber indirekt ...?*

Ich verstehe nicht. Harry schüttelte den Kopf.

Dann sieh dort hinüber zu dem Klippenrand, sagte Faethor.

Harry blickte hin. Vor dem ersterbenden Tageslicht hob sich dort eine unregelmäßige Reihe von Vogelscheuchengestalten ab, die schweigend am Rand des Steilhanges standen. Sie waren zerfetzt, ihre Knochen ragten heraus, das Fleisch verweste, aber sie standen da und erwarteten den Befehl des Alten Ferengi.

Die Treuesten meiner Getreuen, meine Szgany! sagte Faethor, einst der Mächtigste unter allen Wamphyri. *Sie sind jahrhundertelang immer wieder hierher gekommen – kamen, warteten auf mich, starben und wurden hier begraben – doch ich kehrte nicht zurück. Über sie, deren Blut von meinem Blut ist, habe ich genauso viel Macht wie du über die gewöhnlichen Toten, Harry Keogh! Und so habe ich sie denn herbeigerufen.*

Aber warum? wollte Harry wissen. *Du schuldest mir nichts mehr, Faethor!*

Ich habe dieses Land geliebt, antwortete der Vampir. *Vielleicht kannst du das nicht verstehen, aber wenn ich jemals etwas geliebt habe, dann dieses Land, diesen Ort! Thibor könnte dir sagen, wie sehr ich es liebte ...*

Jetzt begriff Harry. *Gerenko hat dein Territorium in Gefahr gebracht!*

Tief und gnadenlos klang das Grollen des Vampirs. *Er schickte einen Mann, der dafür verantwortlich ist, daß mein Haus in Schutt und Asche gelegt wurde! Meine letzte Zuflucht auf dieser Erde! Und nun ist nichts mehr übrig, um zu beweisen, daß ich überhaupt jemals existierte! Wie soll ich ihn dafür belohnen? Ahhhh! Und wie habe ich Thibor belohnt?*

Harry wußte, was jetzt kommen mußte. *Du hast Thibor begraben,* beantwortete er die Frage des alten Monsters.

So soll es sein! rief Faethor. Und er erteilte den Szgany am Steilhang seinen letzten Befehl: sich hinabzustürzen!

Auf halbem Weg den Felsvorsprung entlang hörte Ivan Gerenko das Klappern uralter, von verlederter Haut unvollständig verhüllter Knochen und blickte furchtsam nach oben. Vom oberen Ende der Klippe fielen sie herab. Sie zerbrachen bei jedem Aufschlag weiter. Ein Regen toter Teile, Schädel, Knochenfragmente und Hautfetzen, der ihn unter mumifizierten Überresten zu begraben drohte, prasselte herunter.

»Ihr könnt mir nichts tun!« stammelte Gerenko. Er hielt die Hände schützend über seinen runzligen Kopf, als die ersten dieser schreckenerregenden Fragmente auf dem Felsband aufschlugen. »Nicht einmal tote Menschen ... können ... mich verletzen!?«

Doch es lag gar nicht in ihrer Absicht, ihn zu verletzen. Sie wußten nicht einmal, daß er da war. Sie gehorchten lediglich Faethor und stürzten sich hinunter. Und danach konnten sie ohnehin nichts mehr ändern. Es lag nicht mehr in ihren Händen, soweit sie überhaupt noch Hände besaßen. Der klappernde, trockene Regen ergoß sich weiterhin und warf ein lautes Echo. Und dann machte sich über das Klappern und Dröhnen hinweg ein neues Geräusch bemerkbar: ein schreckliches Ächzen und Knarren und Grollen, das jedoch nicht dem Stöhnen der Toten glich. Es waren die Geräusche zerreißenden Felsens, abrutschenden Gesteins und zu lange angesammelten Schutts. Ein Erdrutsch!

Und als Gerenko das klar wurde, brach bereits der Fels in der Steilwand, begrub ihn unter sich und riß ihn mit in die Tiefe.

Lange nachdem sich der Staub wieder gesenkt hatte und das letzte grollende Echo erstorben war, stand Harry Keogh noch neben Zek und sie beobachteten den Mond, der sich hinter den Bergen empor schob. »Er wird Ihren Weg beleuchten«, sagte er. »Passen Sie auf sich auf, Zek!«

Sie war nach wie vor in seinen Armen, sonst wäre sie mit Sicherheit gestürzt. Nun machte sie sich von ihm frei, ging wortlos weg und auf das mit Schutt bedeckte Felsband zu. Zuerst stolperte sie unsicher, doch dann richtete sie sich energisch auf und schritt entschlossen voran. Sie würde den Weg über die Reste der abgestürzten Klippe hinweg zum Talgrund finden und danach dem Bach bis zur neuen Straße folgen.

»Passen Sie gut auf sich auf!« rief ihr Harry noch einmal hinterher. »Und, Zek, stellen Sie sich nie mehr gegen mich und die Meinen!«

Sie antwortete nicht, sondern blickte stur geradeaus. Doch dabei dachte sie: *Bestimmt nicht, oh nein! Ich werde mich niemals gegen dich stellen, Harry Keogh – Necroscope!*

Liebe Leser,
die Vampire, die seit undenklichen Zeiten die Erde unsicher machten, sind endlich besiegt. Aber wer sind die geheimnisvollen WAMPHYRI, jene Schmarotzerwesen, die aus einem Menschen erst den Vampir machen? Schlummern welche von ihnen unerkannt irgendwo in der Erde? Oder sind sie sogar in der Lage, sich bewußt gegen die Ausrottung durch die Menschen zur Wehr zu setzen?
Nein, die Arbeit Harry Keoghs ist noch lange nicht beendet, denn bald nach den hier geschilderten Ereignissen öffnet sich:

DAS DÄMONENTOR
Band 6